水浒群星闪耀时

李黎 著

上海文艺出版社

序

早年间我大量听评书,尤其假期,从下午四点开始半小时一场,一直到十点多,评书类节目随着老年人的睡去而终止,情感类节目登场。水浒三国的故事混迹在诸如《说岳》《童林传》《彩霞满天》之中,并不特殊。后来它们凭实力脱颖而出,彰显出名著的魅力。二十多年过去了,原著我看过多遍,断断续续、反反复复,衍生的文字无论精彩还是拙劣,也不知看了多少。这就是名著与非名著的区别,名著可以被反复书写,反复改写,衍生无限的文字,而非名著不能。

阅读水浒三国的收获、滋养等给我带来的正面影响和负面影响并不明显,或者我没有意识到,同时诸多疑问却一直在滋长,有时像疾病一样挥之不去。我常常想,梁山众位兄弟在上山之后下山之前的两年多里(水浒的时空极为紊乱,两年多,来自不权威考证),除了打仗还忙些什么。作为鸿篇巨制,忽略一个群体的日常生活是理所应当的,否则既不能突出本意,也会导致永远写不完,我们不能指望水浒故事充满追忆似水年华的情绪。

早在2008年,我决定自己写。最初我虚构了一条充满了商业色彩的"梁山后街",像呼家将里的大相国寺、清明上河图上的繁华闹市,不过迅速放弃了。我已经在时间上做出了限定,即上山后、招安前,不能再在空间上做限制,更不能仅从商业和消费的角度来写。"梁山后街"必须被拆除,而一旦打开或淡化了空间,故事就层出不穷。这里一共二十八个故事,我还可以写两三百个,如果我有精力并且不考虑所谓审美疲劳的话。

这里的每一个故事,我认为按照水浒的逻辑都有可能发生,只是原作者无暇顾及而已。作为一个数百年之后的读者和作者,我只是在原著的空白之处增加了一点笔墨。这么一想,我安心了很多。我坚持认为,方寸之间才体现想象力,那种古今穿梭、宇宙平行,抑或是宋江高俅实为同党、武松和潘金莲青梅竹马之类,并不是体现想象力,反而体现出想象力的匮乏。

本书很多篇目会让人不自觉地联想到现实处境,我也无可避免地活在现实(包括史实)及现实思维之中,而且,任何时空的人都有一个最大的现实,即生存,所谓"人生的路为什么越走越窄"。即使如此,我还是不愿意称这些故事为"借古讽今"。古代不是借鉴的对象,今天不该仅仅被讽刺,聚焦具体问题并用隐晦嘲讽的手法写下来,不是一个小说家的核心任务。

因此,这是一本严格意义上的短篇小说集,一切皆为虚构。书里的每一个人身在梁山时怎么想怎么做,取决于他此前是什么样的人,取决于他身边的人,更取决于人生的路有哪些、怎么走。就内容而言,我希望能写出梁山个人及群体的荒诞、悖论、迷茫、混乱、绝境,乃至生不如死。我希望本书中的每一个人和每一件事,都有一种剥去光环的真实,也有一种命不久矣的感伤,可以让人想到假如我置身其中该如何自处。这份"现实感"不仅针对眼前,更针对未来和存在本身。

如果做到了这些,那么,这本书应该可以紧紧地跟在你家里厚重的《水浒传》后面,或者站在不远处,像好兄弟一样。

目录

林冲努力了三次 —— 001

居然敢说我不是男人 —— 010

相由心生 —— 020

武松的字自成一体 —— 032

我镇三山已经死了 —— 042

小弟的小弟的小弟 —— 051

食堂都搞不好还怎么替天行道 —— 063

人人都知道我是一个隐士 —— 076

夫妻生活的事算是事吗 —— 086

来自东京的你 —— 098

时迁胖了五十斤 —— 114

远处的水变成了天 —— 125

为梁山写一首歌 —— 137

我只是一个说书的 —— 147

请你证明你是浪子 —— 157

尉迟敬德名气不如关公 —— 167

欢迎高太尉上台剪彩 —— 177

想扳倒朱仝谈何容易 —— 191

镜中白猫 —— 201

烛光里的副军师 —— 215

关胜浑身都是宝 —— 227

金印汉子之歌 —— 237

北斗七星今安在 —— 252

杨志比武招夫 —— 264

这些吃的留给老娘 —— 273

灭门是一件技术活 —— 285

离别之死 —— 295

人生的梦为什么越做越浅 —— 303

林冲努力了三次

那几年，林冲好几次调戏扈三娘，非常不得体。幸亏过程短暂轻微，没有出多大的纰漏。不过谁知道呢，如果林教头调戏成功，扈三娘那小妞成了林教头的娘子，王英当然会很不爽，宋江自然也要整死林冲，但我觉得这也挺不错的，我会先和林教头打一顿，使出全身力气和独门绝技，已经很久没有跟人好好打一场了。然后呢，我还得喝他们的喜酒。

林冲第一次调戏扈三娘是几个人在大雨天喝酒，眼前的雨像是从地面往上喷，直奔苍天，让人心慌。我、林教头、扈三娘、武松、张青夫妇几个一起喝酒。我们几个怎么坐到一起的我搞不清楚了，反正我跟武松常常一起喝酒，他是个好酒友，每次都是唉声叹气，喝多了就要找个东西举过头顶，不然他会上蹿下跳,偶尔还会飞起来,跟他喝酒真是太好玩了。其他还有谁我一般不管,只要没有我不喜欢的人就行。扈三娘能跟我们一起喝酒,确实不常见。

林冲很快喝得有点大,红着脸对三娘说,三娘,都知道我叫豹子头。头,你看过,豹子你想不想看看。

他突然冒出来这么一句,让人防不胜防,像猎豹出击,可是他又说得这么猥琐,完全不像好汉约姑娘的架势。我都没敢看三娘什么表情,赶紧拉起林冲就往外面走。林冲太重了,像一坨铁疙瘩,我觉得我力气够大的了,但还是弄了一身虚汗。我没什么衣服,最害怕出汗。身后大伙一阵哄笑,我有点不好意思,只得回头看看。三娘脸色通红地坐在那里,似乎对我很失望。我不该把林教头拖走,我应该把扈三娘拖走,她不会有多重。可现在都拖到一半了,只能继续往前拖。

武松在我后面大喊道,来,兄弟们喝酒。大伙附和着,喝喝喝。我总觉得这帮人会喝死的,一个接一个醉死,倒下去,往东的往东,往西的往西。不过事情可以反过来想,就当他们已经死了,死了之后又在一起喝酒喝了好几年。这么一想,事情就好受多了。

我把林冲推靠在一棵大树上,他仰面朝天,两眼无神,我按着他的肩膀,对他喊道:"大哥,你怎么这么对三娘说话呢。"

林冲不作声,打了个酒嗝。我说:"人家已婚,你不要胡思乱想，不然怎么算得上好汉。"

林冲说，"我不要当好汉，我要女人。"

我愣了一下，我太熟悉林冲了，一贯以含蓄著称，现在怎么。我只得说："要女人哪天我们下山找一个，未婚的，人家也愿意的，三娘她跟王英完过婚了，又是宋黑子的妹妹，你还是算了吧。"

林冲没说话。我看看他，担心他一头倒在地上，他以前就这么干过，喝多了咣当一声倒了，头朝下，不愧是豹子头，太重。

沉默了许久后，林冲大吼一声："算啦！"然后咣当一声倒了，头朝下，不愧是豹子头。

我舍不得离开酒席，但就让林冲倒在大雨里也不是办法，我只得一路小跑，找来几个小卒把他扛回去休息。我特地叫了四个人，害怕扛不动林冲。确实扛不动，他们一共来了十二个人才把林冲弄回去，真感觉林教头是一堆纯钢打造的，多好的汉子，当世利器，就这么不省人事了。一个小卒问我："大师，要给林教头洗澡吗？"我说："洗，你们得把他洗得干干净净的。"他们笑嘻嘻地扛着林教头走开了，看来他们有机会看到豹子了，一个个欢天喜地的，还互相挤眉弄眼。

林冲第二次调戏三娘，是因为文身的事。一群撮鸟没事做，天天比文身，每次不是燕青就是史进胜出。阮小五每次都凑热闹,他胸前刺着一个豹子,太小了,想再文几个豹子,别人都劝他别文成豹子头了,还有人劝他,你与其再增加几个豹子,还不如文一片夜色来搞搞气氛呢。阮小五想想也就作罢了。解宝两条腿上刺着两个飞天夜叉,不知道他当时怎么想的,大冬天的也得露出个白花花的大腿。杨雄倒是一身花绣,可惜手艺太差,看得眼睛累。龚旺浑身上刺着虎斑,脖项上吞着虎头,也算不错,但是他每次见到武松就把自己裹得很严实,搞得武松都挺不好意思的,张开血盆大口笑笑表示他没有什么恶意。

总有人跑到我面前,让我去跟史进和燕青比一比,我懒得理他们,一巴掌把他们轰走了事。文身是给人看的,不是给人说的,他们不懂。

除了这几个人,其他的人也开始文身,但全是小打小闹,这边加一块那边补一点,没人敢来个大活。山上也没有手艺好的师傅。李应倒是开了家文身店,但那就是一个黑店,坑蒙拐骗,用的是以前庄里缝衣服的大头针。小卒们常去文身,被欺负了也是敢怒不敢言,头领们基本都不去,一是不屑去那种鸟地方消费,觉得丢人,二是他们本来就不希望有文身,将来还是要当官的,有文身不太合适。

林冲有一天居然去文身了。然后兴冲冲地喊上几个人喝酒,酒桌上他对三娘说,三娘,借一步说话。对这样的要求三娘很是吃惊,一时间她觉得林冲太坦荡了,高大无比。她跟着林冲来到后面的屋檐下，林冲脱下长衫，又解开短衫，露出胸膛和肚皮说，我刚刚文身了！三娘一阵脸红，嗯嗯嘤嘤的不知道说什么好，她的意思大概是，林教头你干嘛在这里给我看你的文身呢，你到底是太实在呢还是太混蛋。就当三娘不知所措的时候，林冲突然把衣服一裹，猫腰飞奔而去。这下三娘更尴尬了，因为她也把自己肚兜解开了，那里面也有文身，打算给林冲也看看。不过，她身上文的是宋江的头像，王英带她一起去文的。后来林冲说，当时，猛然想起，自己文的是嫂子的头像，我把自己脱光了给三娘看嫂子的头像非常不合适。

"我应该在嫂子的头像边上再文一个小兔子图像，让三娘看小兔子。看到小兔子时肯定会看到你嫂子的头像，她会问我这是谁，我告诉她是嫂子，不能忘怀，所以文在身上。这样是不是好一点？"

林冲这么问我，我也无话可说。我从来没碰过女人，不知道此中到底有什么美景和美味，但我也知道大嫂是好人，我很想念她。我让林冲解开衣裳让我看看嫂子，缓解思念之情。我一看那文身，吓了一跳，就是几条黑乎乎的线，哪里像嫂嫂，更像兔子。那天晚上我就偷偷跑出来把李应的文身店给烧了。大伙都喊，走水了走水了，我听着特别舒服，又喝了一坛酒。

经历了两次调戏事件，林教头和扈三娘距离拉得很近，偶尔一起并肩骑马，在开战之前和得胜之后说几句，三娘最近可好，教头最近可好，三娘武艺真好，教头武艺真好，三娘别来无恙，教头别来无恙之类的话。可也仅限于此。

正是因为经历了两次调戏事件，每次喝酒，林教头都不敢和扈三娘同桌，虽然他会在酒后去一个三娘无论如何也不会路过的地方等三娘路过。

本来，事情就要过去了，大伙都在谈论招安的事，都在谈论武松梦见潘金莲赤裸着上身来找他的事，谈论吴用军师得了脚气每天只能光着脚的事，都快把林教头的事甚至他这个人给忘记了。可王英有天突然在忠义堂前大哭。大伙问他怎么了，他说，哥哥们到齐了我才能说，然后继续嘤嘤嘤嘤地哭。

召集齐头领们不是难事，大伙都窝在一处，一群鸡鸭一样一赶就到齐了。王英只得说了。他说："三娘行房之时，喊林教头的名字。"

宋江问："怎么喊的？"

王英就说："她一边喊啊，一边喊林教头。"然后他模仿说："啊，林教头，啊，林教头，啊，林教头，啊，林教头。"

吴用几位面面相觑，三娘也坐在那里，满脸通红，额头上都是汗水。卢俊义是见过世面的人，他咳嗽一声问王英："以前呢，以前她怎么喊。"

"一言不发。"王英说。

武松大喊道:"那你哭个鸟啊,她进步了啊,她出声了,你还哭什么哭,害得我们都坐在这里没鸟事做。"

王英冲武松喊道:"二爷你不通人情就不要说话了,如果你老婆在你耳边喊其他人名字,你怎么办。"

武松腾地站起来说:"那就杀了她。"又厉声问王英:"你为何不杀了三娘!"

王英一想,绝无可能,又嘤嘤地哭了起来。大伙一起笑了起来,一百来位一起笑,声音差点把忠义堂撑破了。宋江咳嗽几声,大家安静下来。他看着王英,再看看林冲、武松,也看看我,笑着说:"王英,三娘那天可能是喝多了。你看,这事不大,你也不要计较。或许三娘醉意之中在担心林教头的安危,或许哪天她也担心我的安危,也喊我几声呢。你以后不要在醉酒之时行事就是了。"

"没有喝醉,"王英喊了声,"她没有喝醉。"

宋江咳嗽一声说:"喝醉了,她肯定喝醉了。王英兄弟,这件事也值得大伙一起商议吗?"

王英大哭起来:"哥哥啊,我不想被人欺负啊。"

林冲腾地站起来说:"王英兄弟,这件事全是你一家之言,谁也没有看见,我更是没有耳闻目睹,任凭你怎么说。我要亲眼看到,再行决定!"

每个人都哄笑起来,几十人跌倒在椅子下面,几十人满脸是泪,一众人摇头晃脑走开了,几位水军头领带头走开了,也不问问宋大哥是不是散会了。一片混乱之中,王英不见了,大伙也不担心他,他不会自杀,不会离山出走,不会叛变,不会苦练神功,大概是酗酒去了,然后拿小卒撒气。渐渐地大厅里只剩下几个人,宋江,吴用,卢员外,武松,林教头和扈三娘。吴用见人少,就问三娘:"你真的这么喊了?"

三娘红着脸说:"是王英让我喊的。"

"什么意思?王英让你喊林教头?"几个人一起问。

三娘说:"是的,他见我每次都一言不发,有天就对我说,你不要这样什么都不说,一声不吭,让人觉得你是个死人,我像是在奸尸。你想说什么就说吧,你想怎么喊就怎么喊吧。"

"啊……"几个人一阵轻呼。

"但我还是什么话都不说,王英就急了,温柔地对我说,要不你喊林教头吧,他以前是有家有口,也算是旷世英豪,你就喊林教头,喊别人不合适,你总不至于喊花和尚,喊武松更不合适,只要你喊,我就高兴,就说明你是可以喊出来的。"

宋江等几个人张大了嘴听三娘说。最后三娘说:"他这么喜欢,我就喊了,他开始的时候哈哈大笑,但没一会,就翻身掉了下去,仰面朝天地大哭起来,还非要到这里来告状。几位哥哥说说,他是不是有病?"

大伙沉默不语。最后,林冲上前说:"三娘,这件事本该不为人知,但王英却让每个兄弟都知道了,我要给你出口气。要不你现在再喊几声我听听,我也好去找王英算账啊。"

三娘一阵扭捏,在林冲的胸口捶了一拳,跑开了。武松说:"教头,你又调戏三娘!"大伙一阵哄笑,散了,准备晚上的酒席去了。

这就是林教头三次调戏扈三娘的事。几年后我问他:"大哥,你为什么调戏三娘三次就没有下文了,她叫三娘你就调戏人家三次啊,那你遇到十娘什么的是不是得调戏人家十来次。你怎么不能把话说得再清楚一点。"

林冲勉强抬头看了看我,用尽力气长叹一声。没有声音,他已经不能说话了,但我知道他想说的是,唉。

然后,林冲死了。我很奇怪,我一点都不难过,大概我觉得他早就死了吧,死了之后我又陪他这么些年,这么一想,事情就好受多了。

居然敢说我不是男人

酒家喜欢热闹，喝酒要十个八个人一起才好，三五个人也行。但是有时候我想想，这么多年来一起喝酒的人都记不得了，有趣的不多，武松算一个，史进算一个，杨志不算，这个撮鸟天天说自己是杨家后人，不幸落草，他那意思是入朝才算有幸，简直就是大傻逼。有天我又看到了一段话，是一个叫曹寇的人写的：我所看到的是，一个人是与生俱来独立的，他唯有信任孤独才能接近真实。与此有关，一切试图摆脱平庸的念头又是如此平庸。

这段话看得我特别感慨，特别孤独。是啊，那么多一起喝酒的人都来了又去，踪影皆无，我太孤独了。大伙瓜分星座的时候，我说我叫天孤星得了，其他人一听都挺高兴的，一起大笑。我又发现,一群大笑的人当中不笑的那个人确实孤单。

渐渐地我习惯一个人喝酒了。那天晚上,下着大雨,眼前的雨像是从地面往上喷,直奔苍天,让人心慌。我弄了一麻袋花生,十坛好酒,左手抓一把花生塞到嘴里,右手拎着坛子来一大口,实在痛快。没一会一个小卒跑来说:"大师大师,武松疯了,对着空气砍杀了半个时辰了,谁也不敢过去。"

我赶紧跑过去,武松确实疯了,眼前明明没有人,但是他喊打喊杀,闪转腾挪,招招毙命。我看了一会,手痒,想上去跟他打一场。但他这次使的武功非同寻常,很多招式很慢,一招使出,方圆几丈地面都干了,天上也干了。我扭头问小卒:"没有其他人去劝劝武头领吗?"

小卒说:"施恩头领去过的。"

"他人呢?"

小卒忧郁地看着漆黑的天空说:"被打飞了。"

另一个小卒说:"这么久了,还没下来。"

说话间,施恩大喊着从天上往下落,手刨脚蹬,凄惨之极。我只得一挥袖子,把他接住。他全身赤裸,身上到处都是划痕和烫伤,像穿过大气层而来。小卒们连忙把施恩弄走。

"大师,去把武都头降住吧,他会把他自己累死的。"

我再看看武松,不知道他用的什么武功,出手慢,可雷霆之势一目了然,我不敢跟他打。

一道闪电哗啦落在空地上,我看见武松表情悲伤,流着眼泪,从两只眼睛的外侧哗啦哗啦流出来。难得见到武松这样大哭。"黯然销魂掌!"我猛然想起这个名字,就是黯然销魂掌。武松居然也会这种武林绝学,冷酷如武松也会伤心欲绝,我实在忍不住,一阵大笑。

武松听到了笑声,看了看我,但身手不停。

我对小卒说:"我制服不了他,他神功已成,再也没有对手了。"

几个小卒面面相觑,一个叫做彭飞的小卒说:"把林教头喊来,你们联手行不行?"

我想了想说:"十个鲁智深加十个林冲应该可以。"

他们吓了一跳,闭嘴不说话,张大嘴巴看着武松,像看着泰山日出、钱塘涨潮一样。

我让小卒快点把酒菜搬过来,我得看着武松把这套黯然销魂掌打完。小卒照办,我坐在屋檐下看着武松,直到天亮他才歇手,然后瘫坐在地上,人也清醒了,不黯然也不销魂了。他看到我,膝行几步过来,一把抱住我,我觉得他全身冰凉,赶紧给他灌酒。武松喝了半坛酒,突然大哭起来。

我问他:"怎么啦兄弟?"

武松举着双手说:"我一夜之间,把阳谷县的人都给杀了。"

"不会吧,你说说,都有谁?"

武松一一说出人名,西门庆潘金莲自然在其中,还有赵仲铭姚文卿胡正卿王婆等等。我知道王婆被凌迟处死了,武松却说,还有郓哥何九叔。我只得由着他说,说完了他大概会好一点。哪知道他越说越来劲,不仅说了几百个人名,还一一说出他是如何把那人杀死了的。比如郓哥吧,武松说,我一把抓住他的小脖子,使劲往左一拧,再往右一拧,然后连脖子带人一起扔出去,他一声不吭,死了,脖子断了,皮开肉绽,伤口处不仅喷出血,好像还有最后一口气,然后脑袋软软地挂在背后。

武松就这么说啊说啊,一天过去了。我让小卒把昨夜的花生和酒都搬了过来,武松也边说边吃喝,我们把所有的酒都喝了,花生最后省着吃,一颗颗吃,等全吃完了,他才说完。这时天又黑了,武松连打带说,折腾了十来个时辰。

我对他说:"兄弟,你为什么要杀这么多人呢?"

"因为他们一起杀了我大哥啊!"武松龇牙咧嘴地望着我,似乎连我也得杀了。

"杀你大哥的仇人你不是早就给杀了吗,怎么会在昨晚动手。"

"昨晚我本来在参禅打坐,但是想念哥哥,心烦意乱,嫂嫂潘金莲带着一干人冲了进来,说我不是男人!我一听气坏了,居然敢说我不是男人,跳起来就跟他们打,嫌屋里小,就跳到外面打。他们哪里是我的对手,我心一横,把他们全给杀了。"

说着说着武松看看四周,大概是想看看尸首在哪。我赶紧说:"兄弟啊,你这是心事太重了,你看看,哪有尸首,都是你在妄想。这些人怎么会聚到一起去跟你过不去呢,他们本来是一盘散沙而已,你非要说他们一齐来害你,完全是无中生有啊。"武松看了看我,不信,站起来一看,确实院子里空空如也,原来的一些花花草草坛坛罐罐也被他折腾得无影无踪了。只见他哎呀一声,栽倒在地。

等武松醒来的时候,已经过去了四五天,他整个人瘦了一圈。醒来后武松觉得站立不稳,摇摇欲坠。武松也很奇怪,连连怪叫,不知道出了什么毛病,小卒们也没什么办法,后来武松看到我的禅杖,夺过去,一举,就稳当了。

我说这样不行,我的禅杖可不能给你玩,得另外找样东西让你举。一个小卒找来一个铁胆,不知道从哪打家劫舍给弄来的,递给武松,武松拿在手里,怒吼道:"太轻了,你看不起我打虎武松!"说着他一挥手,我们看到了一道黑影直奔天际,没入乌云。

一个小卒找来一坛没开封的酒,武松一举,大叫太轻太轻,扔了,酒水洒了一地。

小卒又找来一个石凳,大约五六十斤,武松一举,大叫太轻太轻,扔了,凳子戳进地里面,露出可怜的一小截。

小卒又找来一块磨刀石,大约百十斤重,武松一举,大叫太轻太轻,扔了,石头砸在刚才的石凳上,一声闷响,像墓碑矗在那里。

最后一大群小卒弄来了一个石狮子,比真人宽厚,没真人高,估计七八百斤,武松一举,放了一个屁,然后说:"不错,就是它了。"

说完他咧嘴笑了笑,我们都觉得武松的嘴比以前大了很多,真让人奇怪。可能是他的力气太大,一张嘴就容易把他自己的嘴撑大。如果这个道理是对的,那么武松身上凡是有眼的地方都会被他自己撑大的。说到这里,我们大笑起来,根本停不下来。

从此以后,武松走到哪里都举着这个石狮子,远远看着,一个灰溜溜的狮子摇摇晃晃过来了,我们都知道那是武松,果然,狮子屁股下面就是武松的脑袋,然后他迈着大步过来。即使坐着,他也举着这个狮子,好像狮子是从他肩上长出来的。只有一次,武松刚坐下,木凳折了,武松摔了一个大跟头,狮子脱手了。除了这一次,武松无论到哪里都举着这个狮子,如厕也不例外,只见武松单臂扶着狮子,一只手忙活半天。睡觉也不例外,武松单臂扶着狮子,另一只手做出合十的架势,打坐一宿。

很多兄弟嘲笑武松,说这个哥们有意思,没有东西举着人就会飘走,他还是别叫什么打虎武松行者武松,不如叫贱者武松算了。说这话的是阮小七,大家都知道这人没心没肺,也不计较,奇怪的是武松自己,不仅不计较,还哈哈一笑,似乎说的是其他人。

或者叫狮面人武松。不知道谁说了句,不过大家反对,因为石狮子显然不如武松来得结实,不远的将来,武松肯定会换一个什么东西举在身上,比如貔貅,那还得跟着改名号。

有人说,叫力大无穷武松,太没文化。有人说叫狮虎兽武松,这个有点绕人,得跟人解释说,武松打过虎,现在又每天举着狮子。否定!有人说叫双头武松,也不行;还有人说,叫石头僧吧,这也不行,武松不是僧人。

公孙胜冷笑着对大伙说:"你们这群人,武松兄弟无时无刻都扛着石狮子,这不就是修行吗,这不就是行者武松吗,还改来改去的,全他妈的给我滚!"

大伙呼啦全散了,武松没走,他眼巴巴看着公孙胜说:"大哥,帮帮我,每天举着它我实在是累死了,不举着,我感觉两条胳膊都要飞走了,要去杀人啊。"

公孙胜说:"杀谁?"

"杀每个人!"

"为什么每个人都要杀?"

武松咬牙切齿,脸上几道肌肉来来回回拉扯,似乎也要飞走。他张口,想说,又叹口气,咽回去。

公孙胜说:"都头,这件事我帮不了你啊,你要知道,佛道殊途,你还是去找鲁智深去,他可以带你走出人生的困境,到达或者无限接近极乐的世界……"武松吓跑了。

但武松还是来找我,公孙胜不说他也得找我,因为我们一道负责梁山步兵。我也没有办法,想来想去,唯有喝酒。考虑到武松会黯然销魂掌,酒量可能也高了很多倍,我就召集一大群人陪武松喝酒。

武松皱皱眉说:"怎么喝个酒要这么多人。"

我说:"那就边喝边淘汰吧,不能喝的滚蛋。"

武松挺高兴,说这个办法好。

那就喝吧。一人一坛,喝完不行的就走,能喝第二坛的留下,走了两三成。一人再来一坛,喝完不行的就走,能喝第三坛的留下,走了两三成。一人再来一坛,喝完不行的就走,能喝第四坛的留下,走了两三成。一人再来一坛,喝完不行的就走,能喝第五坛的留下,走了两三成。最后一大群人就剩下五个人,武松和我,还有一个叫彭飞的小卒,还有扈三娘和林冲。三娘真是能喝,跟喝水一样。林教头则是作弊才留下的,我早跟他说好,让他别走,万一武松动手杀人,我们一个抱住他一只胳膊还是可以的,再不济,我们可以把他胳膊咬下来。彭飞则是凭实力胜出,我们都挺奇怪的。

因为一直举着一个七八百斤的石狮子,武松有点体力不支,开始胡言乱语。他指着彭飞说:"兄弟,我好像不怎么认识你啊。"

彭飞说:"小弟后来才来山上,只是个小头目。宋大哥要青史留名,我是梁山的史官,人送绰号'阅书无数'。"

我看看左右,很奇怪这件事。

林冲说,无他,宋大哥脑子有屎。

"什么鸟名号,喝酒!"武松怪叫一声,大伙一起举坛,喝一大口。

彭飞大概也是喝多了,借着酒劲突然说:"武都头,我知道你为什么要举着石狮子,因为你不能控制两只胳膊。"

武松说:"嗯哼?"意思是你接着说啊。

彭飞说:"你天生神力,现在又有点失心疯,迫害症,所以你得弄个石狮子压着自己,害怕自己逢人就杀。"

武松涨红了脸,这次没有嗯哼了。彭飞说:"其实江湖上人人都知道,你大嫂在死之前贴着你的耳朵说,你不是男人,在你的刀刺进她胸口到她咽气之间的那一小会儿,连声说了三五遍,你对这句话一直耿耿于怀。"

我有些诧异,这事我怎么不知道,难怪他们说我不男不女,超越男女呢。本来,我想说,没有女人不代表不是男人,追逐权力把自己性子阉割了才不是男人。但林冲在旁边,更多的兄弟在山上,这话我没说出口。

武松已经怒了,瞪着彭飞,彭飞哧溜一下,醉倒了,躺在扈三娘身后。三娘瞪着血红的眼睛看着武松,一阵大笑,然后说:"是的,武松兄弟,你确实不是男人哈哈哈。"

武松勃然大怒,腾的一声站起来,对着三娘骂道:"你他妈的还不是女人呢。"说着,他抡起石狮子砸向三娘。三娘一阵错愕,不躲不闪,好在还有林冲在,他冲过去扑在三娘身上,结结实实挨了一下,哇的一声,吐出了很多酒,酒后面是血。

我赶紧拽着武松出来,几个小卒听到声响纷纷涌进来,屋里屋外一阵大乱。我叹口气,还是把刚才的话对武松说了:"你我都是出家人了,不男不女,也无所谓男女,那帮孙子才不是男人。"

武松诧异地看着我问:"你是说宋……"

我赶紧伸手捂住武松的嘴巴,武松一紧张,伸出舌头戳我手心,还转了几圈,一阵恶心,我吐了一地。

后来,武松好了,不必再举着什么东西了,他大喜过望,打了一套拳,但黯然销魂掌再也不会打了,他倒也无所谓。武松也跟三娘隆重道歉了。最倒霉的是林冲,他从此留下了旧伤,用力过猛或者心头悲伤时会隐隐作痛。

相由心生

最近一段时间,武松兄弟突然瘦了下去,每个人都发现了。洒家也不例外,只是我对人的胖瘦不甚敏感,胖一点瘦一点都是肉,随它去吧。

武松兄弟的瘦来得比一般人更猛烈一些,大伙都在谈论这件事。有一次喝酒,几个人就叽叽喳喳说起了武松的瘦。

施恩认为,武松瘦下来是因为酒喝得太多了,每次都酩酊大醉,然后吐光,等于是每天都不吃东西。

张青认为,武松瘦是因为思虑太深,宋江大哥一直在说招安招安,武松不赞同,因为如果招安,武松无非是去做个小官,那还不如当初就忍气吞声,任凭自己的哥哥被害、嫂子跟了西门庆,自己只要夹着尾巴做人就可以了,因为帮着知县去东京办事,加上武艺高强,武松一定可以备受赏识、步步高升的。也就是说,如果招安,后来那么多的事情,那么多年,都白费了。

史进笑眯眯地说:"我觉得武松哥哥还是为了自己到底是男是女这个问题而烦恼,如果是男的,为什么自己从来不喜欢一个女人,好不容易喜欢上玉兰,又为什么一刀砍死了她……"

"闭嘴!"孙二娘骂了史进一嗓子,像一口痰吐在他俊俏的小脸蛋上,史进不得不低头不语。

孙二娘看了看我说:"大师啊,各位兄弟,你们都错了,武松兄弟之所以瘦了下来,是因为他最近太忙了。"

"忙?那得忙到什么程度才能瘦成这个样子呢?忙得不吃不喝?"我忍不住问道。

"确实如此吧,武松兄弟最近忙得不可开交。他先是看上了关胜兄弟的鞋子,决定去做几双,结果呢还没有做好他就把原来的鞋子扔了,只得找了一双不合脚的先穿着,每天去山腰那里催人家快一点做。没几天他的一把戒刀又豁了一个口子,他找了几位懂行的兄弟去问,有人劝他补一下,但是一模一样的精钢不容易找到,需要等一阵子才有,而且补了之后刀刃上会有一个明显的裂痕。另外一位兄弟建议二哥,把两把戒刀的刀刃上都给做上一些纹路,这样戒刀就变得很好看,也更让人胆寒,二哥不是很喜欢这种花哨的做法。也有人建议武二哥重新打两把戒刀。还有人建议把两把戒刀的铁都熔了，打成一大两小三把戒刀，因为武二哥擅长的是近身肉搏，短小的戒刀更有用，另外一把长的只是用在冲锋陷阵的时候砍杀。但二哥没有想好到底怎么办。前两天吧，山下的朱贵找二哥，请他帮忙写十幅字，因为店里的墙有一些年头了，朱贵说他非常喜欢二哥的字，打算请二哥写上十幅，然后装裱起来在墙上一字排开，让人看到我梁山能武能文，就连武功盖世的打虎武松，书法也是驰骋万里、意蕴万千。二哥紧张了，每天抽出时间来练，因为挂在朱贵店里的字和挂在旗杆上的字不一样，旗杆上的字没人看，知道是他写的就行了，谁也看不大清楚，墙上的字一目了然，可以远观也可以近玩。朱富见朱贵找二哥写字，以为他们关系很不错，就找上二哥，说是想跟他学武艺，这样不管上阵杀敌还是保家护院心里更有底气。二哥不知道能不能答应朱富，就去找宋江大哥问问，宋大哥说了很多，但是武二哥没有听懂到底什么意思。前天吧，一位青河县的老乡在山寨的后山开了一家酒肆，开业时又要请二哥去剪彩，他说要请二哥做酒店的形象代言人，如果二哥愿意常常光着上身在酒店一进门的桌子上喝酒吃肉，他就会送给二哥一些干股，带二哥分钱，二哥不爱钱，不过想到今后应该会回老家给父母旧坟翻新，还要给哥哥在祖坟那里建造一座像模像样的衣冠冢，他觉得还是可以答应这件事的，但是他觉得自己最近脸上瘦了可身上胖了,肌肉不够美观,要练一阵子才能在众人面前裸着上身。还是前天,扈三娘找到二哥,请二哥帮忙能不能在山上捉一只小虎或者小豹子给她养着,三娘大概是寂寞难耐,养孩子又不允许。二哥对捉拿小动物其实一点都不在行,只得找解珍解宝帮忙,解珍解宝搞了一个小动物贩卖中心,不管谁去都要排队取号,然后再排队去领养一只,但不能选。二哥每天都去排队……"

"怎么这么多事!"我不耐烦,大吼一声。

孙二娘倒也不怕我,叹了一口气继续说到:"这还不是所有的事呢,林教头有一趟拳记不清了,找二哥切磋,史进兄弟你不也找武二哥借钱的吗,还有孔明孔亮兄弟,和宋清一起酿酒,没事就来找二哥,请他尝尝他们新推出的酒,说二哥在这方面非常在行……"

"哪来这么多的鸟事!"我实在忍不住了,拍了一下桌子,打断了孙二娘的话,端起酒碗喝了整整一碗,其他人也跟着我喝了起来。只要几个人一起喝酒,就会有人说酒话,没有人听武松最近忙什么了。

我没有武松那么忙,也不理解为什么会那么忙。别人的鞋子为什么自己也要来一双,找我写字我不会写,当然也不会有人找我,找我学武功那是不可能的,我教的你能学会吗……武松怎么成了一个衙门小吏了,实在是让人大失所望。

更让我失望的是武松的相貌。前几天他从我身边匆匆路过,我看了他几眼,心里突然有点难过。武松变了,眉毛往下耷拉,眼睛微微眯着,嘴角往上撇着,就连鼻子也变软了。他以前相貌英俊,全身上下都笔直刚硬,现在整个人开始变得有点圆,像我以前认识的赵员外,还有渭州的几个地方官。我张张嘴,本来想喊武松一声,问他最近为什么没有来喝酒。可话到嘴边我突然说不出话了。

我不觉得武松瘦了有什么不好,如果可以洒家也想着能瘦一点,但圆了就是不好,武松恰恰是圆了,也软了。

几天后我发现,和武松一样,林冲的样子也变了。很多人都看出来了,林冲的胡子越来越长,只是不是朝下柔顺地长,而是四散分开,这让他整个脸像一张狮子的脸,也更像一张刺猬的脸。

杨志的样貌也变了,青面兽变成了白面郎君,但眼睛一直都是斜的。史进的样子也变了,原本粉嫩的脸庞有了深深的皱纹,像干活一年颗粒无收的佃农。

照这样下去,那就是每个人的样子都变了,或许是我看人的眼光变了。为了证明我没有看错人,我决定张罗一场饭局,请各位朋友坐下来吃饭,聊一聊。

当然,我请的人都是我自己喜欢的,我不喜欢的人我不会请。我不喜欢的人可以请我,但我还是不会喜欢他们,只是因为有酒。

但我请的第一个人就是我不喜欢的,就是卢俊义。他来,其他几位才会一起来,就算有人跟我一样不喜欢他,我只要说一句话他就会来的:"难道你是害怕武功远不如卢员外吗?"

坐下来之后,几个人都有点尴尬。一是因为卢俊义在场,大家不熟悉,二是因为大家原本非常熟悉,现在陌生了,坐下来要花费一点时间来原形毕露。这个过程中大口喝酒是必须的,一顿饭的酒往往喝在开始和结束两头。

林冲毕竟是旧居东京的人,虽然地位低下,但面对地位更低下的人他还是觉得自己有必要说两句。只见他愁眉苦脸地举着酒碗说:"各位哥哥,我们相识很多年了,相聚也已经一年多了,这些日子,感谢各位对林某人照顾有加,我敬各位一杯。"

林冲说着,短短的一句话竟然有点有气无力,说到最后声音变得很小,似乎要把他满脸的胡子掰开来才能听见他在说什么。

"林教头你客气什么呢!"杨志问了一句,不等林冲回答,还是干了手里的酒。

"不是客气,是感慨。能跟兄弟们朝夕相处,实在是让人感慨。"

"我就想到我的师傅王进,如果他也在山寨上,那该多好。"史进晃晃酒碗,大伙一齐喝了一碗。

"如果王教头在山寨,你就是我们的晚辈了哈哈哈。"

徐宁冒了一句,自从夫人死了之后,徐宁常常哈哈哈,每一句话都带着哈哈哈,远远的我们听到了哈哈哈就知道是徐宁到了。每一个人都为徐宁难过,但是哈哈哈让每个人的难过程度减轻了很多,徐宁真是一个好人。

"做各位的晚辈我也不丢人,从武功上来说,我也确实是各位的晚辈。"

"不能说谁武功高谁就是长辈,这样说没有道理。"卢俊义觉得自己作为这里地位最高的人有必要说话,就说了这句话。

大伙默默地看着他。"我的意思是说,武功这件事是要看缘分的,谁高谁低自有命数,也不能说明什么问题。"卢俊义解释说,这一刻他大概恨不得自己武功平庸才好呢。

"卢员外武功盖世,这也是命中注定的了?"武松冷冷地问。

"没有人武功盖世,比如说打虎吧,我自信我做不到武松兄弟这样英勇,我也做不到像大师一样倒拔垂杨柳,我只是弓马娴熟,熟能生巧而已。"卢俊义非常客气地解释。

喝酒需要狂妄,但是他们几个都越来越客气,这酒简直没法喝了。

见他们寒暄得差不多了,我劈头盖脸地问:"为什么你们这几位,相貌和以前都大不相同了?武松兄弟也驼背了,林冲哥哥连脖子上都快要长胡子了,史进兄弟也老了很多,徐宁兄弟满脸的哈哈哈,不管从上往下还是从左往右都是哈哈哈……"

"那应该是五个哈。"

"九个,九个哈才能盖得满脸都是。"

我白了武松和史进一眼,继续说:"卢员外的相貌洒家本来没有什么印象,不过我想这段时间来也应该变化了不少,因为大伙都在变,卢员外也不能免俗,是吧?"

卢俊义长叹一声,没有否定。

"在我请大伙吃饭之前,洒家特地好好照了照镜子,而且一照就是四五天,确认了我一切没有变才敢请各位吃饭的。大伙说我的样子变了吗,你们为什么变了呢?"

"没有变!"林冲怒气冲冲地说。

"没有变,你跟以前比都不像一个人了!"我也不客气。

"变是一夜之间,相貌日积月累,所以我说没有变。谁也没有变成现在这个样子,都是一天天过来的,喜欢不喜欢,都是这个样子!"

我看了看林冲,带着几分醉意对他喊了起来:"你好歹也是一个大汉,怎么变得跟女人一样。林冲兄弟,这些年打打杀杀,你武艺自然没有放下,不过你哭的本领比武艺长得快,大家都说你想哭就可以哭,是不是?"

"没有,我做不到想哭就哭,我也做不到想笑就笑。哭也只有情到深处才会痛哭流涕。"林冲辩解，听上去似乎也有道理。

自以为德高望重的卢俊义哈哈哈笑了几声，朗声问我："大师啊，你约我们前来，到底为了什么事？"

我没好气地说："这还用问，长相的事。"

"大师的意思是，我们都不够好看？"

"越来越难看！"我毫不犹豫地回答说。

"也不是每一个人都越来越难看吧，很多人还是越来越好看的。"徐宁说了句，哈哈哈笑了几声。这几声哈哈哈就是他的呼吸。

"我觉得吧，越来越不好看的人，和越来越好看的人应该是一样多的，彼此彼此。还有少数人像智深大哥您这样没什么变化，也是彼此彼此。"史进面带微笑地说了一声。

"废话，我当然知道，有的人越来越好看，宋大哥就越来越细皮嫩肉，一脸红晕。我想知道的，你们几位，为什么越来越难看，为什么不能越来越好看，你们几个除了林冲兄弟，本来不都是美男子吗？"

"我本来难道不美吗？"林冲泪眼汪汪地看着我说。

我洒了一碗酒在他脸上说："你身材好，但是说美，真是害人不浅。我第一次见到你手里拿着一把扇子，我就气坏了，跟你切磋武功是假，狠狠教训你一顿才是真的。不过你武艺确实好，长得丑一点，打扮臆怪，也就算啦。"

"苍天啊……"林冲一边抹着一脸的酒一边感伤。

"我也不知道为什么越来越难看,我从来不照镜子。我就是觉得近来太忙了,每一件事情都推脱不掉。"武松悠悠地说。

"那你活该越来越丑!"我忍不住骂了一句。

"相由心生啊……"卢俊义长叹一声。林冲惭愧地低下了头,徐宁看着远处发呆,武松哈哈哈笑个不停,史进仰视着卢俊义,似乎在说"真希望我到了你这个年纪也能说出你这般话来"。

我觉得卢员外说得挺好的,端起酒坛给他倒酒,大概是觉得他说得太好了,我手有些发抖,小半坛就一冲而出,直接倒在了卢员外的裆部,卢员外大吼一声:"啊呀,大师你这是在调戏我吗。"

我没有调戏卢俊义,我一点也不喜欢他,就算他是山寨第一把交椅,我还是不喜欢他。随着时间的推移,我发现我喜欢的人越来越少,越来越确切,不喜欢的人越来越多,哪怕他曾经对我确实不薄。一个月前,我突然收到一封信,让我去朱贵酒店里等候一位故人。

我对这种欲言又止的方式很不满,但还是去了,不过不是等候,而是躲在一边看谁来找我。

找我的人是赵员外,这让我有些茫然。我不知道该怎跟他相处，因为跟他确实谈不上什么交情。我确实在他家的庄园住过一阵子，那是因为我觉得住在哪里都一样，我担心他误以为我是走投无路。我确实是在他的引荐下在五台山做了和尚，但我觉得做什么都无所谓，天地一过客，做个和尚免去俗世，也真的不差，但我害怕他认为给我指了一条明路。现在他来找我，神情只见得意洋洋，眉眼之间带着几分傲气和蔑视，我更加不想见他了。

我只是好奇他为什么会来找我，而且胆敢到朱贵的店里，官府知道了饶不了他，朱贵他们又是怎么答应的。

我一直躲在侧屋看着他们。赵员外等了很久不见我现身，也不急，慢慢地喝茶，看看水泊的风景，倒是他的一个随从有些急躁，说了声"这个鲁智深竟然见到员外的信也不按时赴约。"

"可能他忙啊，智深大师是山寨的步兵统领，想必事情是忙不完的，我们再等等。"

那个随从答应一声，随后缓缓地伸了一个懒腰，直了直背，骨头嘎嘎嘎的声音一屋子都是。我这才知道这人是个高手，而他又只是七八个随从中很不起眼的一个。

随从又说："此番赵员外奉朝廷之命远渡南洋，开疆辟土，为什么要找一个旱鸭子呢？"

"一是看看故人，他武艺了得，用好了就是一个好帮手。另外此人虽然面目凶恶，但是五台山的大和尚说过，此人极有慧根,是一个吉祥之物,随身带着,能够逢凶化吉,鸿运高照,就算是用来镇宅护院也是非同一般啊。"

"和尚说的话能当真吗,每一个和尚不都是死了吗?"

"我确实仔细看过鲁智深的面相,他这个人表面凶恶,实则善良之极,仁义忠厚,是一个吉兆,就算多年之后把他的骨头供奉在那里,也能驱邪消灾啊。"

"去你妈的赵员外,我就是死了烧干净,也不会跟着你去升官发财。"洒家丢下一句,吐了一口唾沫钉在酒店的墙壁上,径直回来了。

武松的字自成一体

一天，宋江无所事事地站在"替天行道"的杏黄旗下愣了半天，不断翻白眼。随着旗杆的阴影一点点挪动，大伙都知道宋江站在这里发呆，似乎在酝酿着一大股奔腾不止的眼泪或者忠义之心。

鲁智深对武松等人说："什么鸟人，有话就说，不要摆造型嘛。"说完他喝酒去了，一干人随他走向后街酒铺，但都有点压抑。他们在想，万一宋大哥裸奔了我们该怎么办呢，酒肯定是喝不好了。

吴用迈着纤细的腿一路跑来，气喘吁吁地问："大哥，大哥，您为什么一直矗立在这里？"

"贤弟，贤弟，这几个字不好啊！"

吴用双腿一紧,皱着眉说:"大哥,大哥,这几个字怎么不好了,'替天行道',这可是高度凝练的几个字啊,难道还有更好的?"

"贤弟啊贤弟,我是说这几个字写得不好,毫无特点,不能代表我梁山武力卓越又饱含梦想的气势啊。"

吴用脸颊两片肉一抽搐,随即大笑道:"大哥啊大哥,原来你是觉得这四个字书法不行,那简单啊,我大宋书法名家众多,苏黄米蔡,都是千载之下的名家。我山寨上的萧让,会写诸家字体,人称圣手书生,想当初……"

"让他写一幅瘦金体的替天行道吧。"宋江说完,转身,但因为站得太久,身体一个趔趄,差点摔倒,吴用及时送上双臂和怀抱,宋江依偎在吴用怀里干笑几声说:"贤弟,贤弟,我这是想到我梁山就要挂上今上手迹,激动得有点晕啊。你晕吗?"

吴用听了,奋力推开宋江,用手捂着额头说:"哎呀呀,我也晕,是真的。"

一面崭新的杏黄旗被重新升了上去,但这件事没有人在意,因为所有的好汉都不看那面旗子,更不看上面的字,他们的眼光选择性地绕过了旗子直奔天上,看看云,哇,像牛像羊又像酒。

只有武松心细如发,每天到处看看,找找不同。愕然发现杏黄旗的字体变了之后他觉得浑身不舒服，但是他不知道这就是当今官家的字体，他的不舒服也就是生活中细微的变化带来的不舒服而已。

多看了几眼之后，武松觉得这四个字应该是个姑娘写的，比如扈三娘啊，花荣妹妹谁的，对此他极其不服气，认为自己也可以写，凭什么让娘们写几个大字天天挂在自己脑门上。

坚定了这个想法，武松就开始练书法。他会写的字很少，一共两句，"杀人者打虎武松也"和"替天行道"，两句加起来十二个字。武松每天写啊写啊，连酒也不喝了，拿着一把巨大无比的毛笔往一口满是墨水的水缸里一戳，拎出来在纸上写啊写啊，写完捏起宣纸一角往后一扔，继续写第二张。一天大概能写三五百张纸，到了晌午时武松就被散发出浓浓臭味的宣纸给包围了，只露个脑袋和一条胳膊，还在那里奋笔疾书。他还一边写一边喊，给自己打气："杀耶人耶者耶打耶虎耶武耶松耶也耶……哈，哈哈哈……"

"啊替嚯天嚯行嚯道耶！"

武松还在那里"啊替嚯天嚯行嚯道，哦，哈哈哈……"鲁智深迈大步走过来，一进门愣住了，眼前的一大片纸对他而言好似千军万马，一时间他腿肚子开始哆嗦。确定只是沾满了墨水的宣纸后，鲁智深大喊："武松兄弟，武二！你人呢？"

武松答应一声,继续写。鲁智深朝声音方向走去,让自己十分小心,不要碰到那些纸。从听到武松声音到安然无恙地站在武松面前,鲁智深花了将近半个时辰,这真的是世界上最长的路之一。等鲁智深到了武松近前,武松说:"大哥,我们吃饭去吧。"

说完武松全然不顾周围的纸,一掀一拨一踩,径直往前。鲁智深张大了嘴看着武松把这些纸张墨迹踩得乱七八糟,连忙撅着屁股捡起来一张说:"可惜可惜,都被你踩了!"

"大哥,我写得很差,没什么可惜的啊。"

鲁智深一边对着宣纸吹气一边说:"你写得很差,那为什么还要写呢?"

"我想写好啊。"

鲁智深兴趣更浓了,问武松:"你想把字写好?你不是除了喝酒吃肉就是挥着双刀哼哼哈嘿吗?怎么有这种追求了?要当官了吗武都头?要官复原职吗?"

武松被鲁智深问得有点恼火,又不便发作,白了鲁智深一眼说,"大和尚你别啰嗦了,喝酒去!"

一天宋江在忠义堂里议事,在场的人不多,其他人都三三两两在水泊沙滩边晒日光浴,不愿意来。武松突然冲到大厅里对大伙喊:"各位,我觉得大旗上的那几个字写得太娘娘腔了,看我写的这一幅!"

说完不等大伙有所反应,武松摊开一幅字,一尺高四尺长,白中带黄的宣纸,黑乎乎的四个大字:"替天行道"。

吴用哎呀一声,这会他才知道自己珍藏的几十刀上好宣纸是被武松给弄走了。他气急败坏地对武松喊道:"都头,都头!"

吴用的声音太纤细,而且水灵,被其他的声音淹没了。其他的声音主要就是笑声,一群头领哈哈哈哈大笑起来,连武松自己也哈哈哈哈大笑起来,他笑得声音最大,开心而自信。这么一来,大家不得不重视,纷纷走到字的近前,上下左右打量。

仅仅打量是不够的,大家还评论了起来。

"霸气!霸气外露!"李逵大喊。

"字如其人!这四个字,犹如四把纯钢打造的戒刀,杀气逼人!"刘唐也随着大喊,羡慕不已。

"东青龙,西白虎,南朱雀,北玄武,都头这四把钢刀可谓大杀四方,四把钢刀在手,都头足以驰骋沙场,飞龙在天。"公孙胜饶有兴致地评论,李逵白了他一眼,又不知道该说什么。

"这字有气势,有魄力,完全可以和苏黄米蔡四家并列,武体,武体!"林冲满脸带笑说。

"如果武都头这字叫做武体,那么宋大哥的字是不是应该叫做宋体才对呢?"吕方突然冒出了一句,还看了看郭盛。

郭盛连声说："是啊是啊，宋大哥的字那一定是宋体，吴军师的字呢那就是吴体，吴体武体，都是自成一体！"

"花大哥的字就是花体！"一个人远远喊了一声，大伙哈哈哈笑了起来。

"柴大哥的字呢就是柴体！"又有人喊了声，大伙哈哈哈笑个不停，"花体柴体"，回味无穷。

宋江突然站起来，狂笑道："哈哈哈哈哈哈，还好阮氏三兄弟不爱写字，不然那就是阮体啊哈哈，阮体。"

大伙全都狂笑不已。可谁也不知道这他妈的到底怎么了，但是宋江在笑，大伙就不能停。最后宋江突然一个急刹车，对大厅外面的喽啰喊道："来人，按照武都头的这幅字给好好绣一幅杏黄旗，再找个风和日丽的日子挂出去。"

大伙还在笑，很多人没听清楚，武松听清楚了，腾地一下蹦起来说，"这件事我自己来，我自己来，他们帮我打下手就可以。"

宋江嘿嘿一笑，默认了。

几天后，天气阴沉沉的，一坨坨远道而来的乌云在梁山上空停了一阵，又不情愿地走了，大概是觉得这里杀气太重。武松一看，反正没下雨，就上去把旗子给换了，正是自己手书的"替天行道"几个大字。

和上次一样，还是没有人发觉旗子被换过了，大家压根不看大旗。但吴用心痛自己的宣纸，一眼发现了武松的字被挂在大旗上，猎猎作响。他迈开纤细的双腿朝宋江住处跑去，一进门就喊："宋大哥，宋大哥，武松真的把他的字给挂了上去。"

"很好。"

吴用愣住了，咽了一口纤细的唾沫，接着说："这怎么能很好呢，连他都能写几个字挂在大旗上面，其他头领也要挂自己的字怎么办？"

"也挂啊。"

吴用这次没有愣，而是直视宋江的瞳孔。两个人对视好一会，宋江突然笑盈盈地说："军师啊，将来大伙都得去招安，都得去当个兵马统领都监之类的，不会写一手好字那混不开啊，也有损我梁山威名。你看，要不你就组织大家都来写写书法吧，说不定兄弟们中间有谁天赋高，练一练就能写得一手好字，这在圣上面前也是一件美事。今上酷爱书法，造诣非凡，万世典范。梁山必须人人皆书家啊。你要知道，如果能让圣心大悦，几个书法高手就抵得上无数场征伐厮杀啊。"

吴用双腿一紧，严肃地听宋江阐述。宋江接着说："军师，会书法者得圣心啊，你得想办法把大伙都组织起来，勤学书法，兼学工笔，务必让每个头领都上马能杀敌，下马能字画。"

吴用双腿继续夹紧，脸颊上的肉也噗噗噗抖了几下，恼恨自己为什么没有想到这样的好主意，如果是自己想到的，就算被宋江否定了，那也是在强化智多星美名啊。

宋江说："最好办一个书馆来忙这件事吧。"

吴用以飞快的速度办成了"水泊梁山书道馆暨梁山书画篆刻协会"。在人员安排上是这样的：

终生名誉主席及学术总顾问：宋江、卢俊义。

主席：吴用、公孙胜。

常务副主席：萧让、金大坚。

副主席包括关胜、林冲、秦明、呼延灼、花荣、柴进、李应、朱仝、鲁智深、武松、董平、张清、杨志、徐宁、索超、戴宗，共16人。鲁智深知道这个结果之后，居然一言不发，默默地举起粗大的手指在同样粗大的大腿外侧写啊写啊，不知道写的什么东西。

除了16位副主席之外，还有16名常务理事，分别是刘唐、李逵、史进、穆弘、雷横、李俊、阮小二、张横、阮小五、张顺、阮小七、杨雄、石秀、解珍、解宝、燕青。

所有108名头领那自然都是理事，成员也只局限这108名，吴用给"水泊梁山书道馆暨梁山书画篆刻协会"找了一个固定的场所，这个场所不大，只能容纳一百多人，名字就叫"宋斋"。至于一般兵士，吴用决定不管了，他实在找不到可以让梁山所有兵士都来练习书法的场地——水里水面地方确实大，总不能在水里写字吧。

有一天,大家打完仗回山,纷纷吵着要去喝酒,吴用大声吆喝道:"各位兄弟,我最近得到了几块上好的砚台。大家赶紧去洗澡更衣,穿上宽松的内衣和白袍,然后我们去'宋斋'练书法啊。"

李逵说:"练你妈逼的,老子要去喝酒。"

武松哈哈哈大笑说:"逵,你这就是书画练得不够啊,你看你出口成脏,这个样子以后怎么能独当一面呢。"

李逵说:"你妈逼,我就是这样,你不服气啊,不服气你打死我啊,反正我不怕。"

武松瞪了李逵一眼,确实,除了直接打死他,真拿他没什么办法。但燕青突然冒了出来,抓着李逵一背一摔,不等李逵起来又是一背一摔,再来一背一摔,李逵哭着喊道:"小乙饶命,我去练书法,我去我去,我他妈的书之写之画之绘之。"

宋江等人笑眯眯地看着他们胡闹。卢俊义突然说:"这个协会,其实缺一个关键的人,那就是秘书长。我看小乙就非常合适。"

大伙一阵沉默。

结果几天后出来了,戴宗兼任"水泊梁山书道观暨梁山书画篆刻协会"秘书长,宋清是常务副秘书长,燕青和扈三娘、孙二娘、顾大嫂四人为副秘书长。

燕青没有什么不开心,每天还是笑眯眯的。他是一个事情多到忙不完的人,那会他正在琢磨一种乐曲,叫做"吉他",是一种有六条弦的弹拨乐器。燕青已经捣鼓出来一个,抱在怀里,还专门为"吉他"写了一首歌,歌名叫做《新长征路上的大哥们》,歌词大意是:

听说过没见过,两万五千里;有得说没得做,怎知不容易。埋着头向前走,寻找我自己;走过来走过去,没有根据地……哦哦哦哦哦哦哦,一二三四五六七……

我镇三山已经死了

镇三山黄信一直为自己的外号而苦恼。这个外号是当年酒后激愤自己给自己取的。为什么激愤呢,很简单,每个男人都会冒出来的状态而已,尤其在目空一切又动辄浑身燥热的青年时代。有人在激愤之下练成绝技,有人在激愤之下断子绝孙,反正人人都拦不住青年时代的激愤。

黄信完全没有想到清风山、二龙山和桃花山会有那么多的高手好汉落草。更没想到的是,清风山、二龙山和桃花山的高手好汉们悉数到了梁山,大家成了兄弟。

黄信开始沉默寡言,生怕惹别人生气。

如果你跟黄信说,"黄信兄弟,喝一碗!"黄信会笑笑,端起碗喝了,并且让碗底朝天停留一会,以示自己谦卑地喝干了。

如果你跟黄信说，"黄信兄弟，我觉得你师父秦明是个大傻逼，跟花荣妹妹好得跟结发夫妻样的，是不是。"黄信会笑笑，像此前一样举起碗一饮而尽。

他就是这么沉默。

渐渐地，黄信不仅沉默，而且连笑都不敢笑了。他生怕自己充满军旅色彩的大笑脸让这群人不适。

对此吴用曾经摆出一副足智多谋的架势对黄信说过，"要不，黄信兄弟，你就换一个名号吧。比如叫'镇三山挟五月赶浪无丝鬼见愁大头剑客'如何，反正你正好用一把丧门剑，叫你剑客也挺合适？"

黄信苦笑片刻，一言不发。

吴用急了，指着黄信说："兄弟，你倒是说话啊！"

黄信捏捏自己两腮的肉，恢复恢复肌肉的活力，然后说："军师，我觉得你就是个傻逼。我无论换什么新的名号，都要大肆宣扬告诉别人吧，只要我一宣传，那就只会让别人想起我以前的名号镇三山。我这不是没事找事吗！"

"拜三山！这个如何？"吴用足智多谋地问。

"拜你妈啊，我的策略你看不出来吗，我闭口不提自己以前的绰号，甚至话都不说了。再接下来，我整个人都可有可无了，这样不就不会刺激到鲁智深武松这帮兄弟了吗？"

"哦。那你应该叫入云龙才对。"吴用若有所思地说。

"我什么都不能叫,不管叫什么都是在提醒人家我以前叫镇三山。我最好名存实亡,被人视若无睹,懂不懂啊你!"

黄信被吴用气跑了,非常悲愤。他不理解以吴用的智商怎么就成了智多星了,毫无天理。早知道当年自己叫"镇四山"算了,把梁山也给镇了。

尽管黄信谨小慎微,拼命压缩自己的存在感,但还是有人看他不顺眼。一个人看别人不顺眼,往往是因为那个人跟自己有几分相像,是同类。所以,看黄信最不顺眼的是杨志。鲁智深武松等人看黄信,那也就是众生之一,天地之精华而已。王英等人看黄信还是带着很大崇敬的。只有杨志,总是在想:我是殿前制使,他是兵马都监;我是名门之后,他也算是个大姓;我到了梁山他也到了梁山,还比我早,这他妈的凭什么呢?关键的是,他居然还叫镇三山,还敢一直都叫镇三山,哇哇哇。

因为一直怀恨在心,杨志在某天吃了败仗之后崩溃了,看谁都不顺眼,都想冲上去训几句:"你算什么鸟,我是名门之后,令公传人,你们算他妈的什么玩意,小心我左一刀右一刀上一刀下一刀把你们全给砍翻,拿着你们人头去给官家当见面礼……哦,我想多了,我不是制使了,妈的,见鬼了……"杨志就这么一边想一边克制,一边克制一边使劲想,感觉有二十四个杨志在体内来回奔走。

黄信低头走过,脚步中透露着谦卑随和,整个人如同一粒尘土,但杨志看到他就火了,大喊:"姓黄的,站住,镇三山是吧?镇三山!去后街,给我打十斤精肉,切做臊子,不要见半点肥的在上头。好了给老子送来,我在杨公祠喝酒!"

黄信一言不发,掉头就走。一会,他到了梁山大寨左边的"世界之窗",找到"中华风情",再摸到"杨公祠",递上荷叶包的十斤精肉臊子。杨志气呼呼地说:"再要十斤,都是肥的,不要见些精的在上面,也要切做臊子。"

黄信的脸抽搐了一下,但由于近年来他说话极少,平均一个月不超过三句,脸上肌肉早已经僵硬,抽搐也不为人知。没多久他回来了,十斤肥臊子奉上。

"再要十斤寸金软骨,也要细细地剁做臊子,不要见些肉在上面。"

"臊子你祖宗,干死你个混蛋……"黄信终于吼了出来,拿起桌上的两包肉一左一右拍向杨志,杨志没有防备,左脸受了瘦肉右脸受了肥肉,当即就吐了。杨志吐的时候黄信也正在后悔莫及,因为臊子打人不痛,而他本意是一击致命的。他后悔莫及并告诫自己,不动手则已,一动就要有效,比如把杨志拍死。现在这么干是无效的,错了,错了!

杨志随即蹦起来把正在反思的黄信打倒在地,一直大骂,"镇三山是吧,镇你妈的三,镇你妈的山……"黄信没有还手之力,深深地沉浸在自责之中,低到尘埃里去了。

秦明闻讯赶来，顾不得杨志有哪些兄弟撑腰了，直接和杨志干了起来。杨志也不甘示弱，大喊道："秦明畜生，打就打，我们别让哥哥们操心，我们只在'世界之窗'里面打，死活不论，如何！"

秦明应诺一声，两个人从杨家祠堂打到世界广场，再打到亚洲区、美洲区、非洲区、大洋洲区、欧洲区和雕塑园，最后一直打到国际街。两个都是好手，势均力敌。

问题在于，杨志是一个人到这里喝闷酒的，除了三五个小卒没有其他兄弟一起来，而秦明有个黄信在旁边。打得难分难解时，黄信偷偷绕到杨志身后，在他耳边舔了舔。杨志一阵心慌，秦明的大拳头呼啸而来，一声惨叫，杨志满脸是血躺在地上，秦明再一脚，踏在杨志脸上。

杨志这个时候突然清醒了许多，身体里的二十四个杨志渐渐变成了十二个，又变成六个，再变成三个，最后变成一个半。那半个杨志特不服气，但那一个杨志已经喊起来："秦明哥哥饶命，看在你排名什么的都比我靠前份上，你就饶了我这次吧。"

秦明也是极精明的，他招呼众位小卒围过来说："各位，做个见证，如果杨志兄弟能答应我三件事，我就松脚，而且不把这事说出去，大家也都不许说。如果他杨志不答应，那么我不仅还要再踹几脚，踢他个半死，各位也可以大肆宣扬，说青面兽杨志被我秦明踩在脚下求饶。如何？"

大伙一起喊:"好耶……"

杨志也连声答应。

秦明说:"这第一件事,是再也不许找黄信麻烦!"

杨志答应。身体里的那半个杨志还是不服气,想着以后让武松来收拾黄信。武松有时候就是个大白痴,给他十斤好酒他就可以去帮你干世界上任何事,不过武松的酒量现在也变大了。

秦明接着说:"这第二件事是,你去跟刚才黄信一样,给我弄十斤精肉,切成臊子,不带半点肥肉;切十斤肥肉臊子,不带半点精肉;切十斤筋骨臊子,不带半点肉星。不许别人动手,只能你自己来!"

一听这话,杨志不顾嘴里嘴外满是尘土沙子,大叫起来:"这是三件事啊,不是一件事,秦明你他妈的好好想想。"

秦明一愣,杨志继续喊:"秦明你就是没脑子,老婆被宋江杀了,你还跟他们当兄弟,现在你脑子又出问题了,非要把三件事说成一件事,你好好想想,这到底是一件事还是三件事啊!"

秦明深深地愣住了,杨志乘机蹦起来。两个人继续打,打得"世界之窗"一片狼藉。黄信突然跳出来,高高跃起又重重跪下,双膝插进土地,"嘭"的一声巨响后对两个人大喊:"两位哥哥住手,两位哥哥住手啊,镇三山黄信已经死了,镇三山黄信已经死了啊!"

黄信声泪俱下地吼道:"我镇三山已经死了!"

秦明和杨志被这种自裁式的做派给吓坏了,不由得都放缓了手脚,为了防止对方偷袭,他们搂抱在一起,胸贴胸,胡子戳进胡子,两人一齐扭头看着黄信,好生奇怪。

"我镇三山黄信已经死了,现在只有梁山马军小彪将兼远探出哨头领黄信,现在只有地煞星黄信,只有各位的兄弟黄信,只有两位哥哥的部下黄信!"

秦明和杨志张大了嘴,什么都说不出来。

黄信接着说:"所以我求两位哥哥,你们别打了。为了已经死去的我,你们打这么久,不值得的,太不值得了。你们的盖世武功还是用在沙场上吧,过去的黄信已经死了,现在的黄信唯两位哥哥马首是瞻啊,你们别打了,你们一个是我爹一个是我娘……"

秦明首先崩溃了,撒开杨志扑向黄信,抱住黄信的脑袋嘤嘤嘤哭了起来。杨志呢,挺得意的,发了一通邪火,不仅没有什么后果,还收了一个小弟,真美啊。他装模作样地一把抱起黄信秦明两个,也嗯嗯了几声。一群小喽啰在旁边喊:"好耶!"

"真感人!"

"真是情满人间……"

从此以后,三个人一起过上了幸福的生活。

黄信继续尽心尽力,从不说话,只顾办事。他说得最多的两个字就是"得令"！时间久了，大伙也没有人在乎他是外号叫"镇三山"还是"荡三江"了。有人打趣说："要不黄信就叫'铁舌头'吧。"黄信就当没听到，他已经达到了连笑容也极为简约的境地。

渐渐地，杨志居然成了和黄信最好的兄弟，两个人常常一起喝酒，一起呵呵大笑。杨志有次喝高兴了，搂着黄信的肩膀抒情地说："黄兄弟，你说啊，我们还真他妈的像！"

黄信用操练已久的含情脉脉的眼神看了看杨志，那意思是，"你继续往下说嘛。"

"我是殿前制使，你是兵马都监；我是名门之后，你也算是个大姓；我到了梁山你也到了梁山，虽然你比我早了点，但我到二龙山的时间也不算晚，到了二龙山也算是梁山预备队了，哈哈哈。兄弟你说我们像不像！我觉得啊，我们就是他妈的不分彼此啊，你中有我，我中有你！是不是啊兄弟？"

黄信还是没说话，而是端起一碗酒，直直地伸到了杨志的脑袋后面，胳膊一弯，这碗酒又到了自己嘴边。做完这些，他含情脉脉地看着杨志，杨志"哦哦哦"几声，如法炮制，激动得大手直抖，酒洒了一身。然后，两个人使劲往后一仰，把嘴边的酒全给倒进了自己的大嘴里。

爽啊，两个人喝完之后都感慨，继续这么喝，交杯酒要喝上一千杯才算真的交了。

就这么的，两个人都喝多了。喝多了的杨志问黄信："我说黄信兄弟，有一件事我一直没想明白，今天就问问你，如何？"

黄信哈哈一笑。杨志说："那天在世界之窗，我跟秦明哥哥打了个平手，势均力敌。我们可是说好了生死莫论的，这个时候不管是谁都能轻易要了我的命，你当然更可以。如果你杀了我，以秦明哥哥跟宋大哥的关系，再加上花荣跟宋大哥的关系，也不会拿你怎么样，最多算你情绪失控，过失杀兄弟，把你打个半死也就拉倒了。你为什么没有对我下死手呢？"

黄信笑而不语。杨志继续唠叨说："哈哈，我就知道黄信兄弟你是个好人啊。你这么一好，就让兄弟我多活了这么多天啊！"

黄信卷着舌头但是简约地说道："你觉得你……你他妈的还算活着吗？你不是早……早就死了吗？"

小弟的小弟的小弟

李逵回家一趟再回到梁山,开始觉得很开心,如宋江所说,你杀了四个猛虎,今日山寨里又添得两个活虎。

事实是,老娘死了,骨肉内脏头发衣服摊了一地。当时是夜里,看得不算清楚,但是李逵一闭眼就想到这个不甚清楚的场面,越想越清晰,然后惊醒。他坐在那里打着赤膊哇哇大哭:"娘啊,老娘啊,你为什么就死了呢。"

李逵的哭声让其他兄弟很是揪心,纷纷找他喝酒。不过李逵可能是进入了青春叛逆期,谁喊喝酒都不理,只顾哇哇哇地哭,鼻涕流出一堆,舌头一伸一卷一缩,哗啦一声,继续大哭:"娘啊,老娘啊,你为什么就死了呢。"

听说宋江要把每年第五个月的第八天作为梁山母亲节,

李逵哭得更伤心了。不仅不喝酒,还逢人就打。

一群人面面相觑,不知道该怎么办。

武松醉醺醺地说:"我来吧,这傻逼我一句话就能制服。"

大伙同意了,不是因为大家相信武松的话,而是不敢惹武松,他说什么那就是什么吧。自从山寨把每年第五个月的第八天作为梁山母亲节后,武松也每天大醉。无论武松怎么去想,都想不出来老娘的任何画面。似乎他妈妈把他一生就死了,把两件事变成了同一件事,简直就是一死一生。那段时间武松一天十二个时辰都在喝,比李逵还凶。

武松猛猛地喝了一坛景阳岗下的"三不老酒",一路晃到李逵面前说:"李逵,呆逼,来喝酒。"

"不喝,老子难过。"

"别难过了,喝酒。你是害怕喝不过我,哈哈,哈哈哈。"

李逵跳起来说:"我操,我不喝酒是因为我想念老娘,不是喝不过你,我怎么能喝不过你呢?"

"你怎么能喝得过我呢?"武松冷冷地说。

那就喝吧,武松让人把张青和孙二娘喊来,为了有个见证,也是好照顾一下。张青痔疮发作,来不了,让孙二娘一个人去。

孙二娘就一个人到了武松营寨,一看,顿时也来了精神,把光溜溜的大长腿往桌子上一架说:"两位,你们拼酒,没问题。谁输了,我拖走剁了做成人肉包子给兄弟们吃,内脏扔到鱼塘里喂鱼,骨头放在壕沟里当埋伏用,头发当绳子用。"

武松说:"行,这说明我武松浑身上下都是宝。"

李逵说:"来吧,别扯淡了,老子哭了这么多天,正好要酒来补补身子。"

孙二娘后撤一步,喊道,开始!两个人就喝了起来。

不断有人过来看热闹,也是为了防止孙二娘真的技痒难耐,把谁给杀了拆了。

武松因为连连喝酒,没一会就支撑不住了。李逵显然占据了上风,他一看武松有点歪,哈哈哈大笑起来说:"武松,哈哈哈,你就等着被你嫂子一刀刀剐了吧。"

"变成天地精华,我武松死而无憾,杀人者,打虎武松也。"武松大喊一句,举着一坛酒跟李逵干。

李逵心想,喝完这坛武松就得挂了,干完吧。

但武松没挂,还在歪歪倒倒地支撑,李逵自己反而有点上头,他不懂"三不老酒"的厉害,更不知道该怎么支配嘴巴舌头咽喉和呼吸来喝这一款酒。另外,他以为有一阵子没喝酒酒量会变大,其实酒量变小了,吃了没有文化的亏。

一阵眩晕上头,李逵扭头一看:"啊,老娘!"

随着一声大吼,李逵把酒坛子一扔,扑向孙二娘,双手把孙二娘两条壮硕的大腿包括大翘臀一起给抱住了。

李逵把自己的大脑袋埋在孙二娘双腿之间大哭:"老娘啊,老娘你怎么活过来了,还到梁山上来了。老娘你知不知道我多想你,铁牛虽然是个傻逼,但是我也日夜想你啊,想死你了。以前是没钱,没脸回去,现在我有钱了你又死了。你这一死,我真的也不想活了,想去地下找你去,又舍不得兄弟们,可跟兄弟们在一起,我又每天都想你,不敢闭眼睛,一闭上眼睛就看到你变成一大片了啊……"

孙二娘温柔地说:"铁牛,我这不是就在你身边吗,我没被老虎吃掉,那几只老虎信佛,吃的是面粉红汤做的素人,我活得好好的。"

李逵呵呵呵笑了起来,脑袋在孙二娘衣服上蹭了几圈说:"娘啊。"

周围的人都沉默不语,谁也不知道接下来该怎么办。但每个人都知道,如果谁这个时候去把李逵拽开,李逵会一口咬死你的。

李逵就这么哭啊笑啊,孙二娘站在那里一动不动,几个兄弟悄悄走到孙二娘后面,弯腰驼背地拿手撑着她的腰。孙二娘说:"够意思,这样舒服多了,再往下一点,再下一点。"

武松站在对面也傻了,但是他是极精明的,很快明白了李逵是有幻觉。问题是自己连幻觉都没有,每天喝醉,就是想在大醉之中看看能不能见到老娘,还有老爹和哥哥,都见不到。自己简直连李逵都不如,看来只能醉死拉倒。

两天后李逵清醒了,蹦来蹦去找老娘。

很多人对他说:"你搞错了,是做梦,你老娘早死了。"

李逵说:"不可能,我老娘就在山上,那天还一直摸着我脑袋。"

对方说:"胡扯,你有证据吗?"

李逵说:"没有,不过我一直在她衣服上蹭鼻涕,我记得很清楚,以前我都是把鼻涕吃掉的,从小就这么吃,有时候可以当汤喝,有时候还能抵饱,那天我都给蹭到老娘衣服上了。"

对方说:"胡扯,你有证据吗?把蹭到衣服上的鼻涕拿出来看看!"

李逵突然火了,手刨脚蹬地说:"你耍我是吧,我怎么拿蹭掉的鼻涕,你欺负我是吧,我宰了你!"

对方落荒而逃,李逵继续在山上走,一边走一边喊:"娘啊,你在哪里,为什么不出来见我?老娘啊,我错了,以后我再也不离开你了,你快出来啊……啊……"

几个人找宋江商量,要是这么喊下去,十天半个月,李逵就非死不可,极有可能是嗓子破了不能吃东西活活饿死,或者是不能睡觉活活累死,要么就是在山上摔死。

宋江当机立断说:"为今之计,唯有说实话啦!二娘,有劳你去说,带上武松,不行武松你就按着他。"

因为孙二娘这几天都没换衣服,李逵一见孙二娘,鼻子嗅嗅,扑上去说:"你就是我娘,娘啊!"

孙二娘后退一步说:"李逵兄弟,我是孙二娘啊,张青的浑家,武松的嫂子!"

李逵说:"我不管,你就是我娘,那天就是你跟我说你还活着的。"

孙二娘给武松递了个眼色,武松突然冲上去从后面抱住李逵,原地滚了几圈又猛然夹着李逵站了起来,这是他的绝技,李逵果然晕了,吐了一地。等他清醒后,孙二娘说:"李逵兄弟,我真的是我,不是你娘,那天你是喝醉了,大概是看着我像你娘。"

"我怎么会看你像我娘呢,你比她高很多啊。"

孙二娘想想说:"我估计是你太想你老娘了,平日里又见不到女人,所以,你可能把你见到的第一个女人当成你娘了。"

李逵呆了半天,突然喊起来:"我不管我不管,我就是要你做我娘,娘啊……"

武松在李逵后面喊:"大嫂,快走!"

孙二娘嗖地跑走了,武松一直抱着李逵,李逵挣扎,两个人站在原地较劲,脚下一点点下陷,最后两个人都累垮了,才各自爬开。

李逵恢复之后,继续在山上到处走,一边走一边喊:"娘啊,孙二娘娘啊,你在哪里,为什么不出来见我?老娘啊,我错了,以后我再也不离开你了,你快出来啊……"

喊了很多天,孙二娘踪迹全无。她躲到史进平日里躲着的悬崖边那处空地上去了,到了那里也不敢待在地上,爬到树上搭了个棚子,在棚子周围用百十个鸟窝做掩护。

张青觉得这事拖下去总归是麻烦,趁着夜色窜到李逵耳边说:"李逵兄弟,你光这么喊没有啊,你要去找你大哥啊,让你大哥出面请孙二娘做你娘。"

"如果有人问你谁出的主意,你就说戴宗出的!"说完,张青连滚带爬走了,李逵其实也没打算追,他被耳边的这句话给提醒了,一拍大腿说:"对啊,孙二娘也是头领,也听哥哥的话,我又不能把她抢来做娘,应该让哥哥命令她给我做娘啊,对!"

李逵去找戴宗。戴宗说:"这事你为什么不去找宋江哥哥呢?"

李逵说:"他太忙了,我先找你。"

戴宗说:"好吧,那我去问问。"

李逵就等,等的时候不喊了,开始喝酒,喝醉之后不会什么都看不见梦不着了。

戴宗犹豫了三四天，觉得这事太操蛋了，有点荒唐，有点感人，也有点草率，如果李逵非要认一个娘，比孙二娘合适的人很多啊，顾大嫂扈三娘还有李应等人的老娘之类，都比孙二娘合适。

带着这个疑问，戴宗去找了吴用。

吴用首先问："这事你干嘛不去找公明哥哥？"

"他忙，我先找你。"

吴用说："我可以去问问，但是我觉得这件事不妥当啊。为什么呢？因为我们跟李逵都是兄弟，都算是兄弟吧，李逵认了孙二娘做娘，那孙二娘就成了我们婶婶了，别人不说，张青就得是我们叔叔，他们是夫妻嘛。既然张青是我们叔叔，别人不说，武松就得是我们叔叔，他们结拜过的嘛。既然武松是我们叔叔，别人不说，宋公明大哥就是我们的叔叔，他们也结拜过的嘛。宋大哥如果是我们的叔叔，那所有人都是我们的叔叔，大家都是兄弟嘛。既然我们所有人都是我们所有人的叔叔，我们见到了兄弟们也就是叔叔们到底是该叫兄弟呢还是该叫叔叔啊……"

吴用说不下去了，戴宗也张口结舌。

吴用最后叹口气说："我去跟宋江大哥说一声吧，李逵兄弟的事，还是要处理好，我们看看有什么办法处理一下。"

带着几分不情愿，吴用去找宋江说："戴宗兄弟为了李逵的事，非常烦恼，让我来问你，你说说该怎么办？"

宋江皱着眉思考，想了好一会，又站起来来回踱步，当然眉头还是紧锁的。走了半天，眉头锁了半天，宋江说：

"军师，你说这事该怎么办？"

吴用心想："操你妈，不管什么事，你都来一句军师你说怎么办，军师意下如何。我的意思是你死了才好。"

吴用说："我觉得认孙二娘做娘，万万不可，因为这样兄弟们的辈分全都乱了。但是我有一计。"

宋江心说："你傻逼还好意思说计，你看看你的那些个计策，每个计策都要死一批人，你说说怎么养鸡还差不多。"

宋江说："请讲请讲！"

吴用说："李逵思念老娘，一是孝心所致，人之常情，另外一个呢，就是愧疚后悔，自己没保护好老娘，让她被虎吃了。所以我们可以在山上演一出戏，让孙二娘演李逵老娘，李逵背着她打算来梁山，可老虎来了。李逵打死了老虎，老娘没死，回家安度晚年去了。这样李逵会好过很多。"

宋江心里一阵冷笑，差一点笑出声来，脸上严肃地说："军师此计大妙，快快让兄弟们去办，务必演得逼真、感人、深邃！"

似乎想到了什么，宋江又皱着眉问吴用："如果李逵不入戏那怎么办呢？"

"一直演下去！"吴用喊道。

"好，妙绝！"宋江大叫。

吴用领命下去了,找到戴宗说:"我觉得戏好演虎难找啊,梁山方圆八百里,虎都被吃了,虎皮做成了几位大头领的座垫,虎骨泡着酒,还没泡好呢。戴宗兄弟,还是麻烦你下山看看,哪里有虎,我们去捉。"

戴宗说:"这事太难了,军师我想问问,这到底是你的意思呢还是宋大哥的意思?"

吴用脸微微一红说:"其实,是宋大哥的意思。"

戴宗说:"那就好。"

戴宗又补充说:"在我下山去的这段时间,军师要抓紧排戏啊。"

吴用本想反驳,再想想,觉得可以好好排一下,作为每年一度的梁山文化艺术节官方保留节目,也就答应下来。

戴宗没有直接下山找虎,而是找到李逵说了这件事,让他有个心理准备。娘是不会跟你在一起了,你天天打打杀杀的,怎么跟你一起呢,但老娘可以不死,可以不被老虎吃掉,而是回家安享天年去了,当然这个娘是孙二娘装扮的。

李逵呆呆地问:"那孙二娘为了当我的老娘就真的要演一场然后永远离开我们啊?"

戴宗说:"装的,演的,到时候让公孙先生施展法术,放一团大烟,孙二娘,也就是你老娘慢慢飞走了,就可以了,你只管把虎砍死,老娘回家自己过,不跟着你,你看也看到了。

然后孙二娘还是待在山寨里。这样多好。"

李逵半天没说话,突然对着戴宗喊道:"日你妈,你耍我。我找宋江大哥去,我不信我不能让孙二娘当我娘,你等着。"

宋江问明白了李逵的来意,没有讨论能不能让孙二娘做老娘还是让她演老娘离开一下但继续待在这里的事,而是厉声问李逵:

"铁牛,你想有个娘,这件事你为什么不直接问我?"

李逵有点害怕,支支吾吾地说:"大哥……我,大哥……你,大哥……这……大哥……"

宋江又问:"你想有个娘,这件事你为什么不直接问我?"

李逵有点扭怩,嘿嘿嘿笑着说:"大哥,你看你,大哥,你是大哥,你忙啊。"

宋江喊道:"铁牛,你想有个娘,这件事你为什么不直接问我?"他一边喊一边跺脚,跺得脸上黑肉产生了黑色的波浪,看上去显得很生气,很受伤。

李逵盯着宋江看着,傻乎乎地笑几声说:"大哥,大哥你听我说,现在呢,我不想要个娘了,我想要个老爹,你做我爹吧。"

宋江吓了一跳,心想铁牛你太不懂事了,我是你的同床大哥啊,怎么能做你爹呢。他眼珠一转说:"铁牛,我也想啊,但是我爹说过,我的儿子,是绝对绝对不能喝酒的!"

李逵吓坏了，连忙说："啊，这样，那，那我不要爹了，妈我也不要了，我还是去喝酒吧，我已经搞清楚了，一喝酒就什么都忘记了。武松答应分一半他的'三不老酒'给我，估计着有一两百坛啊……"

食堂都搞不好还怎么替天行道

最近秦明、林冲和鲁智深几个,打战都有些懈怠,不愿意出力,一遇到高手就输。

大伙都很奇怪,这些兄弟怎么突然之间就不经打了,原来都是煞星,现在都成了瘟鸡。

就连这几位自己也很奇怪,夜深人静的时候会自问,我他妈的怎么不能打了呢?浑身无力,就像人生失去了希望。

如果说大伙的懈怠是因为人生没有希望,因为人生太苦,因为冤屈太多,这些都不对,因为大伙本来如此,可以往还不是照样生龙活虎的。现在肯定是发生了其他的事。

林冲特别不想动,什么都不想。两军阵前不想冲上去,一不留神被大伙簇拥着上去了,也不想大骂对方将领,对方开口骂了他,他只得骂回去,但还是不想动,不愿意使出绝招。他感觉自己得了拖延症,一招一式都往后拖,不愿施展——这也太危险了,会死人的。但确实是无力啊,怎么办呢。一贯善于忍耐的林冲也没有好办法,忍着呗,这倒符合林冲的性格。他甚至不知道为什么会这样。

还是黄信稳重,他突然发现了问题所在,第一时间告诉大伙:"食堂,是食堂,食堂太难吃,我们一直都在挨饿!"

大伙恍然大悟,确实如此,食堂太差了。食堂都搞不好,还怎么替天行道。

各位兄弟上山后,三日一小宴五日一大宴。但第二天和第四天怎么吃成了问题。宋清奉命搞了个食堂,叫做"凤凰大食堂",这个名字寓意着大伙都是人中龙凤。

但这个食堂实在是太差了。一经黄信指明是食堂影响了各位的武力和人身安全,大伙就纷纷批判起食堂来。

首先是食堂里的座位太恶心人,按照忠义堂的位置排列,而且座位很少,一人一个座位。这表面上看很合理,其实很不合理,因为梁山上的地方还是有的,食堂理应大一点。但建造食堂的钱大概是被宋清贪墨了,他制造了一个拥挤不堪的食堂,很多次有些头领打算带喜欢的小卒一起吃饭,然后搞定人家,都不能得逞,因为没有座位啊。那时候还没有排名,但距离宋江大哥的远近距离都固定下来,你想凑到宋大哥身边边吃边聊都不现实,连装作巧合都装不出来。

其次是,食堂里盛菜的方式太愚蠢了。"凤凰大食堂"怎么盛菜呢?首先,是厨师把做好的菜用一个粗大的勺子打在小碗里,砰的一声把碗扔在几案上。打菜时厨师用脏兮兮的、上面或早或晚都会沾满了屎尿鼻涕眼泪还有口水的手,捏着小碗的边缘,把菜装好,放在几案上,供头领选择。这个碗可想而知有多脏。而头领们又是怎么选择菜的呢,他们当中有的人会把碗捏起来,凑到鼻子前看看,甚至闻闻,还有偷偷舔一口,然后因为一个说不出来的原因又给放了回去。几次下来,这些碗的边沿就什么都有,而这些都被其他人吃下去。流行病来了怎么办?梁山各位兄弟可是常常见血的啊,艾滋病传染怎么办?这么干的人大概有选择困难,有的人还非常之困难,不拿起放下若干次,完全迈不动腿。这就是有病了,食堂这种盛菜的方式让这种病无可逃避。食堂里也确实为了这样的事打过架。有一天,吴用拿了一盘菜,放下,换了一盘,然后用第三盘换了第二盘,第三盘好歹是待在了托盘里,随后他拿起了第二盘菜,也就是第四次拿菜,但当看到第五盘菜的时候,又发病了,把托盘里的两盘菜都给放了回去,只留两份一样的第五盘……后面的武松愤怒不已,噌地一声拔出刀说:"军师,把你刚才摸过的菜全给端走,不然的话明天的今年就是你的祭日!"

"明年的今天,不是明天的今年!你说明天跟今年有什么关系呢。"

武松比划着刀说:"军师你不要对着我的口误强颜欢笑了,我的刀要杀尽虚伪之人!"

吴用吓坏了,连连答应,还伸出他纤细的手指把台面上所有的菜都捏了一遍,一边捏一边喃喃自语:"这个我刚才碰过的是吧……""这盘我刚才拿过的……"武松哭着走出了食堂,饿肚子去了。

为什么会饿肚子呢,因为除了三日一小宴五日一大宴和"凤凰大食堂"之外,山上没有吃的,都充公了。好在酒还有,武松想想,那就再放纵一次吧,空腹喝酒。

食堂的第三个问题是太矮,完全按照宋清宋江的身高建造的,他们站在里面挺合适,但一群大个子的兄弟进来之后就感觉很难受,苦闷、焦躁、寒冷、悲伤、幻灭……各种感觉纷至沓来,饭都不想吃了。

第四个问题是食堂里贴满了宋江的手迹。这些字写得实在不怎么样,但确实是字。识字的兄弟看了恶心,不识字的兄弟看了着急。墙上分别贴着"精忠报国""替天行道""兄弟万岁""凤凰是个好食堂""前程似锦""南无阿弥陀佛""奥妈咪妈咪红"之类的话,密密麻麻,让人喘不过气来。

最后就是,"凤凰大食堂"的菜太难吃了。这或许是因为兄弟太多,而且食量极大,小灶不现实,只能大火烧大锅煮大勺子翻拍,然后居然还用小碗给装好。

总结就是,这是一个难吃又愚蠢的食堂,或者说是一个愚蠢又难吃的食堂。或者说这是一个因为难吃而愚蠢的食堂,再或者说这是一个因为愚蠢而难吃的食堂。它的结果就是影响了梁山的战斗力。

大伙捋清楚了事实,纷纷建议找宋江谈一谈。吴用被推举出来。

但吴用死活不愿意去。他说:"我不能去,武松兄弟是宋大哥的好兄弟,我去找宋大哥,武松兄弟会不答应的。就算他答应,他的刀也不答应啊。"

大伙一阵错愕,然后哈哈哈大笑起来。

但吴用不愧是智多星,他对大家说:"还是别找宋大哥吧,找了事情就没有退路了,先找宋清吧。"

"找宋清有鸟用!"李逵怒吼。

大伙又是一阵哄笑,充满了对李逵的无视和对自己智慧的得意。

武松有点不忍心,悄悄对李逵说:"黑牛,你太天真了,这件事不都是宋清一手操办的吗。他搞食堂,又把其他的食物都收缴起来。然后再把食堂弄得不堪下咽,可办食堂的钱财一点都没少。宋清实在是可恨,大哥本来同意他搞个食堂是为了方便我们大家别让我们成天喝酒,吃一点健康美食,大葱大蒜小麦鱼片。可你看宋清,简直不像话……"

李逵突然对武松说:"武二哥,你这是反高俅不反皇帝啊,宋清敢这么干不就是因为那个黑子支持吗。"

周围突然安静下来了。很多人甚至流下了热泪,原来李逵如此犀利,人如其斧,无所畏惧。

秦明问李逵:"黑牛,你怎么这么说呢?"

李逵说:"我说错了吗,我不能说吗,我这么说有什么问题,有什么不能说吗?你他妈的说啊!"

大伙全呆掉了,不知道该怎么说。

还是吴用机智,他悠悠地说:"人和人是不一样的,李逵兄弟威猛,各位兄弟不要强求,我们就要打关胜了,大伙还是多吃一点,好把关胜给捉过来!"

大伙沉默不已。林冲悠悠地说:"为什么一定要捉关胜呢,一刀杀了不就完了。"

大伙沉默不已。黄信笑了笑说:"为什么不能把他捉来呢,让他也吃吃我们的'凤凰大食堂'。"

大伙还是沉默,似乎这一切都不是自己的事而是死人的事情,活着的人显得多么无能力为。或者,大伙都已经死了,遥望人世和大刀关胜,无论干什么看上去都像是沉默的。

吴用说:"大伙不用这么消沉,我们兵分三路吧。武松兄弟你跟宋江大哥关系很好,打关胜这种马上的将领你也不出战,你就负责跟宋大哥说说吧。武松兄弟你心思细腻,适合好好谈一下。"

"李逵呢,你口无遮拦,你就负责跟宋清去说说,让他适可而止,兄弟们总要吃好,食堂都搞不好还怎么替天行道呢。他若不听,你就尽管打。"

"至于秦明兄弟,你马上就要去捉拿关胜了,有一件事情倒可以如此如此……"一阵北风呼呼吹过,大伙看着吴用,突然间觉得很心酸。多么坚强的一个人,饿得半死,又毫无智慧和能力,但偏偏要装出很饱的样子,再装出很有智慧的样子。

既然大家没有这么能装,就只能听装得好的人,也就是吴用的了。

两天后,秦明带着一队人把关胜给捉了回来。在押上忠义堂之前,秦明把关胜带到了自己营帐,然后对几个小兄弟说:"来,我们把关胜将军的衣服全给脱了,大伙开开荤,你们平时都憋得慌,没女人啊,现在我们把关胜将军翻过来当一次女人吧。"

关胜哇哇哇叫了起来。

秦明说:"你叫什么叫,如果我们杀你,你可以叫大丈夫生又何苦死又何哀,大丈夫精忠报国,大丈夫为国捐躯马革裹尸,大丈夫万世流芳。但是我们不杀你,你还是好好做一回女人吧。"

关胜大哭,小鸡啄米一样给秦明磕头说:"秦将军,你说,你要我做什么都可以,别让我做女人啊啊啊……"

"那你真的要听我的,不然我饶不了你。就算宋江大哥饶了你,你还是逃不过我的手掌心,我可是很厉害的,我的小舅子花荣更厉害,百步之外都可以让你做女人!"

关胜答应。

秦明说:"你一开始假装不投降,然后要很感动地投降,但是你要跟宋江大哥提一个要求。"

关胜愁眉苦脸地看着秦明,意思是我都要投降了还有什么要求呢。

秦明知道他想什么,哈哈一笑说:"关将军,让你提的要求,宋江大哥一定会答应下来的,因为是一个小要求,他会做顺水人情的。"

关胜点点头。秦明说:"你就说,宋大哥,我关胜投降可以,但我一贯锦衣玉食,对吃的要求很高,有一米多高。听说梁山的食堂,那个'凤凰大食堂'实在很差,我害怕我因为食物而思念在朝为官的日子,久而久之出现懈怠,不能跟兄弟们替天行道。所以我要求宋大哥把食堂撤了,重新开一处饭堂,由张青、曹正和解珍解宝来负责饭堂。"

关胜点点头。

秦明接着说:"宋江大哥一听就知道,大伙这是对宋清搞食堂不满意。如果他一定要问为什么让这四个人来负责饭堂,你就说,他们四个人,对应着蔬菜、猪肉和野味,搭配合理，肯定会让大伙吃得满意。"

关胜点点头，怯生生地问："秦将军，你就让我做这件事？"

秦明说："是啊，这件事其实很难的，事关大笔的钱财，宋江大哥未必同意。如果他口是心非地答应下来，你就黏着他，让他务必落实为止。"

关胜说："我一个新来的人，怎么好意思黏着宋大哥呢。你们为什么不黏着他？"

"就是因为你是初来的，装也要装出愣头愣脑无所畏惧的样子，死活把这件事办成。至于其他的人，不瞒关将军说，脸皮都薄了，没有办法黏着宋大哥了。"

关胜若有所思地点点头，一想到黏着宋江可以避免当起码一次以上的女人，他也只得答应。

就这样，在归降梁山后大约一个月的时间里，关胜对宋江说得最多的话就是，大哥，食堂都搞不好还怎么替天行道！

当关胜和宋江私下聊天时，关胜的开场白和结束语都是："大哥，食堂都搞不好还怎么替天行道！"

当关胜跃马扬鞭带队出征时，他会对宋江抱歉说："大哥，小弟一定杀他个片甲不留，不过，连食堂都搞不好，还怎么替天行道！"

当宋江问关胜招安的意见时，关胜说："大哥，我听你的，不过，连食堂都搞不好还怎么替天行道！"

当关胜向宋江介绍朝廷情形和天下大势时,他说:"大哥,食堂都搞不好还怎么替天行道!大哥,我们水陆两路都要有精兵强将啊,食堂都搞不好还怎么替天行道,大哥,缺一不可啊。"

在关胜这里,食堂都搞不好还怎么替天行道这句话,已经成了语气助词,相当于嗯……或者哈哈哈,或者这个……

宋江几乎要疯了,他从来没有遇到过一个语气助词这么长的人,而且这个助词内涵实在太丰富。最后,看在关胜是大将的份上,宋江勒令宋清把"凤凰大食堂"给关了,专心负责三日一小宴五日一大宴,还有其他重要的宴请。

宋清不服气,哇哇哇找宋江争辩。

宋江说:"呆子,只做高端餐饮,你有什么不满足的。"

"不能走量啊大哥,"宋清苦着脸说。

"走什么量,几十号兄弟,怎么吃就这么多。你是不能克扣吧。"

宋清不说话,等于默认事实。就这样,食堂归了张青等人,共同管理,更名为"京华大食堂",宋江的手迹也都被撕了,整个食堂只有一句话:

吃京华大食堂,去东京当大官。

菜也不这么装好了,而是盛在大桶里,兄弟们要吃就让厨师往自己的盘里装,一到吃饭时间,食堂里充斥着再来一点、再多一点、我还要……再来再来……

搞定食堂后,关胜在梁山的地位变得挺高的。由于他用的是坚持不懈的方式,关胜一度被兄弟们称为"不懈大将"。

只有武松和李逵知道,这事其实不是关胜的功劳,而是他们两个的功劳,只是他们不在乎而已。

在吴用安排下,武松去找宋江聊聊,李逵去找宋清讲理。但武松没去找宋江,李逵没有去找宋清。两个人凑到一起喝酒,武松说:"李逵兄弟,我不敢去找宋大哥。"

"你都不敢?"

"我自己一个人去,当然无所谓。但我去了,宋大哥会以为是别人让我来的。"

"确实是吴军师让你去的啊。"李逵瞪着喊起来。

武松说:"他不会这么想,他会那样想。"

李逵不太明白,也不管。

武松说,这样吧,既然宋清是宋江弟弟,那食堂的一干人等,也就是宋清的小弟了,我们这么这么干。

李逵哈哈哈大笑,连声叫好。他甚至忍不住喊:"能一口气杀这么多人,太好啦。"

两个人立刻行动,武松去找宋清喝酒,宋清有些疑惑,但又不敢不喝。他心里想的是,你武松最多把我灌醉,你要是敢碰我一根毫毛,我就让你吃不了兜着走,我让大哥把你们的酒全部没收。

武松只是喝酒，甚至不灌宋清，随意随意。

李逵把"凤凰大食堂"的一干人等全给绑了起来，对着大伙喊："你们弄的饭菜太难吃了，今天砍死你们。"

一些小伙计小厨师都吓坏了，鬼哭狼嚎。其中一个胆大的对李逵喊道："李逵大哥，你饶了我们吧，只要能饶了我们，你想干什么都可以，你可以干我们啊，所有人！"

其他人纷纷附和说："是啊是啊，李逵大哥，你干了我们吧，别砍死我们啊呜呜呜……"

李逵一想，对啊，这太便宜了。他先是把自己脱光，再把十几个喽啰全给扒光了，准备一一玩弄。正在兴起，武松在外面冷冷地喊了一声："李逵，你别忘了你是一个好汉！"

李逵激灵了一下，心想，是啊，我是好汉，英雄好汉，女色都不能近，怎么能干这种猪狗不如的事呢。他看了看躺在地上啜泣、傻笑和懵懂的一群人，一狠心，拿起斧子说："我是好汉，不能让人知道我干过这事，你们都得死。"

那群人崩溃了，大喊冤枉。一个人大喊道："李逵大哥，你要么砍了我们，要么干了我们，你不能先干了我们还要砍了我们啊。"

还有一个人大喊道："李逵大哥饶命啊，我到山上来只是为了打工，不是为了创业。我只是想拿一份基本工资，我连养老金都不奢求。我家里还有八十老母，老母的老母也还活着，我一个人要养好几个老母亲，我不能死啊，嗯嗯嗯……"

李逵听不得老母亲,一听他还有八十老母和更老的老母,动摇了。

"自从他把你们绑起来,你们死活都是死了。"武松站在外面说。

李逵说:"只有如此啦。"说完,他光着屁股,把十来个人都给砍了。

他一边砍一边说:"谁让你们遇到好汉了呢,唉……"

不过,有一个人没死,因为李逵消耗太大,手上没力气了。他等武松李逵走远,裹上身子去见宋江,把事情都说了一遍。宋江大惊失色,咬牙道:武松啊李逵,你们居然敢联手欺负宋清,你们两个竟敢联手合作!看来,你们两个只能活一个。

人人都知道我是一个隐士

晁盖死掉、宋江坐上头把交椅后,大家全都喜气洋洋。因为有人悄悄地互相转告说,必须喜庆,不然宋大哥太悲伤了;必须非常喜庆,不然宋大哥还是难掩悲伤;必须极其喜庆,不然宋大哥会觉得你有什么悲伤的事……

因为大伙都喜气洋洋,走路都载歌载舞、扭着壮硕的屁股,宋江也很开心。他专门约公孙胜出来谈一谈。

公孙胜以为面谈会选在一个隐蔽的场合,只有一束光高高垂下来的那种地方。

出乎意料的是,宋江牵着他的手,走上了梁山中央的林荫大道。

这条路目前还没有名字。有人建议叫做"天王大道",

这不行;有人建议叫做"凯旋大道",也不合适;有人建议叫做"大宋大道",不行不行;有人建议叫做"公明大道",还行,但不够好;有人建议叫做"香榭丽舍大道",太土鳖。

总之,这条大道有待冠名,浓荫蔽日,风景如画。

宋江牵着公孙胜热乎乎的手,表扬说:"道兄功力深厚,这么凉的天,手还这么热,想必身上更热吧哈哈哈……"

公孙胜笑而不语。宋江又笑了一阵,哈哈哈哈。然后正色道:"道兄,现在大事初定,接下来怎么办,还请你多多帮忙啊。"

说着,宋江扭头,对着公孙胜的脸,似乎想感受一下公孙胜的热量,也给公孙胜带来了热量。

公孙胜说:"我要走了。我要隐居。"

宋江大惊失色:"道兄,这是为什么呢?"

"这是功成身退啊,宋大哥。"

"可是我们还没有成功啊,眼下百废待兴,我们摸着石头过河,在到达对岸之前只感受到了河的第三条岸的悲伤……"

"大哥,我要隐居,但可以随时回来。我不想跟大伙在一起,我喜欢清静,但是如果大伙需要我,我随时可以回来。每一位兄弟都知道我没有走远,但是每一位兄弟都知道我隐居了。"

按理说,公孙胜粗鲁地打断自己的抒情,宋江应该生气,但他还没来得及生气,就被公孙胜这番话绕住了,有些发懵。

他带着弱智的表情思考了一会,哈哈哈大笑说:"道兄,我懂你的意思了,你是想做一个人人皆知的隐士,是不是?是不是啊!"

公孙胜哈哈哈一阵大笑。

宋江也笑了,为自己的智力而纵声大笑。

然后他骤然停下来,质问道:"一个人是隐士,或者他自称是隐士,但是又人人都知道,而且他会不断地做一些事让人人都知道他是隐士,这他妈的不就是一个傻逼吗,这不就是一个贱货吗。道兄,难道你想做一个傻逼贱货?"

公孙胜沉痛地笑笑说:"宋大哥,人言可畏,我等出家人也就管不了这些了,但我清修的心是真挚的,我向往无欲、无求、无爱、无恨、无影、无踪、无声、无息、无我、无心,我想要在这个浑浊的世上隐居起来。"

宋江沉默了好一会儿,扭头,对着原地不动但手臂已经被自己牵直了的公孙胜说:

"且不说我们兄弟情深,光说聚义大业,我凭什么答应你这么一走了之呢?如果我答应你想来就来想走就走,其他人怎么办?"

公孙胜长叹一声:"宋大哥,谈钱伤感情,但是现在我也不得不谈。我就是希望能想来就来想走就走,西登高山东渡大海，北方放牧南方喝茶，我这么做当然是有条件的，那就是我能给你带来钱。"

宋江问："钱，怎么来，说说。"

"很简单啊，造房子。各位头领上山之前，各有千秋，很多都是朝廷官员，或者一方豪强，次一点的那也是朝廷官员和一方豪强的手下，大家住着豪宅大院，或者在豪宅大院里待着，误以为这里就是自己的家。那么现在上山来了，这里的房子都是王伦那个时期造的，一股浓浓的落第秀才的气息，完全不能适应各位头领的需求。还有一些头领，虽然在乡野边关摸爬滚打多年，但恰恰是他们，对房子要求极高，因为他们认为上山了就是翻身了。所以我的意思，是请一个有威望的头领出面，网罗一批有经验的头领，一起搞一个梁山地产，造房子，然后卖给各位头领，可以定制，可以自己买地，但必须由梁山地产负责造房子。每一块地和每一幢房子，都给一个极高的价格，高到什么程度，高到一万年也还不起这个债，对，一万年！不叫梁山地产，叫万年地产。各位头领买了万年地产的房子，住进去，就要花一万年来还债，而且对万年地产要言听计从。万年地产既然是你我二人在这条大道上商议决定的，那么自然要由我们来负责，各位头领对万年地产言听计从，岂不是对你我，当然主要是你，我要隐居，言听计从了吗。对了，这条大道既然孕育了万年地产，那就叫做万年大道。"

"万年大道?"

"对,万年大道,预示我梁山大业万年长青。"

"会不会有人反对?"

"反对的人就继续住在营房里好了,没有厨房,没有厕所,没有洗浴的地方,没有后花园,愿意的就继续住着,我们千万不要阻拦。"

宋江沉吟了片刻说:"道兄,万年地产归你我所有,其他兄弟会不会有意见?"

"大家都是兄弟,归宋大哥所有,不就等于归大伙所有吗?"

"归大伙所有,那为什么大伙还要出钱呢?"

公孙胜哈哈哈笑了几声说:"出钱是为了让房子更好,不出钱大伙全都住营房,万年地产有什么意义呢。出钱了,万年地产还是大伙的,宋大哥你只是暂时把控一下而已,何况出面的人一定不是你我,是另有其人。"

宋江转转眼珠,有些明白地说:"这么说来,万年地产,是为了让大伙能住得更好,大伙住得更好,万年地产就是属于大家的,既然属于大家的,就是为了让大家住得越来越好……"

"是的是的,万年地产要非常好,超越东京的繁华闹市,因为几位兄弟入伙之前都是大官,既然是大官,上山之后住的要比原来住得好,不能差了。如果确实是好,还会有更多人的慕名而来，不惜重金，所以万年地产不仅面对现在，更是面向未来。"

宋江连连点头，承认公孙胜这个办法不错。他总结说："道兄，你看，朗朗乾坤，光天化日，日月可鉴，我们这都是为了兄弟们在一万年后还能过得很好啊。"

公孙胜思考了一天，决定让柴进做万年地产的负责人。

柴进威望高，人缘好，资金足，有他负责，自己就可以西登高山东渡大海北方放牧南方喝茶。

公孙胜又花了一天的时间把万年地产的来龙去脉说给柴进听，虽然柴进智力极为低下，但是一天的课程还是够了，他懂了。公孙胜最后强调说，一定要把有占山为王经历的兄弟们聚集起来，一起负责。

柴进盘算好几天，决定让杜迁、宋万、朱贵、邹渊、邹润、燕顺、王英、郑天寿、李忠、周通、孔明、孔亮、裴宣、邓飞、樊瑞、项充、李衮、鲍旭、焦挺、欧鹏、蒋敬、马麟、陶宗旺这二十三人加入进来，成立了一个庞大的队伍，一部分人负责山上山下到处选址，一部分人负责造房子，一部分人负责游说其他头领买房子，可以预订，可以看效果图，可以等房子好了再买，可以选一块地而且自己给图纸。总之都可以，只要给钱就可以。

一幢巴掌大小的房子要一两白银，那么一幢能住人的房子,有五十万个巴掌那么大,要五十万两白银。

很多人吓坏了,说怎么这么贵!

这个时候,公孙胜就通过柴进告诉大家,不要嫌贵,不要担心,可以分期付钱,期限是一万年,因为我们叫万年地产。五十万两银子平摊到一万年,一年不过才五十两啊。

很多人一听,不多,才五十两,那何苦卖五十万两那么贵呢。

不过加上九千九百九十九年的利息,平均一年还是要一千九百九十九两。

很多人一听,这么多!

这个时候,公孙胜通过柴进告诉大家,可以不买,继续住营房,别人买了你不要眼红,当然了,大家都是兄弟。

公孙胜单独找到王英,让他买一个大宅子,因为你有老婆啊,你忍心看着你老婆跟几十几百个军兵一起挤在营房吗,没钱不要紧,我借给你。你要给大伙一个示范。我借给你的钱当然要利息的,一年九百九十九两利息吧。

王英想到扈三娘的胴体,咬咬牙答应了,没房子连洞房都不行啊。不过王英想得更多的是时间,时间啊时间,时间的灰,还一万年呢,一百年都看不到啦。

王英一带头,其他人纷纷效仿,因为谁也不愿意让别人觉得自己连王英都不如。

徐宁、花荣、呼延灼等人都买了一百万个巴掌那么大的豪宅。

万年地产的人常常聚在一起商议大事。

有人沉痛地指出，梁山太小了，就这么点头领，就算是人人都买两套房子，也不过两百来套。附近的有钱人，不是被我们抢了就是跑远了，根本不会来买房子。而山上的一万多军士，不仅大多数没钱，而且买房子也不合适，纪律部队嘛……

王英打断说，要跟宋大哥争取，让军士们也买房子，哪怕次一点。不用银子用铜钱也行，不给现金出劳力也可以。

大家都点头，让王英去找宋江说说去，这件事要以万年地产的名义让宋大哥认可。

周通骂骂咧咧地说："还有一件事要去找宋大哥说说理，我和李忠兄弟看中了湖边的一大块空地，打算拿下来，搞一个高档的湖景花园，朝着湖泊全是落地窗，房子和水面之间种满玉兰花，铺上鹅卵石，修几座渔人码头，树几面酒旗，隔几米就放一个宋大哥的雕塑，有仰天长啸的，有跃马横槊的，还有胳膊撑着脑袋沉思的。但李俊那帮人就是不同意，带着手下跟我们对峙。说实话他们根本打不过我们，但是他们说宁愿死也不把地给我们。我不想兄弟之间搞得太难看，还是请宋大哥给说说吧，谁不知道他才是地产的老大呢……"

王英厉声说："扯淡吧你，你怎么可能是李俊那帮人的对手!"

周通颓唐地说:"不是就不是吧,重点不是谁厉害,是让宋大哥出面调解一下,湖边那块地我是拿定了,造一个湖景花园,专门卖给南方来的兄弟。"

"北方出生的兄弟难道不能住湖景花园了吗!"有人反驳说。

周通颓唐地说:"能住就能住吧,重点不是谁能住,是让宋大哥出面调解一下,湖边那块地我是拿定了,造一个湖景花园……"

但是,宋江那边已经取缔万年地产了,原因是宋江和吴用谈了一次。吴用一句话,宋江汗如雨下,尿如泉涌:"公孙先生有可能活到一万年,宋大哥你无论如何不会再活五百年。"

吴用盯着宋江裆部的小喷泉看了会,不喷水了才接着说:"人生一世草木一生,我看还是不要把众兄弟得罪了才是最重要的。"

宋江等了好一阵,适应了上上下下的潮湿后,叹口气说:"可公孙道长确实是给我弄了十几万两白银啊。"

吴用嘿嘿一笑:"第一,本来这些银子都是兄弟的,关键时刻大哥也可以用,平日里就攥在手里有些不明智,大哥你不知道藏富于民的道理吗;而第二呢,这些银子谁都能挣来，因为，谁干这件事都是打着你的旗号。"

宋江看着吴用，觉得非常怪异，为什么一旦有了对手他的智力就直线上升呢。这个课题以后再研究研究吧，他拍案而起，宣布取缔万年地产，转交李应负责，带着本家李云和一些军士一起干就可以了。只做普通住宅，不许铺张浪费。

万年大道上，宋江极为委婉地告诉公孙胜，因为诸多原因，事关理想与和谐，要收回万年地产。

没有预想中的不高兴，公孙胜非常高兴，他呵呵呵地笑着说："一切听宋大哥安排，但我连万年地产的事都没有了，还是隐居比较好，我是一个散人，境界也很高，我还是喜欢想来就来想走就走，西登高山东渡大海，北方放牧南方喝茶，大哥需要我的时候，站在这条万年大道上对着青天呼唤我三声即可。"

宋江嗯嗯啊啊。他想的是，这条路不能叫万年大道了，应该叫做忠孝大道。但是他没敢说出来，公孙胜就在眼前，接下来还有事情要请他帮忙呢。

很久之后，这条大道也没能叫成忠孝大道，但同时绝对禁止叫做万年大道。在无可无不可之间，这条道路就变得非常有特色。

夫妻生活的事算是事吗

秦明每次和花小妹行房都很不舒服。不是因为想到了原配夫人及其悬挂在城楼上的脑袋,也不是花小妹装死鱼拉着脸,更不是因为他已经身残志坚,都不是。秦明不舒服的原因恰恰相反:花小妹热情奔放,欢快异常,愿意为他做一切事,甚至主动为他做超乎想象的事,偶尔还有超越时代的事。

时间一久,秦明有一种被花小妹反复蹂躏的感觉,不舒服。再想到自己身为梁山战将,胸肌发达,腹肌发达,肱二头肌发达,狼牙棒沉重,却又被人屡屡蹂躏,秦明简直痛苦不堪。

一天夜里,秦明在被花小妹蹂躏了两个时辰后,起身,推门,叹息,摇头,默默往前,一个人走向长长的街,一个人走向冷冷的夜。一个人在逃避什么，不是官兵，是花小妹。一个人在害怕什么，不是大哥，是花小妹。午夜的灯光拉长了秦明的身影，往来的兄弟在雾中看不清。

秦明看到鲁智深一群人还聚在一起喝酒，就走近，停住，坐下，伸手撸过一个碗喝起来。

鲁智深不喜欢秦明，从未跟他喝过酒，也不打算邀请他喝酒。可此刻的秦明实在是太悲伤了，脸上的皱纹几乎把大胡子深深地夹住。

鲁智深从来不会拒绝一个悲伤欲绝的人坐下来跟自己喝酒，他只是厌恶得意洋洋的人，厌恶夸夸其谈的人，更厌恶不动声色地炫耀自己的人，但他由衷地喜欢每一个悲伤的人和失意的人。

如果一个人想和鲁智深交往，那么把自己打扮得很悲伤就可以了。

秦明一个劲灌自己的酒。不必担心谁买单，梁山最近实行酒水无限量供应，以体现其优越性和先进性。

看着这个既悲伤又能喝的人，鲁智深对秦明有了几分好感，他一直在寻找这种又悲伤又能喝的人。这种人很稀缺，到处都是志满意得的人，或者相反，谨慎地不喝酒的人，哪里有这么爽快的兄弟呢。

鲁智深和秦明连干十八碗，抹抹嘴说："老秦，怎么这么晚还不睡觉？"

"伤心欲绝。"

"为什么伤心呢?"张青问。唯有鲁智深开口问话,其他人才能接上话,也必须接上话。

"难以启齿,唯有喝酒。"秦明又喝了一大口。

鲁智深腾地一下站起来,挺着巨大的肚子指着秦明说,"是兄弟就说为什么伤心,不是兄弟就滚。"

秦明一惊,忘记了自己武力其实不在鲁智深之下,就更为悲伤地说:"大师,各位兄弟,我的事,说出来恐怕你们不能理解啊。夫妻生活的事算是事吗,说了你们懂吗?"

张青嘿嘿一笑说:"你忘了我有二十年的婚龄了吗?"

秦明哦了一声,甩了甩大脑袋说:"可能我太伤心了,误以为全世界只有我一个人是不幸的吧。张青兄弟,对不住了。"

张青紧张而高亢地说:"没有对不住,我没有不幸,我很幸福,我幸福得要忘记我自己是谁了哈哈哈。"说着,张青站了起来,抹了一把眼泪,把酒杯举过头领环顾一周说:"各位,我幸福,真幸福啊。眼泪也是幸福的眼泪,我干了这碗幸福之酒,和谐之酒。"

秦明坐在那里面无表情地看着,跟孙二娘一样。

好一会,秦明才嘿嘿笑了几声说:"连张青兄弟都这么幸福,看来我说自己伤心是太矫情了,我不伤心,也没什么可说的。大师,各位,走了。"

秦明毅然走开，赢得了鲁智深的尊重，也激发了他的好奇心。

在其他人尤其是孙二娘破口大骂时，鲁智深一直在犹豫和沉吟，突然他站起来，一边骂了句"一群鸟人"，一边弓身猫步追秦明。

当鲁智深弓着身子走路的时候，他那个大到自己都不知道多大的肚子其实已经掉在了地上，被拖着往前，涩涩的，发出瘆人的声音。

秦明早已在床上躺下，花小妹因为体能透支和神经高度兴奋导致的双重疲惫而沉沉入睡，鼾声不止。鲁智深猫在窗外听着，花小妹的鼾声包裹着秦明的叹息声节奏鲜明地传到耳朵里，连绵不绝，极为有趣，鲁智深忍不住笑了起来。

秦明没有听到鲁智深的笑声，继续哀叹。

鲁智深学着小猫叫了几声。不是喵喵，而是哞哞，像牛叫。

秦明还是没有任何反应。

鲁智深忍不住了，站起来冲着里面喊："秦明，老秦！"

秦明吓了一哆嗦，走出来，问鲁智深怎么回事。

"你说你有伤心事，而且又不方便跟我们说。我觉得应该你不便当众说，所以就一路跟来。你说吧。"

秦明叹口气说："大师，你心肠太好了，总是这么爱帮人帮到底。要不这样吧，明晚此时，你还来这里，蹲在窗下，然后你就知道我为什么事伤心了。"

鲁智深点点头,秦明强调几次,一个人来,千万要一个人。

两个人在漆黑的凌晨时分分开,各自回去了,他们原本站立的地方,酒肉味像事故现场一样久久不散,或许永远都将是一个事故现场。

第二天,鲁智深只记得晚上要去秦明家窗户下,忘记了秦明让他一个人去的交代。他带上十来个兄弟,齐刷刷地趴在秦明卧室外。秦明知道有人来了,而且不止一个,但是已经无力阻止,花小妹已经将他五花大绑,铐在上山后花荣专门送上的豪华机械陀飞轮红木移动双层床上,用指尖舌尖在一点点安抚秦明打打杀杀二十年的虎躯,尤其是不长肌肉的那些地方。秦明开始呻吟,开始呼吸变粗,开始用毅力抵抗花小妹的攻击,随后开始大喊,开始呼号,开始惨叫,沉默了一会之后开始大哭,喊梁山万岁、宋江哥哥万岁、全世界兄弟大联合万岁,开始大笑,开始悲鸣嘶吼,牙齿开始打颤,大小便失禁,意志力开始发出令人敬佩又难免担心的哗啦哗啦的声音……

鲁智深趴在那里,心揪成了一团,他不断用目光示意武松张青等人,意思是,我们冲进去吧,不惜一切代价也要把秦明兄弟救出来!

武松不以为然,他觉得秦明表现得过于抒情。

张青早已经泄了一身,他悲哀地看着孙二娘,想:"二娘,我嫁给你二十年还不如偷听秦明夫妇一夜啊。"

孙二娘正在频频点头，嘴里念念有词，像在背记。

鲁智深哀叹一声，继续听着，秦明的惨叫、喘息和崩溃时发出的尖锐娇嫩的呼喊，让鲁智深坚信硬气功实在很重要，上得战场下得床榻。随着秦明一声悠长的"o fuck"……大伙纷纷撤退，鲁智深远远地喊："老秦，我们老地方见。"

又到了午夜，灯光拉长了英雄们的身影，秦明垂头丧气地坐在那里，其他人全都坐到了他的对面，一种以一当十的局面。

发生了什么事，大家都清楚了，但这件事是什么性质，鲁智深等人还在犹豫。

鲁智深心直口快，大喊道："这怎么行，怎么能这样欺负兄弟你！她是仗着花荣的势力还是仗着宋黑子的势力！"

和往常一样，他的话让众人无语。大伙知道，鲁智深贵为大师，超凡脱俗，不可用常理来解释。只是这一次大伙脸上非常鄙夷，鲁智深从来没见过大伙如此一致地鄙视自己，也不再多说了。

几个人默默地喝酒，一直到天光微亮。孙二娘巡夜未归，张青对秦明说："老秦，我们要弄清楚，花小妹是对你这样，还是对所有人都这样。如果只是对你这样，那就是受了什么人的指使安排，务必要让你香消玉殒。如果对每个人都这样，此乃人间极品，就不能怪她，就像我们不能怪智深大师幼稚一样。"

秦明点点头，一挥手说："你直接说你想怎么办吧。"

"我结婚二十年，武松兄弟未婚，我们一个是不幸的婚姻的代表，一个是不幸的未婚的代表，而且我们两个都很帅，也都是你的兄弟。让我们冒充你去跟花小妹共度良宵，看看她的手段如何。"

"她要是不愿意呢？"武松问。

"她不能不愿意，她挡不住我们的。"张青说。

武松皱皱眉说："空即是色，色即是空，作为一个出家人，我无所谓这些事，但总不能让我去强奸嫂嫂吧。"

"不是强奸，是测试。秦明兄弟，你回去也说服她一下，就说自己体力不支，经过和宋江哥哥还有花荣商议后，可以由其他兄弟代替三五晚。"

秦明已经醉了，觉得张青的话很对，不断点头，就要答应。

一直没有说话的林冲说："且慢。"

大伙一阵恶心。很多人最烦两个用语，第一个就是这"且慢"，第二句则是"有一句话，不知道当讲不当讲"。

林冲说："有一句话，不知道当讲不当讲。"

鲁智深一阵恶心，似乎被山风吹醒了酒意，拍着桌子说："当讲当讲，张青说的都是放屁。"

林冲说："秦明兄弟，你如果为了原配妻子伤心难过，我很能理解,你看看我就知道了,这件事实在让人难过。你不是为了原配难过,是为了新娶的花小妹难过,而且是为了花小妹有些匪夷所思的床笫做派难过,这里面就有很多问题了。试想,如果花小妹不是现在这么豪放而无所不用其极,反过来,是行尸走肉,文丝不动,你是不是一样的难过。当然那种情况下你的难过会轻一点,因为她不主动你可以主动,像男人一样的主动,误以为自己是个男人一样主动。但是她如果一动不动,你还是会难过,因为你会觉得她不甘心嫁给你,只是为了弥补你的原配夫人被杀害的损失才嫁给你的,那个时候你难过是因为想到你的原配夫人,而不是新夫人不配合,新夫人不配合某种意义上正和你意。"

秦明突然一阵羞愧,自从花小妹嫁给自己后,他就再也没有想到过原配夫人,似乎此人从未存在过。

林冲接着说:"当然,根据你的举止尤其是日常间和花小妹的相处,以及你从来没有祭祀一下原配夫人来看,你压根就忘了那个人,是不是。所以你现在的难过是因为现在夫人的太过于主动。你以为她应该表现得很被动才对,这样你可以主动,你还可以主动地表达对她的不满,你甚至可以通过怀念原配夫人来表达对花小妹的不满。但是一切都不是你预想的那样,花小妹极端配合,而且有无限的可能,你是吃不消才难过的,是不是。你是因为未老先衰才难过的,你是因为体力不支才难过的,你是因为超出你的房事经验才难过的,是不是。"

秦明嚎啕大哭,仰着脸拖着鼻涕说:"我是不知道花小妹为什么会这样才难过的啊。她确实不应该这样的嘛。"

秦明一哭,林冲有点跟他抱头痛哭的冲动。不过林冲没醉,依然很恶心秦明,就没有什么举动。

大家继续喝酒,继续分析,七嘴八舌而振振有词,得意洋洋而丑态百出,似乎话语这件事可以百般蹂躏而不必负责。

最后,鲁智深叹了口气,走了,大伙也散了。

此前秦明已经喝醉了,到家之后不仅醉了,而且吐了,仰面朝天躺在那里吐。嚼下去的鱼肉果蔬一块块一丝丝一片片一缕缕地往外喷,有的四散滚开,更多的因为黏糊糊的,出来之后就堵住了鼻子,有的回到了嘴里,回到了嗓子里。

没一会儿,秦明被自己吐出来的丰富内容堵住了气管,几乎窒息。奇怪的是,秦明自己知道自己快要死了,眼前一片刺眼的强光,白花花一大片战场,自己站在一边,对面是铺天盖地的一支军队,人不人鬼不鬼,不声不响,但刀剑寒光逼人,即将冲杀过来。看看左右,没有多少战将和军卒,自己一个人跃马向前,大喊着杀进敌阵。对方的刀剑枪斧一件件朝自己奔来,刺进了身体里,自己只觉得身体越来越轻,血肉流逝,整个人越来越少,直到最后只剩下一口气,一个声音。

秦明大吼一声，同时在心里想：

"喊完这一句，我就该死了吧。"

……秦明活了过来，花小妹手嘴并用，把他鼻子里嘴里和嗓子里的污秽都给掏了出来，此刻正让丫鬟用水冲洗秦明，主要是脑袋，而她自己扭头在一旁吐，胆汁都吐出来了，眼泪汪汪地流了一片。

秦明突然觉得花小妹的背影很孤独。他把花小妹扳过来问："夫人，你怎么了？"

花小妹说："我有些难过，我发现你消化能力越来越差了，吃进去的东西都原样吐了出来。这就是未老先衰的征兆啊。"

"啊……"秦明无语。这时已经是清晨，苍天亮了。

花小妹说："我知道将军日夜操劳，非常辛苦，所以每天尽心尽力地伺候。这是我一厢情愿，没有人让我这么做，我越做越喜欢。就像有人喜欢蹴鞠有人喜欢斗蛐蛐一样，我就喜欢这件事。而且我这么做纯粹是出于对将军和奴家之间未来的考虑。"

"我们有未来吗？"秦明喃喃地问，看着一点点白起来的老天，眼神里有种不确定，他不确定是不是该睁开眼睛看看。

"当然有未来，未来就在你的手上和嘴上，当然也在你心里。"花小妹认真而羞愧地说。

秦明认真地听着，如果没有记错，这是婚后第一次认真地听花小妹,也就是自己的老婆说话。以往多日,从来不说话,说话无非指使,以及被指使:下去,你先休息,过来,分开一点,转过来,抬高一点,用力……

现在,在他们之间突然有了语言交流,秦明感觉很激动。两个人在结婚数年之后,陡然发现彼此之间居然可以说话,秦明有一种感慨万千的心情。花小妹则一直劝慰秦明,不要放弃她,不要放弃他,不要放弃大家。不要因为自己是随手一扔嫁给他的就觉得羞耻,再差的夫妻也是夫妻啊,不信你看看一些大山里被拐去的女人。不要因为自己没有按照他的想象逆来顺受就倍感挫折,每个人都有可能不是逆来顺受的啊……整整一天,秦明和花小妹都在说着未来,以及由这件事衍生出来的无穷无尽的话语。主要是花小妹在说,秦明负责点头。秦明用频频点头在给花小妹调控节奏。

窗外艳阳高照,军旗猎猎,远处还有军兵操练的呼号声和浪花拍岸的声音,秦明突然觉得这一切都不是那么坏。

一直到天黑,秦明和花小妹的谈话才在秦明的承诺中结束:"夫人放心,我保证以后任何一口吃进嘴里的菜我都嚼三九二十七下再咽下去……"

在张青的住处,则是另外一番景象,全身赤裸的孙二娘趴在那里,张青手嘴并用在她身上忙碌着,一副在菜园里深耕的景象。孙二娘大喊:"舒服啊舒服,杀人也没有这么舒服,死鬼你轻一点,深一点,啊呀死了也值得……"

张青极其恶心，孙二娘皮肤粗糙，血腥味很浓，还不时地用手掐自己脖子。她那双常常把一整块人肉撕成两半、四块、八份的钢筋一般的手，几乎要塞进张青的咽喉里去了。张青好几次打算放弃用力，任由孙二娘使劲，自己就这么死了算了。

只不过，他脑子里想的是花小妹，或许还有扈三娘等其他女人。张青清楚地知道，自己不能死，如果死了，连想一想也做不到了。

来自东京的你

徐宁上山之后非常不快乐,此前的诸多排场没有了,诸多的享受没有了,诸多的景物也全没了。

更让徐宁不快乐的是,有人认为破连环马根本不需要钩镰枪。

他们是这么说的:梁山多水,打鱼是山寨的重点民生工程,渔网多得是。在和连环马交战前,扔上几千上万张渔网在必经之路上,连环马就成了小杂鱼火锅了,钩镰枪毫无必要。

就这样说着说着,徐宁的地位无形中受到了影响,从原来的救梁山于危难之际变成了到山寨蹭饭,还带着家眷和丫鬟,而威风无比的钩镰枪也堕落成花拳绣腿,徐宁难免感叹。

按理说他应该愤怒，据理力争，但徐宁不敢。他深知作为一个新人，居功自傲的结果很惨，许攸都可以被杀，何况自己只是一介武夫，总觉得人生中充满了愚蠢和挫折。

很长一段时间，徐宁什么话都不说，任由别人胡扯什么自己只是点缀，钩镰枪没多大用。

一开始，以李逵为首的一群碎嘴子，只是背后这么说徐宁，很快就当面说了。李逵喜欢点评人物，虽然他掌握的词汇很少，但是他睿智地辅以表情和肢体语言。每次谈到徐宁时李逵总会站起来，双手举着虚拟的钩镰枪在裆下比划几下，然后骂道："这玩意有什么用，低着头勾马腿，后脑壳留给人家的刀，官府出钱练兵养兵，就弄出这么弱智的玩意出来吗……"

在一大片哄笑中，李逵得意洋洋，把刚才的动作又来了一遍：弯腰，双手握紧，一前一后，在裆部掏来掏去。大伙笑得更凶了。

后来事情发展成，当着徐宁的面，不仅李逵也这么说，其他人也这么说。连白胜、张清之流也这么说。

只有一次，武松觉得这样不厚道，看看徐宁通红的脸，突然间觉得这也是一个可怜人，大喊道："各位哥哥，别再挖苦徐教头的钩镰枪了，我觉得连环马也是弱智，战马贵在神速，骑兵贵在突袭，像风一样自由，像浪子一样不羁，结果给拴在一起，这算什么回事。遇到山路怎么办，被两人抱的大树打翻了怎么办!"

武松是好意,而且还是特地使用了一些新学的词,"风一样自由,不羁的浪子"。

秦明马上指出:"对啊,对付连环马不仅可以用渔网,还可以用滚木,更长一点更粗一点,三五个人抓,或者用绳子崩出去,往马阵里一扔,就解决问题了。"

徐宁越发沉默。他低着头,用眼角的余光打算找找关胜呼延灼等人。在尴尬的环境下如果能找到另外一个或者几个和自己一样弱智的人,也不失为一种抱团取暖。

关胜呼延灼从来就没有出现在徐宁的视野里,上山之后,关胜呼延灼被宋江吴用奉为上宾,每天都以机密会议的方式在喝酒聊天。

这又是徐宁难过的事情,自己明明是梁山的恩人,而关胜呼延灼只是降将,除了投降之外没有任何功劳,为什么诸多待遇全都超过自己呢,住的屋子比自己的大,分配的酒比自己的好。徐宁确实不理解投降这件事的功劳所在,投降意味着我认可你、追随你、相信你、拥护你、信奉你,并且始终欠你。

而对梁山有恩,太微妙,难道要梁山还你恩情不成。

好在徐宁在东京多年,掌握了很多事只能敢怒不敢言、甚至一些事连表面上的愤怒都不能有这一技巧,明白热烈拥护才是一个人最重要的才华,那么就不说了吧。

很快,不管是谁、用任何方式谈论徐宁,徐宁的回应都是:"哈哈哈,哈哈哈,哈哈哈哈哈哈……"

徐宁的妻子徐夫人,对这样遭遇非常不服气。她生于名门望族,嫁给徐宁既满足了她对男性气息的向往,也寄希望于徐宁能连连高升。但几年前开始她就感到人生不如意,武将的升迁在大宋很难,徐宁又过分热衷于武艺而忘记和权臣沟通感情。还没来得及让徐宁弃武从文,改名"徐从文",全家突然之间就上了梁山。

徐夫人开始时还存有一丝希望,希望梁山的火种将来能遍布大宋全境,梁山的头领能够封侯拜相。到那个时候,徐宁作为元勋最少可以出任地方大员,俨然一个小皇帝;而自己就是大员夫人,俨然一个小皇后。

现实击碎了徐夫人的梦想,她自从第一眼见到宋江吴用等人,就在心里说,"完了,这些都是些乡村大哥,最多只能充当厢军而已,拿刀割自己的大腿是他们的最大本事,我家将军怎么屈就了呢。"

更惨烈的打击还在后面,首先是徐宁不受待见,总是被人调侃。其次是她本人因为风韵十足而总受调戏。

阮氏兄弟还发明了一个词专门称呼她:熟妇。

真正让徐夫人觉得致命的,是徐宁变得无欲无求,似乎世代相传的甲胄真的丢了,一身的武艺丢了,苦练二十年的枪法丢了，连胯下的鸡鸡也丢了……徐夫人决定自己来。

女人有女人的方式。徐夫人找了一个风和日丽的午后，请汤隆到自己的住处，伸头左右看看无人，关了门请汤隆坐下，然后哭诉自己不幸福，不快乐，不开心，不满足。

汤隆相貌丑陋，平日里充满了自卑感和来自人世间一切事物的压迫感，即使举荐徐宁也没给他带来多大的自信，因为徐宁不自信。现在嫂子坐在自己面前痛哭，眼泪把胸前一大片都打湿了，他忍不住关心起来："大嫂，你衣服湿了。"

徐夫人说："你还是叫我小嫂子吧，喊大嫂喊得我都老了。"

汤隆说："小嫂子，你衣服湿了。"

徐夫人说："你哥哥实在是没想法，这个家还是我来操持吧。虽然在这里，不能说家了，但毕竟是一个家啊。"

汤隆说："小嫂子，你胸口湿了。"

徐夫人脱下了上衣，半裸着站在汤隆眼前。汤隆抽搐几下，脸上滑过一阵不易觉察的欲仙欲死的表情，然后像一个贤者一样说："大嫂，换上干爽的衣服吧。"

徐夫人说："汤隆弟弟，我想请你帮我一个忙，改天请林教头到家里来做客，毕竟大家都是从东京来的，在这里也算是老乡了。虽然大家都是兄弟，但是如果兄弟加老乡，会更亲一层，是不是。"她一边说着一边缓缓地穿上粉红色的肚兜，因为过于缓慢，说完了肚兜还没穿好，挂在一只胳膊上，另一只胳膊挡着胸口,但隔得很远。汤隆觉得自己又来了精神,低吼一声,像一只豹子一样扑了上去。

忙了好一阵,汤隆说:"我一会就去请林教头,求他赏光来一趟。"

林冲到徐宁住处做客,徐宁本人是一定要作陪的。他不知道夫人为什么要请林冲,甚至不想问,也不敢问。不过跟林冲聊聊东京和往事也很不错,两个人回忆故地故人一定比一个人的回忆生动丰富,哪怕因为记忆问题出现了分歧。

林冲哈哈哈进门之后,徐夫人迎了上去,徐宁和汤隆紧随其后。林冲不知道徐宁为什么请自己上门做客,甚至不想问,也不敢问。不过跟徐宁聊聊东京和往事也很不错,两个人回忆故地故人一定比一个人的回忆生动丰富,哪怕因为记忆问题出现了分歧。

徐夫人开门见山地说:"教头,我们都知道你蒙受不白之冤,夫人也受不过逼迫自尽了。徐将军几次要为你报仇雪恨,但是林教头你也知道,只要还在东京,报仇太难了,相当于飞蛾扑火。我劝夫君慢慢来,我们也一直在等好的机会。但真的没有什么好机会。我们也没有想到会到梁山上来,不过既然来了,徐将军和我商量说,务必要请林教头到我们这里坐一坐,大家都是东京来的人,有话可说。"

林冲被徐夫人这番话感动到了,他嘴笨,嗯嗯啊啊算是表示了感谢。见林冲感谢得不够热烈,徐夫人又不断说着东京东京,你们都是来自东京的人啊,不对,你们都是来自东京的男人啊,你们有机会还是要去东京看看,应该不久就能去东京了吧——这个问题林冲回答不上来,徐宁更回答不上来,没有人能回答。

酒席间,林冲出去解手,徐夫人尾随而去。汤隆对徐宁说:"嫂子真是体贴入微啊,有这个贤内助是哥哥福气。"那边,徐夫人对有五六分醉意的林冲说:"教头不必一直挂念娘子,你的心意娘子在天之灵一定领了,在山上教头如果想说话了可以随时来找我们。不管徐将军在不在家,我都可以陪教头说说话。"她说得坦荡,林冲极为茫然,甚至连对妻子的思念之情也没了。

徐夫人看着林冲,顿时觉得这个人不行,外表刚硬,像一杆枪,但是一张嘴就是软绵绵的,和自己丈夫一样中看不中用了。

真是世道艰难。

鲁智深上山后,徐夫人对林冲说:"智深大师在东京待过一段时间,而且和教头是生死之交,以后烦请教头把大师也一道请来做客。"

林冲照办,但鲁智深来了两次后不愿意来了,因为这里的酒太斯文,每次一小口,随后是抱拳谦让道谢感激,做完这些动作之前的酒也就白喝了,再来一小口,还是很快被消耗了,实在是不能尽兴。鲁智深说:"改天我把曹正和杨志都带来喝酒,这样热闹,现在太不热闹了,你们东京来的人就这么不热闹吗?东京本来不是热闹的地方吗!我那几个泼皮徒弟现在不知道在哪里了,他们要是在,更热闹!"

没多久,杨志和曹正常常来徐宁家,但鲁智深不来了。不是有事不来而答应下次一定来那种不来,而是坚决不再去。

再后来,韩滔、郝思文、宣赞等人也都被邀请到徐宁住处,加上徐宁、林冲、汤隆、杨志和曹正,八个男人和徐夫人一个女人,九个人常常夜饮,欢笑之声不绝于耳,一贯焦躁而颓唐的徐宁也露出了久违的笑容,一张严肃的脸上偶尔也会往外滴洒一些呵呵呵的笑声。

那段时间的梁山,酒水免费且无限量供应。虽然徐宁等人喝酒不多,但如果折合成钱财,还是相当可观的。现在,省下酒钱,徐夫人就用自己的带来的细软,每天细细地在梁山后街买一堆菜,一般而言是八荤八素和八个果蔬,带着四个丫鬟提着,辛苦地回家,激动地准备,等待夜晚来临,等待丈夫徐宁及其他七个人到来——应该说等待他们归来。

如果哪天少了一两个人没能来,徐夫人有些怅然若失,而如果哪天多了几个人过来,她会非常欣喜,认为这是夜宴的成就之一。

武松也来过,因为他曾经在东京公干多日,而正是在那些天,他的哥哥死了,每个人都期待着毫不知情的武松能够回去斗杀西门庆,结果武松离开东京回到阳谷县,他发现自己不得不杀掉西门庆,不然无法交代,因此东京对武松意义非凡,来自东京的兄弟和嫂子的宴会,对武松也意义非凡。只是,武松和鲁智深一样,因为喝酒不够猛烈而不再来了。他推荐史进过来,史进年少而轻薄,来就来,逢喊必到,不喊则不来。

还有很多人来过徐夫人的酒局,谁也不以为意,因为一到晚上,兄弟们就分成十几二十拨,聚在一起喝酒,几乎没有人能够逃避没有战事的夜晚的酒局,除了高高在上的宋江、吴用几个和低低在下的时迁、白胜等人。

大伙都在喝酒,时光是一片无边的白布,唯有酒水才能让它丰富、沉重、色泽多变、五味俱全。

有一阵,徐夫人见参加夜宴的人一直没有变化,甚至有所减少,就决定来一场盛大的聚会,主要邀请上山不久的卢俊义。

她跟徐宁说,要亲自去登门邀请卢员外。

"为什么?卢员外又不是我们东京的人。"

"他虽然不是东京的人,但是有一颗东京的心啊。"

徐宁无言以对,窗外的雨声让他有一种窒息的感觉。

暴雨下了几天了,匀速冲向地面的雨水和毫无规律四溅的水花让徐宁突然有一种悲痛，他觉得人生就是一场不会结束的雨水。虽然夫人多番努力，让东京的各位兄弟包括杨志都称呼自己为"徐大哥"，但这一切有什么意义呢，自己还是身在因为无限持续而显得极为残暴的雨水之中，往哪个方向走都是雨水，无论慢走还是快跑都是雨水。无处不在的雨水，徐宁恍惚间觉得雨水是自己自带的，只要自己活着，雨水就那么滂沱。

徐夫人不顾徐宁的隐忍的反对，找到了卢员外。

她对卢俊义一个万福，然后娇滴滴地说："员外新上山不久，想必晚上较为空闲，不如光临敝处，多位来自东京的兄弟包括我的夫君每晚都在那里长饮，谈古论今，指点江山，其乐融融，每个人都因为相聚而有了一种宁静和理想。"

站在一边的燕青说："徐夫人，宁静和理想是一对矛盾，两者不可兼得。"

徐夫人红着脸说："那就是有了理想吧，他们都想着有朝一日可以回到魂萦梦牵的东京。"

卢俊义似乎是为了阻止燕青说话而抢着问："他们真的想回到东京？怎么回去，是招安呢还是戴罪立功，回去做什么，是加入禁军还是闲云野鹤？"

徐夫人正在思考如何应对，燕青突然说："员外还是去去吧，徐夫人亲自登门，实属对您的尊重和敬仰，员外此去想必可以大开眼界，一定会收获颇丰。"

思考片刻,卢俊义跟着徐夫人钻进大雨中,推开沉重而锈迹斑斑的视野,往徐宁住处走去。燕青站在后面看着卢俊义和徐夫人慢慢离开,想说些什么,见没有人跟他说话,也就忍住了。

等到卢俊义回来的时候,燕青还站在门前。雨已经停了,燕青站在那里,给卢俊义一种时光常驻的感觉,似乎刚刚过去的两个时辰是不存在的,不然燕青怎么跟自己离开的时候一模一样。

"燕青,辛苦了,一直站在这里?"

"嗯。"

"进去吧……"卢俊义说着,拍了拍燕青的肩膀。燕青尾随其后,闻着卢俊义身上陌生的气味,皱皱眉。自从上山之后,卢俊义身上的味道就变得陌生起来,燕青对此也无能为力。

他问卢俊义:"义父,今晚的酒好喝吗?"

"有什么好喝的,不就是山上统一分配的酒吗。为了这个酒,柴进拿走了山上一百万贯。连我们都觉得这些就是掺水的,也就是说用不了一百万贯这么多。"

燕青低头不语,卢俊义回头看看,好奇地说:"对了,你不喝酒的,怎么关心酒好不好喝了?"

"我是问你酒好不好喝,不是问酒好不好。"

卢俊义愣在那里。

"义父,你不是东京人士,和这群东京人士在一起喝酒,应该不会多舒服。就算你是东京人士,和这群东京人士在一起喝酒,也应该不会多舒服。"

卢俊义看着燕青,眼神深处满满的爱意。他摩挲着燕青的脸庞说:"你怎么知道我不舒服的?"

燕青说:"义父再去三次,看看是不是很不舒服。"

卢俊义说:"三次,真的是三次?为什么是三次,三这个数字有什么特殊之处,三思后行、事不过三、三头六臂什么的,三惹你了吗,三次三次……"

"义父不要生气,自从到了梁山你一直生气,这样不好。下次你还去,带上我,作为礼物,我保证,不用三次,你就会遇到大事,不仅不舒服,而且很恐怖。"

第二次徐夫人继续登门邀请卢俊义,她盘算着登门三次,以后再让丫鬟来请。

卢俊义自然答应下来,立刻动身,临走时嘟嘟囔囔道:"嫂子啊,我不能总是空手去,不过我也没有什么细软宝贝,都交给山寨了,值钱的东西只有燕青。来啊,把燕青给我装到礼盒里,抬到徐府!"

徐夫人目瞪口呆,一时间觉得自己智力低下,不足以应对眼前的局面。为了掩饰浓浓的挫败感,徐夫人把抹胸往下扯了扯,上半身往卢俊义胯部凑了凑,跟着卢俊义一起回去。

酒席宴上,卢俊义让人把红红绿绿的礼盒抬上来,燕青蜷缩在里面,赤身裸体。随着"嚯嘿嚯嘿嚯嘿"的吆喝声,燕青缓缓站了起来,但还是半蹲着,以手扶额,深思熟虑的样子。他身上的肌肉和刺青让他的思考具备了一点点深邃的气势。

卢俊义说:"各位东京来的兄弟,我卢某人这次带了一份小礼物,请各位开开眼。"

说完燕青跳了起来。

燕青真的是全裸,浑身上下只有毛发皮肤,只有室内不易觉察的风和众人的目光,尤其是徐夫人及其四位贴身丫鬟的目光。燕青迅速变得极为亢奋,身上该硬的全硬了,比如脚掌双腿,该软的全软了,比如细细的腰。

一个丫鬟说:"真细,比我的腰还细。"

另一个丫鬟说:"腰细有什么用,到底还是个汉子。"

一个丫鬟而非前一个说:"他都跳舞了怎么还是汉子呢。好汉不跳舞。"

另一个丫鬟而非前一个说:"好汉不跳舞,那应该干什么呢?很多好汉喝酒吃肉杀人,但是臭死了……"

徐夫人扭头对丫鬟们说:"闭嘴!"

燕青扭着水蛇般的腰身来到每个人面前,双手撑着坐在地上,用脚趾夹着酒杯高高举起,满脸堆笑又春光四溢地跟各位都敬了一杯酒。林冲等几个人想吐，看在卢俊义的面子上忍住了，喝了酒，眼睛不敢看燕青要害处。

燕青本人倒是落落大方，对着对面的人，口称哥哥说："哥哥不用害羞，大家不都一样么。"

林冲诺诺地说："都一样都一样，确实都是一样的。"

杨志喃喃地说："不一样不一样，你的太大，我的太小。"

燕青笑着说："杨志哥哥过谦了，这一身的刺青只是多花了我义父一些钱而已。"

见其他很多人不敢正视自己的裸体，燕青大声喊道："各位都是东京来的好汉，理应什么都见过的，就算没有见过也听人说过、知道哪里可以看得到的……各位看这里，这里，花开富贵！"

说着燕青把胸口一挺。

徐夫人不由得一阵惊呼："啊……"

随即他一扭屁股说："各位看，这是沧海蛟龙！"

"好！"

与此同时，燕青朝卢俊义递了个眼色，卢俊义朗声说："哈哈哈哈，各位，来，我们父子二人敬东京的各位朋友一杯！"

一群人稀稀啦啦站起来，一边看着燕青一边看着卢俊义，一边一仰头喝了杯中酒。

酒到腹中，一群人哈哈哈哈大笑起来，对燕青评头论足。

燕青昂首站着，静若处子，却似乎身在风暴之中。

徐夫人说："各位，既然大家这么开心，要不就结为兄弟吧。"

她的声音不大，但是众人全都停下来，昂首站着，静若处子，却似乎身在风暴之中。

林冲说："这个，徐大嫂，我们本来就是兄弟啊，还怎么结为兄弟呢？"

"兄弟也分远近亲疏，何况兄弟之上再兄弟，才是真正的兄弟啊。"

汤隆也附和说："大家都是兄弟，最近大家一直在一起喝酒聊天，情投意合，兄弟中的兄弟，所以徐夫人也是为了大家更兄弟、真兄弟、亲兄弟、永远兄弟、生死兄弟……"

"那你就先去死吧！"卢俊义说着，把一只酒杯挥舞起来，在半空中已经捏碎，一把陶瓷刀已然成型，直奔汤隆的咽喉。

燕青大喊："义父住手！"

卢俊义的手生生停在了汤隆的锁骨上，汤隆一翻白眼，一头栽倒，徐宁一皱眉头，本想说几句，展现一下主人的身份。不等他开口，眼前寒光闪过，徐夫人和四个丫鬟全部倒在血泊之中，顿时毙命。屋子里的一群人全都大惊失色，不由得全部往后一缩，看看外面，只有静静的梁山之夜，看看箭身，上有"史文恭"字。

每个人都觉得脊背发寒,包括卢俊义。燕青倒很坦荡,套上衣服,拉着卢俊义打过招呼往外就走。林冲等人尾随,低着头撅着屁股离开了,转眼房间里只剩下徐宁和汤隆,他们脸色煞白,浑身颤栗,一起看着徐夫人。熟悉的肉体已经被血染红,东京带来的丝绸长裙也变得黏黏糊糊,一文不值了。

深夜,卢俊义感叹够了,收拾一下准备睡觉,燕青一直把他送到床前。卢俊义躺下,又坐起来问:"为什么箭上面有史文恭三个字,我亲手捉住,剖腹挖心了啊。"

燕青白了一眼卢俊义说:"这还用想,上次用剩下来的箭。"

时迁胖了五十斤

一天大雪,没有战事,兄弟们挤在屋子里烤火喝酒。外面实在太冷,好些人不断地往火里挤,往火焰上凑,看样子恨不得把自己烧掉取暖。在挤的过程中时迁被几只大手扒拉出来了,先是从火边被拨到旁边,然后是被拨到了外围,最后干脆被一脚踢出了屋子。

这个屋子容不下他。

时迁走在纷纷扬扬的鹅毛大雪中,看着眼前密密麻麻的雪花,忍不住感慨:"天大地大,我算哪一片雪花啊。"

远远地一个黑影走来,时迁扫了一眼,本来不以为意,但是黑影身形怪异,有些倾斜又不乏沉重,时迁就留意看着。黑影穿过重重叠叠的树木,拨开又密又厚的大雪,径直朝自己这边走过来。近了才发现，是军师吴用。

不等吴用开口，时迁凑上去问："军师，我刚才看你身形奇特，有武松的虎威，有杨志的猥琐，还有阮小七的飘忽，您老最近是不是在练什么独门绝技？"

吴用咳嗽一声说："在下只是一个书生，哪里学什么绝技。身形独特，是因为天冷地滑，之前摔了一跤，尾椎骨可能裂了。"

时迁一看，这是个讨好军师的好机会，二话不说，扛起吴用就往自己营寨跑去，吴用手刨脚蹬地问："时迁兄弟，你这是干嘛……嗯，千万不要被其他人看见啊。"

时迁停下脚步，诧异地看了看吴用及左右，虽然天寒地冻，但是依然有一对对军卒在站岗和巡逻，甚至有擦肩而过的。也就是说，已经有很多人看见他们两个了，这还不包括屋子里望出来的目光。

想要不被看见，那只有上房了。

时迁不顾饥寒交迫，深吸一口气，扛着吴用上了房顶树梢。随着一团团雪球落在雪地上，时迁把吴用扛进了自己的屋子。吴用满脸绯红，处在半昏迷状态，时迁把他翻过来，轻轻揉着尾椎骨那里，也就是屁股外沿和内沿。吴用非常享受地发出了婴儿般的呻吟声，然后睡着了。

几天后，还是大雪纷飞，吴用把时迁请到了中军大帐。

时迁带着几分兴奋和满足，蹦蹦跳跳过来了，用饱含期待的眼神看着吴用。他心想，我花了一个多时辰，又是揉又是摸，把军师的尾椎骨治好了，现在喊我肯定是有好事。

吴用说："时迁兄弟，我那里又有点痛，钻心。可能是天气太过严寒，也可能是我平日里操心太多，麻烦时迁兄弟再帮我治疗一番。"

时迁微微有些失望，不过只要能继续服务军师，事情也总没有那么坏。吴用似乎看到了时迁的心思，亲切地微笑说："时迁兄弟，我年纪也不小了，恢复起来不会那么的快，所以实在是有劳你。不过呢，还是希望不要被人发现，你觉得怎么样？"

时迁还能说什么呢，扛起吴用，从一个微微打开的窗口窜了出去，然后在戒备森严的梁山中军和漫天的大雪中，把吴用背回自己的房间，轻轻放到床上。

吴用已经安然入睡，发出轻微的鼾声，沉浸在太平年月的美梦之中。在那个梦中，吴用看到自己娶了三四房老婆，连自己都羡慕自己，自己一直和南来北往的文人墨客交往着，和张三李四等人并称"山东七子"，和王五并称"南王北吴"，和钱七胡八等人被称作"宣和八杰"，和欧阳独孤等人并称为"梅兰竹菊"……自己写下的诗文像春雨一样洋洋洒洒，洒向人间都是爱。

见吴用一边睡一边笑，时迁有点不忍心，但还是脱了吴用的裤子治疗起来。时迁的跌打损伤药是一绝，色香味俱全，徐宁等在东京享受惯了的人，甚至编一些借口跟时迁讨药然后泡酒喝。

好半天，吴用长叹一声，醒了，扭头看看时迁，妩媚地一笑。

时迁也谄媚地笑笑，慢慢地说："军师，能不能跟宋大哥商议一下，不要让我干什么军中走报机密步军头领了。当然，我挺合适干这个的，但是你看其他三位，乐和、段景住和白胜，他们实在是太差了，很多次我都顺利刺探到军情了，都被他们给搅和了。再说了，他们谁能把军师你悄无声息地背来背去的。是不是让我换个事情做做，实在不行，让他们三个换个事情做做，我重新训练几个手下。"

吴用答应考虑考虑，随即他闭上眼睛，继续休息，等晚宴的钟声响彻山谷再走也不迟。

几天后，天气突然热起来，时迁的心情也随之烦躁。他发现严寒虽然令人绝望，但春暖花开的日子会让人烦躁，烦躁到无法解决也是一种绝望。本质上任何天气都让人绝望，大雪天的绝望无非是更为直接，像武松的刀、林冲的枪。

时迁烦躁是因为吴用再也没有让他看病，也没有提及给他换一个位置的事。时迁斗胆去问，吴用皱着眉头说："本来，宋大哥是答应让你来负责军中机密一事的，这样就算不能和戴宗兄弟平起平坐，起码也是他的副手。但是卢员外毕竟是见多识广，他说，消息来源无处不在，时迁擅长以梁上君子的方式打听机密，而白胜善于扮作市井无赖，段景住可以扮作贩夫走卒，乐和更是可以吹拉弹唱，这几类刺探消息的方式并无高低上下之分，时迁不应该成为其他三个人的头领。"

时迁冲着吴用眨眨眼睛，意思是他确实可以这么说，但是你要反驳啊。吴用说："不等我反驳，宋大哥一拍他的大粗腿说，员外果然见多识广，思虑周全，我们梁山，是忠义之师，应该是人才济济，应该是各显神通，应该是无所不能，应该是应有尽有……"

时迁摇摇头，失望地对吴用说："军师，你的尾椎骨好了没有，以后千万不要再犯病了，不然很麻烦。"

吴用捻着胡须，微微笑了好一阵说："看来时迁兄弟非常想往前挪一挪，眼下到确实有一个机会，不知道时迁兄弟愿不愿意抓住。"

上山之后，武松悲愤难平，骨肉离散，有家难回，前途茫茫，还有控制不住的对大嫂潘金莲的"想念"——她总是突然就出现在眼前，赤裸着上半身，胸口是一个血红的洞，心跳清清楚楚……这些都像大山一样压着武松，除了喝醉别无办法，可又不能时时都喝醉。鲁智深告诉过武松，你最近一段时间武力不如从前了，刀砍出去也是歪的，不要再喝酒了。

一天，武松在一个没有人的半坡上，抽出钢刀，割破自己的小臂（这也导致了后来他一只胳膊因为旧伤复发而被方腊砍断），然后在严寒中脱下被血浸湿的衣服，郑重其事地用一块油布裹了起来。

史进探头探脑地走过来说："二哥，你这是干什么？"

"在给我家哥哥做一个衣冠冢。他什么都没有了，连骨灰都埋在了二龙山，我只能把自己割破，用我的血，也就是他的血染红衣服，再把衣服埋起来，早晚一炷香。"

武松肃杀地说着，史进也流下了眼泪，因为他很久没有去老爹老娘的坟前烧香了。史进想了想，不顾严寒，也划出些血水，用自己的衣服一裹，扬起来对着武松说："都头，我也给父母做了一个衣冠冢。"

武松说："好！不愧是好兄弟！"

史进说："接下来我们怎么办呢，衣冠冢总得有个地方啊。"

武松陷入沉思，过了好一阵说："我们去问问朱武兄弟吧，他神机，应该知道怎么办。"

朱武的意见是找一处废弃的地方把这些衣冠供奉起来，做成一个衣冠冢大殿。朱武已经想好了地方，那就是他住处的后院，原本是王伦的院子，在山腰的密林里，视野开阔，山风阵阵。很多人都不肯要这个地方，以此划清和王伦的界限,朱武图清净就要了这个地方,现在可以提供给武松等人。

武松大喜过望,带着史进连夜过来看房子。朱武热情招待,三个人外加一些兵卒把后堂清扫干净,搬来三四十条几案,排成一圈圈,故人的衣裳暂时放在上面。

"明天我去打造一些盒子,把这些都装进去,然后再打一个牌位,备一个香炉,衣冠冢大殿就算成了,你们可以早晚来上香,逢年过节的也可以放一些祭品在牌位前面。"

朱武说着,武松嚎啕大哭起来,史进紧随其后大哭,朱武突然也想哭,但是忍住了。他想的是,既然大家都认为我是一个无父无母之人,冷酷无情,生来就是强盗,那么,就这样吧。光宗耀祖已经不可能了,轻松自在是今生最大的追求。

其他人闻讯,也在朱武后宅摆放起衣冠冢来。首先是林冲,给他娘子放了一个牌位,每天跪在牌位前的烟雾之中,痛恨不已,又茫然无知。后来还有李逵,胡乱给他的老娘还有去世多年的老爹准备了一个衣冠冢,占据了四个人那么大的位置,说是地方大了,哭的时候可以尽兴。杨志干脆给自己祖上几代人都弄了个牌位,占据了一小面墙。

初具规模后,大家常常在清晨或者傍晚聚集到这里,首先是对着先人故人痛哭一顿,然后用含泪的双眼看着彼此,开始吹牛闲扯。话自然是越说越多,什么都谈,合适的不合适的,都在这里说一阵子。

一天李逵抽了自己一个嘴巴说:"为什么秦明不来这里哭哭他的媳妇,脑袋都被砍了,可怜啊。"

武松笑笑说:"要不我们就找秦明过来看看,让他也来这里弄一个牌位如何?"

大伙呼啸着去找秦明,秦明吓了一跳,连忙给对面的李逵武松等人作揖,问有什么事。李逵也不说话,拽着秦明的胳膊就往朱武住处走。秦明非常不开心,眼里陡然间射出一道寒光,可扭头一看,武松在一边用类似而且更凌厉的寒光在看着自己,他不敢有所举动,笑嘻嘻地让李逵慢一点,不要累到,不要伤了他自己。

看了一屋子的牌位后,秦明确实非常伤感,当即表示,愿意跟大伙一道在这里给亡妻立一个牌位。

随后,他把这件事告诉了宋江和吴用。

吴用的意思是,时迁去把那个房子烧了,不能让他们越聚越多。

时迁疑惑不解地看着吴用,意思是为什么不能祭祀先人,这不正是忠孝的表现吗?

吴用说:"你不用担心朱武,我会让他下山去办事,在办事的这几天,你去把他家全部烧了。"

时迁说:"我不是担心朱武,他死了也就死了,不过是军师你的一个投影而已。我只是想知道,为什么不能祭祀先人?"

"那里的先人,有的死于凶杀,有的死于冤屈,有的死于意外,还有的死在自己人手上,比如秦明被误杀的妻子,李逵杀死的小衙内。这些账在他们祭拜的时候会越说越清楚,说清楚了,就要报仇,以血还血,谁来还?如果让官家还,梁山没有这个能力,宋大哥也没有这个想法;如果让宋大哥来还,大家聚集一堂,又到底是为了什么?"

时迁眨眨眼睛,吴用接着说:"既然是兄弟,那就是真正的兄弟,无父无母,没有先人,没有来历,只有兄弟。一切为了兄弟,一起往前冲,当然要在宋大哥的率领之下。过去的事情就算了,全部都算了。不仅算了,而且没有过去。祭祀让人想起过去和故人,这在梁山不允许,梁山只能有兄弟们以及战死军卒的墓葬,如果哪位大头领不幸去世,还要建一座大墓,如果是天罡星,还要有纪念堂、陈列馆……"

"我想不明白。"

"你不要明白,记得就行了。这件事宋大哥很苦恼,但是也毫无办法,牵扯的人太多了,你出马火烧朱武家,相当于为宋大哥立了大功一件,升作大头领毫无问题。"

"我已经立下了很多功劳。"时迁嘟囔一句。

"你立下的功劳,只是在抵消你做贼的出身和惹上祝家庄的过错,说实话,我们都认为你至今为止寸功未立啊。"

时迁诧异地看着吴用,心想原来如此,嘴上又不服气地问：

"我烧了朱武家，很多兄弟会崩溃的。就算立功也不能在自己兄弟身上立功吧？"

"凡是对梁山有用的都是功劳！"

时迁一去，很多天没有消息，就连宋江召集所有兄弟商议大事，时迁也不见踪影。反正他来不来都没有人关心，但是吴用关心。一直没有朱武家被烧掉的消息，朱武被自己连续派出去五次了，每次都充满疑惑地离开又心神不宁地回来，再这样下去朱武都可以另立山头了。

一天饭后，吴用去了时迁的住处。时迁不在，一个矮矮胖胖的人坐在门口晒太阳，一只手拿着酒壶，一只手拿着一块巨大的煎饼，里面往外流着浓浓的汤汁。这个人实在是太胖了，脸上除了肉就只剩下两道微弱的目光和一阵阵的喘息，胖子都是气喘吁吁的。

吴用在屋里转了一圈，时迁确实不在，连新鲜的气味都没有。出来时，胖子还在吃。

吴用问："你家时迁头领呢，去哪里了？还有，你怎么不好好放哨，居然躺着又吃又喝的？"

"时迁已经死了。"那个人有气无力地说，说完立刻喝了一大口酒，似乎说话会让酒白白流光。

吴用一惊，认真地看了看眼前的人，似曾相识，但确实认不出是谁。时迁死了对吴用而言是一件大事,他匆匆回去,端坐下来思考。

一直到半夜,当吴用一边抚摸着自己的尾椎骨一边准备入梦时,他突然跳了起来,他突然明白,下午在时迁家门前见到的胖子,那就是时迁本人啊。半个月不见,时迁胖了足足有五十斤,这是怎么回事呢?时迁遇到了什么事?时迁还能叫"鼓上蚤"吗?

一急之下,吴用从床上蹿了下来。因为太急,尾椎骨那里传来一阵刺痛,这份刺痛几乎是人生的一道缩影。

吴用忍不住喊了一声:"时迁,时迁啊,你还能不能再帮我治病啊?"

远处的水变成了天

到了梁山之后,李俊看上去得了抑郁症,越来越喜欢在水里待着,并且不断做着从高处落下的动作,当然他只是沉到了水里而已。

他原本就是水中的好汉,所以他喜欢在水里待着这件事在很多人看来没有什么反常的,不足以证明他得了病。大家都不理他,就像从不理会水泊里的水一样。

李俊常常几天不出水,睡觉在水里,喝酒在水里,练功在水里,感叹在水里。他连大小便也在水里,往往在解决之后猛游百十丈,似乎在躲避弓箭飞石,但其实是在躲避自己。李俊发现,人有时候就是这样,不知道什么事推着往前游,不知道什么事让自己恨自己,还是不知道为了什么事,自己要躲开自己。

几个老兄弟看出了李俊的问题,议论半天说,应该给李大哥找一个女人,水性要好,要能扬起美妙的水花,要能跟李大哥在水里真正来一次鱼水之欢。这样想着,几个做小弟的顿时觉得自己是合格的小弟,如果真的找来一个合格的女人,那简直就是优秀的小弟了。

可惜,方圆几百里地,根本找不到水性好到可以在水里宽衣解带的女人。不仅如此,他们根本找不到女人。甚至,他们根本找不到人。

方圆几百里地的人都被梁山给吓跑了,这件事一直是晁盖宋江等人的一大烦恼,他们深知,没有人口就没有根据地。现在显然没有根据地。

吴用睿智地对晁盖说:"大哥,这个不是你的问题,是前任的问题,你看,王伦在的时候,就不让石碣村的阮氏兄弟打鱼,就不知道搞根据地,导致了今天梁山地盘越来越大,但根据地越来越小。这个是历史遗留问题,不是大哥您的问题啊。"

这个答案晁盖勉强满意,直到很久之后,他才觉得这个答案混蛋之极,不过那个时候的晁盖正在死掉,没来得及骂吴用。

在晁盖等人为根据地和人口烦恼的时候,李俊只是静静地待在水里,偶尔闭目养神,偶尔用力大便,偶尔也会把目光投向远方。

远方,就是天之涯,海之角,夕阳山外山。这一切让李俊想家了,他开始写家书。

李俊读书不多,家书对他而言是巨著。他写得汗如雨下,幸亏赤条条地在水里,才避免了失态。

"阅书无数"的小卒彭飞告诉李俊,家书的要点有三条,一是要把事情写清楚,不要胡乱抒情,不要张口闭口涉及灵魂,那样子既安全又猥琐。二是不要堆砌辞藻,最合适的词句就是最好的。三是如果可以,就分行。

李俊是一个豁达的人,"阅书无数"彭飞的几点意见还没说完,他就深感满意,十分享受,随后频频点头,最后一拍水面说:"幸亏遇到你了,彭兄弟。"

彭飞被李俊击出的代表着激赏和友谊的水花弄湿了一身,颤抖着回去换衣服了。当时是深秋,可李俊还在水里。

很快,李俊写了第一封家书,寥寥数语:"老爹老娘,我现在人在梁山,一切都好,不用挂念。最近这段时间,不仅不用贩卖私盐,就连撑船渡江也不用了,我天天在水里发呆。什么都不做,又不用出水,实在是很好。最近的战事不大,兄弟们在打,偶尔有些死伤,我作为水军一般不用出征。以后怎么样不知道,但现在真的不错。北方的水比南方的刺骨一点。"

写完之后,李俊打算找彭飞帮忙看看。作为读书人的彭飞有种随风飘零的凄凉,总是不见踪影。李俊按捺不住公开发表的冲动,把身边的二十来个手下喊到近前,让他们一起看看。

李俊一直泡在水里,家书也是在水里写完的,文字里是否有种湿漉漉的感觉不得而知,但信纸有点湿漉漉的,既有墨汁,也有湖水。被喊来围观的手下也必须在水里看,一群小弟不得不一边努力蹬着水一边伸着脖子看信,一边手刨脚蹬保持平衡,一边腾出空来鼓掌喝彩。频频点头和大加赞赏,是蹬水的同时要完成的规定动作。他们都感受到了做小弟的辛苦,只是大哥一样在水里,那只能怪自己技不如人了。

童威说:"大哥,写得好,简单有力!"

童猛说:"大哥,结尾好,实在是好。"

"大哥你给念念吧,我不识字啊。"一个小弟这样说。

其他人一听都笑了,不识字你在水里颠这么半天干嘛呢。这个不识字的人问李俊:"大哥,信怎么寄回去啊,寄给谁?我记得你可是自小没了父母啊。"

其他人一听,恍然大悟,对啊,家书可以写,但是寄给谁?

李俊悠悠地说:"就让它随水而去吧。"

说完,李俊一松手,家书飘飘忽忽落在浑浊的水面上,随着水浪高低起伏,并随着更大的水浪往前飘去。后来,不见了,是漂到了远处,还是沉到了水里,大家都不去追究,李俊仰面躺在水上看着远处，周围水性好的兄弟跟他一样躺着，水性差的兄弟只得上下颠簸，像水泊里的一处标记。

几天后，李俊的创作欲望又爆发了，写了第二封家书。

一群小弟在水中摇摇晃晃、颠三倒四，伸着脑袋看着念着（有人不认识字，只得看着且听着），不巧的是那天狂风大作，很多人都觉得无法下水，有去无回。现在的问题是不仅要下水，而且要读一封家书，这样的情景在想象中都没有出现过，实在太辛苦，超出了做小弟的责任，现在则必须亲身实践。

既然大哥带头泡在水里，大家就下去吧。大伙感觉到了身在梁山实在不易，有一个大哥有时候也会非常痛苦。

这封书信的内容有些敏感，在呼啸而过的大风中每个人都有些痴呆，不知道如何应对。

李俊写道：

"老爹老娘，虽然你们已经不在人世了，但是做儿子还是有很多话要跟你们说。现在不说，等我死了再说，你们可能更听不懂了。最近很闲，闲得浑身上下都痛。前几天我们也去参加了一次学习，马军学习过了，步兵学习，步兵学了轮到了我们水军，然后其他一些掌管钱粮筵席的兄弟们也会去学习。学习的内容是保密的，就是宋江大哥遇到了九天玄女，这个女人给了他三卷天书，内容不得而知，只能和军师吴用一起看。我们要学的不是天书的内容,因为内容是保密的,只能和军师吴用一起看。我们要学习的是宋江大哥在危难之中被九天玄女救了,这个女人请他喝酒,请他放心,还给了他三卷天书。这就是要学习的内容。所以说,学习的内容是保密的,我们要学习的重点是这三卷天书不能外传,其次学习宋大哥遇到了九天玄女。老爹老娘,你们觉得这件事是不是很奇怪,既然只能和军师一起看,你们两个人就好好看就是了,为什么还要昭告天下说只能你们两个看,别人不能看。我们不仅不能看,而且还要学习不能看,你们人间地狱都待过,见识多,可以说说看这到底是什么用意呢。"

童威听到这里忍不住插嘴说:"我觉得没有用意,就是告诉大伙,以后听宋大哥和吴用的。"

"那晁天王呢?不听晁天王的了?"

"宋大哥和吴军师听晁天王的不就行了。这么简单的事情都想不明白。"

"大伙都听宋大哥和吴军师的,宋大哥和吴军师就有了无数小弟,他们就可以不听晁天王了,这么简单的事还看不出来吗?"

李俊皱皱眉,招呼小弟们拖来一只小船,反过来当作书桌,再弄来笔墨纸砚,把刚才的对话都补充到信里面。

童猛问李俊:"大哥,你自己对这件事是怎么看的?"

李俊说:"我能有什么看法,谁当大哥都一回事,不过宋大哥我是一直景仰的,他名声在外,适合做大哥。"

"除了做大哥其他的他什么也做不了。"一个小兄弟插嘴说。

李俊一拍水面说,"这句话太好了,要加上!"

"李大哥,我叫赵志明。"小兄弟赶紧解释说。

"你他妈的叫什么不都一样,以后你就叫李志明吧,跟我姓。我就不信我祖上一直姓李,无所谓的,全都无所谓,兄弟!"李俊拍着赵志明的脑袋说。

"大哥你这就是上善若水,姓氏都可以随波逐流,高人啊!"赵志明替李俊解释。

和之前一样,这封家书被扔在了水里,飘飘荡荡的不见了,比以往消失得更快。像一个人上了一座山,拐了几道弯就不见了踪迹。

家书消失前,在水面几个翻滚,让大伙觉得水面上的风更大了。

李俊第一次从水里出来,是跟随宋江等人去打祝家庄。因为之前在水里泡了半年,从夏天一直到冬天,他整个人变得像水一样没了形状,又因为总是在颠簸起伏,他似乎已经成了水。李俊走在大路上有种飘忽不定的感觉,走路总是走不直,看人也看不清,连撒尿也是白茫茫的一大片。

周围的兄弟们都取笑说:"果然是混江龙,离开江河,就成鼻涕虫了。"

李俊也不生气,在水里待了半年的结果之一是不再生气,生气没用,你和周围的水生气,周围还是满满的水,不会多一分也不会少一分。在李俊眼里,周围的兄弟就是水,流来流去,归于大海。

攻打祝家庄李俊没有出什么力气,躲在众人后面摇旗呐喊,喊出来的声音像波浪声,消失在树林里。

李俊从头至尾就一直恶心杨雄,常常说,很想把杨雄拖到水里淹死,然后把他切成几块,泡烂晒干下酒。

童威童猛问李俊:"大哥你为什么这么恨杨雄?"

"我没有恨他,就是恶心他。"

"那你为什么恶心杨雄?他不也是兄弟吗。"

李俊小声而严厉地对他们说:"你们记住,杨雄不是我们的兄弟,我们的兄弟就是我们几个人。不是人人都是兄弟,只不过因为有的人生来适合当兄弟而已,当其他的他也当不了,就像宋大哥适合当大哥,其他的他没办法去当。杨雄适合当兄弟,但是他不是我们的兄弟,我恶心他也是因为他恶心。"

"为什么恶心他呢?长得不难看啊。"

"因为他是一个蠢货,必将死无葬身之地。"

童威童猛吓坏了,连忙问李俊:"大哥,这是一个预言吗?"

"是的,是一个预言,河神告诉我的。"

"什么河神,什么时候的事?"

李俊说:"我告诉你们这件事,你们不许说,只能自己知道。就算我告诉了其他人这件事,而且他们还到处说,你们听到了也只能当成刚刚从他那里听到,知不知道?"

赵志明说:"我懂了,就像宋大哥召集所有的兄弟来学习他从九天玄女拿了三卷天书但是天书的内容只能他和吴军师看其他人不能看一样,是不是?"

李俊微微一笑说:"是的,还是志明你聪明啊。"

赵志明说:"但是我觉得宋江大哥也很恶心啊。"

这句话让几个人一愣,李俊作为在场最大的大哥,只得打圆场说:"他再恶心也是大哥的恶心。"

"如果宋大哥不是你大哥呢?"

李俊长叹一声:"不可能不是了,自从从李立那里把他救下来之后,他就永远是我的大哥,只有是我的大哥,才可以不用多谈救命的事,如果不是大哥,他就要给我偿命,我又不可能让一个义士给自己偿命,除非自己一死了之,所以,宋大哥是为了救我才当大哥的,他要一直当下去,只有这样,我才不用因为他要偿命而一死了之。"

因为不能理解其中的深奥之处,营帐里出现了冰凉的沉默,几个人都不说话,甚至呼吸也带着惆怅。

赵志明说:"大哥,还是说说河神和预言的事情吧。"

祝家庄的狗从远处发出狂吠，李俊躺在垫子上，做了几个手刨脚蹬的动作，悠悠地说："刚上山没几天，我就顺着水泊一直游。我的水性你们知道的，所以我就大胆地往不该游的地方游去，一直游一直游，很快天黑了，但是我不害怕，继续游，很快天亮了，我很开心，继续游。不过没多久我真的累了，我可以在水里三天三夜不冒头，可是连着游一天一夜，我还是第一次，再说这片水我其实不熟悉，只得使蛮力。当我累了的时候，我就顺着水往前漂，一边休息一边往前挪，到最后，我真的累得不行了，太阳在脑袋上白晃晃的，非常刺眼，但是我眼前一片漆黑，要沉。河神就是在这个时候出来的，他说，看你水性确实很好，你可以提出三个要求。"

"我想都没想就说：如果我的第三个要求是再来三个要求呢，我们岂不是没完没了了？"

童威噗哧笑了出来。

"所以我说，我其实没有什么要求，就是想看看大海，作为一个泡在水里的人，从来没有见过大海，这是不对的。看完大海还要回去，因为游是游不动了，走估计也走不动。

"河神说：好的，这就算两个要求吧，说说第三个，不许说再来三个就行了。

"我说：那还是先干完这两个吧。

"河神觉得有趣，他说：很多人都是一口气说完三个，往往都是黄金美女和皇帝这三个。你前两个有意思，第三个不急，也有意思。那就来吧。"

童威童猛几个人露出了惋惜的表情，意思是为什么不说黄金美女和皇帝，这样就不用天天在梁山受罪了。

看着他们惋惜的表情，李俊突然不说话了，表情冷漠。

赵志明连忙问："李大哥，后来看到海了吗，海是什么样子的？"

"看到了，海也没什么。远处的水变成了天。"李俊小声地说。

几个人都在想，那是什么样的一个画面。

见他们想够了，李俊说："我在海边写了一封信给家里。彭飞说过要尽量分行，我就这么写的……"李俊哆嗦着掏出一张纸念起来：

> 我们站在河边上
>
> 大声地喊河对面的人
>
> 不知他听见没有
>
> 只知道他没有回头
>
> 他正从河边
>
> 往远处走
>
> 远到我们再大声
>
> 他也不能听见

我们在喊

　　李俊神情严肃地念完，一抬头，兄弟们都已经被他的深情和口音吓跑了。或许，是李俊这个人的一切把兄弟们几个都吓跑了。

　　（注：文中引用诗歌名为《大声》，作者杨黎。）

为梁山写一首歌

相当长一段时间,打仗只是少数兄弟们的事情,很多的兄弟无事可做。他们武力不济,宋江吴用不让这些兄弟出场,除了不想丢人,也是为了保护他们。

宋江不断说:"梁山只有分工不同,没有高低贵贱之分……"只是大家都觉得不能出战就是一种低贱,因为没有油水,也没有功劳。

这种带有歧视性的保护并没有得到众位兄弟的认可,很多人不服气。有些人甚至觉得自己的武功不比林冲差,他不就是大宋禁军五千多个教头之一吗;有人觉得自己武功不比武松差,你看他天天喝酒的样子,打虎一事十有八九是自己吹嘘的,串通了一群猎户,花了大笔的钱,让猎户们把打到的老虎算在他武松的名下。有的兄弟甚至认为自己的武功不比卢俊义差，因为卢俊义脑子不好，以他的智力来看武功也不会多高，不然非常不科学，难以解释。

也有服气的，安安稳稳在大旗后面，从不想着上阵杀敌。

张青是一个代表，他知道打仗就是打后勤。他和柴进、李应反复汇报蔬菜的重要性，补充各种维生素，吸收纤维，帮助消化，美容养颜，保护皮肤（皮肤不好的人伤口愈合很难的），大便不臭……后来他终于如愿拿到了一大片荒地用来种植蔬菜，绿油油的一片，长势始终喜人。

张青天天埋首菜园里，尝试过很多办法，后来，他们摸索出了最高效的办法，那就是从战场上把尸首拖回来，孙二娘负责切开、再切开、细细切，最后用斧子、砍刀和菜刀细细剁碎，埋在菜地里，一垄地埋一个人的肉，大概七八十斤（血流光了，心拿去下酒了，毛发扔了，内脏喂狗了）。只需几天，蔬菜就明显比以往更加风光灿烂。

即便如此，张青还是不受待见，因为大家爱吃肉，而不是蔬菜，尤其是绿叶蔬菜。

张青在不受重视但也不能离开的状态下，乐得每天忙自己的菜园子，眼前这个菜园可比十字坡的大多了，几乎可以称之为梯田。

张青一度想着把自己的名号由"菜园子"改成"大菜园子"。

其他人就没有张青这么潇洒，大家认为张青只是有武松以及鲁智深等人罩着，还有手艺罩着，所以如此潇洒。很多人看不到张青的辛苦，一股哀怨之气在他们心中回荡，不仅哀怨那些武功不比自己高的兄弟在阵前耀武扬威，还哀怨张青夫妇不上阵但也忙个不停的状态。很多人偷偷去张青的菜园里搞破坏，用脚踩，随地大小便，吐口水，用兵器把土翻个遍……菜园的局部总会遭到摧残，像一张被媳妇抓破的脸，但整体上碧绿无边，所有的发泄因此成了一种无事可做的哀怨，是被冷冷地放在一边废弃不用的哀怨。

人哀怨久了就会突然想唱歌，好汉也不例外。

乐和带头唱歌，他是此中高手，张口就来，其他人有点跟不上，让他唱慢一点，唱简单一点，唱清楚一点，唱得梁山一点。

乐和大受启发。一个晚上，找到了长时间不能上战场的一群兄弟喝酒聊天说："打仗呢，第一靠武力，真刀真枪，精兵强将。大家知道第二靠什么吗？"

"后勤啊！"云里金刚宋万插嘴说："你看看张青夫妇得意的，动不动就洗一堆新鲜果蔬慰问回山的兄弟们，又不冰，不冰的水果吃起来有什么劲……"

"不是后勤，后勤最多排在第三位。第二位是士气，士气有时候还是第一位的，比兵强马壮更重要。"

摸着天杜迁问:"你说这些有什么用呢?"

乐和说:"我说这些话的目的是,我们总是不能上阵,这是因为我们武力不如其他一些兄弟,但是武力不行不代表我们不能上阵,你看宋大哥,有什么武力;再看看吴军师,他的武力就更低了,有一次摇扇子都把手腕摇脱臼了。我们不能靠武力上阵,但可以靠提升士气去上阵啊,一样的杀敌。大家都要知道,士气有时候还是第一位的,比兵强马壮更重要。"

病大虫薛永说:"乐和哥哥你不要这么废话了,告诉我们怎么办就行了,不要说那么多没用的。"

乐和说:"演奏!以高尚的精神塑造兄弟,以优秀的作品鼓舞兄弟。"

几个兄弟附和起来,他们对能够用声音上阵杀人充满了向往,也对摆弄乐曲有些好奇。好些个兄弟从小都是眼巴巴看着各种乐器但是不敢摸一下的状态,因为贫贱,因为胆怯,因为压抑或者仇恨,他们都长时间远离了一切乐器,现在乐和的提议让他们发现人生原来可以随便玩玩乐器的。

很快,一个由乐和出任指挥,宋万、杜迁、杜兴、邹渊、邹润、朱富、蔡福、蔡庆、王定六、郁保四等十一个人组成的中大型乐队成立了。十一个人排成两行,乐和独自站一行,其余十个人一行,两行相对,开始了每天的排练,也就是合奏。

柴进知道了这件事,特意跑到大草坪上的乐队面前来观摩。他也是一个不能上阵杀敌的人,生平杀得最爽的是兔子,其次是野鸡,二十来岁时败在了一只野猪手下后,就再也不是兔子和野鸡之外任何动物的对手,自然也包括人。柴进看人的眼光和小狗小猫看人的眼光有一点点类似,都是那么的高大威猛、不可战胜。他第一次看到技艺平平的洪教头时,忍不住惊叹了一声:"请收下我的双膝吧。"

而当他看到林冲把洪教头打倒时,忍不住一激灵,过了片刻才缓过神来,只觉得裤裆里湿湿的一大片。

柴进围着乐队转了几圈,甩出了百十个笑脸,但是没有人理他。从乐和开始的每一个人都想,你又不能杀敌,你又不能演奏,你连种菜都不会,你连我们这些人都不如,那你转个什么劲呢。

柴进呆呆地站了一个多时辰,间歇性地嘿嘿嘿笑笑。见确实没有人打算理他,柴进咳嗽一声说:"各位,光演奏可能不行,梁山兄弟大多数都是草莽之辈,听不懂丝竹之音,还是唱歌比较好。我写了一首歌,叫做《挥舞起忠义的大旗》,唱给各位听听,如果各位喜欢,可以给这首歌伴奏。"

柴进说完真的唱了起来:

  西边的太阳快要落山了
  水泊梁山静悄悄

弹起我心爱的土琵琶

唱起那动人的歌谣

砍倒飞快的骏马

像喝下甘甜的老酒

山脚和芦苇荡里

是我们杀敌的好战场

我们砍高俅那个杀童贯

宰蔡京那个屠杨戬

就像板斧插入敌胸膛

打得赵佶魂飞胆丧

西边的太阳就要落山了

赵家的末日就要来到

弹起我心爱的土琵琶

唱起那动人的歌谣

哎嗨……

一曲终了,每个人都走了。有的人飞奔而去,似乎有一把穿云箭直奔后背,有的人不小心崴了脚,连滚带爬。

只有乐和站在原地,带着微笑对柴进说:"柴大官人,如果觉得这个乐队还行的话,你看你是不是给大伙准备一套衣服啊，这样也整齐一点，乐队一出场，如果衣服穿得好，音乐的感觉就会扑面而来的。"

乐和发现，衣服容易整齐划一，但演奏实在没有办法整齐。大伙都穿上了柴进提供的光膀子的大红色对襟绸缎背心，看上去整整齐齐。而演奏时上上下下乱七八糟的声音，似乎像是几百几千只手在扯他们身上的衣服，要把这些红彤彤的衣服乃至各具特色的内衣裤全给扯下来、撕碎、抛开，才过瘾。

乐和极为气馁，明白这些人完全不能演奏。这不是时间的问题，而是再多时间也不行的问题。他们对待乐器有一种仇恨，演奏是发泄。既然发泄，自然是每个人的强度啊偏好啊姿势啊都有所不同，想要用一首曲子把这些不同给规整起来，成为音乐，乐和知道完全不可能。

他去找柴进，请柴进再唱一遍那天的《挥舞起忠义的大旗》，自己那天忘记记谱了。

柴进问乐和："为什么会忘记记谱呢，你对吹拉弹唱不是一直都过耳不忘的吗？"

"可能是因为你唱得太恶心了，我没记住。"乐和冷冷地回答。

柴进没有生气，反而叹口气说："我也没记住，因为我也觉得恶心。我只是临时想起来一个曲子，塞了一些歌词就唱了起来。我知道这很恶心，但是我们也没办法啊，歌颂往往都以恶心收场。人们往往不是想着怎么去改善歌颂，只是想着去如何适应恶心，很多人已经达到在无论多么恶心的歌颂面前都面无表情的境界了。"

乐和说："柴大官人，这些就不用多说了，我还是想让兄弟们合唱。合奏对他们来说太困难了。"

"那你一开始为什么不直接让他们合唱呢？"

"合奏声音大啊，手上还有乐器，像是拿着武器，兄弟们不至于赤手空拳而紧张。"

"那么，现在让兄弟们唱歌，在两军阵前岂不是听不到了。"

"我让他们唱大声一点，实在不能大声，宋江大哥吴用大哥几个人听到，也就可以了。"

"你说得太对了，我今晚要反复吟诵，一定要把那天的那首歌从记忆中找回来。"柴进满怀深情地说，乐和觉得实在是有些不能接受，说了句"祝你成功"就扭着屁股跑开了。

几天后，柴进毫无消息，乐和也无心操练乐队，只得在山上闲逛，逢人打打招呼，打打下手，互相吹捧几句又互相嘲讽几句，虽说没有鸡鸣狗盗和男盗女娼，不过日子倒也像个日子。

在乐和看来，事情过去了，自己不是上阵杀敌的料，因为自己无法组织一支能够在两军对垒时从天而降的乐队或者合唱团。自己适合在大战终了时迅速营造出歌舞升平的气氛,让每一个从刀山火海中全身而退或四分之三身而退乃至半身而退的人享受一下靡靡之音。

这就是自己的命啊。乐和不断感慨,像唱一首歌。

柴进突然把他请到府上,关起门来对乐和说:"乐和兄弟,我几天前就把上次那首歌的歌词全部想起来了。"

乐和微笑着点头,而柴进戛然而止了。

乐和只得问:"那为什么今天才找我呢?"

"我觉得吧,你看,其实那首歌,不是很妥当,有些地方不妥当,我担心唱出来,对大哥的事业会有影响。那首歌问题很大,提到了皇帝名讳,提到了赵家,提到了杀敌,其实连太尉高俅太师蔡京都不应该提的,宋大哥不是一直想跟他们交好的吗。应该可以提贪官、狗官,但是提到太师太尉那样的大官,大哥可能会很不高兴的,何况我们还提到了官家,那简直太不对了……"

"我觉得也是,还是算了吧,不好写,更不好唱啊。"

柴进说:"好写,好写,也好唱。我发现了一个办法。"

"什么办法呢?"

柴进左顾右盼,确定自己的书房里没有人才说:"方法其实很简单啊,那就是写废话啊。不提人名,不提官名,不提地名,不说真事,不说实话……只管抒情,抽象地抒情就可以!"

乐和一边在心里告诫自己，耐心听他说吧不然还能怎么样呢总不能一刀砍死他吧，一边频频点头，脸上带着微笑。

柴进说："按照我说的，不提人名，不提官名，不提地名，不说真事，不说实话，我写了一首《心若在大哥就在》。我马上唱给你听，你感受一下！"

不等乐和有所表示，柴进唱了起来：

昨天所有的荣誉，已变成遥远的回忆；
勤勤苦苦已度过半生，今夜重又走入风雨；
我不能随波浮沉，为了我挚爱的大哥；
再苦再难也要坚强，只为那些期待眼神。
心若在梦就在，天地之间还有大哥爱；
看成败人生豪迈，只不过是从头再来。

乐和强忍着尿意和痛苦问："这首歌就只有这么短吗？"

"就这么短，但是可以一直唱啊，连唱十遍，这首歌就会变得很长很长了。"

我只是一个说书的

第一届梁山文化艺术节被大伙一致认为是一次成功的大会、胜利的大会、团结的大会和继往开来的大会。为了助兴,当时特地请了一位说书人上山来说书。

其中一段书让大家兴趣盎然:

话说潘金莲毒死了武大郎,日夜与西门庆巫山云雨。那一个多月来,王婆在武大郎家出入如常,好比这是自己家,西门庆潘金莲是自己的儿女。那时节,潘金莲有了新的烦恼,她想明媒正娶。几次和西门庆提起,都被岔了过去,或者被西门庆堵上嘴。潘金莲只得向王婆救助,她说,干娘,你要帮我,百年之后一定给你风光大葬,买下小半个景阳岗给你做阴宅。这话王婆听了开心。这个女人很自负,对自己是个女人非常遗憾,她最大的理想是身后葬一个风水极好的地方,然后呢,投胎成人,不做女人,一定做男人,杀尽天下贪官,专管人间不平事。王婆对潘金莲说说,娘子,任何事情,遇到我的十步连环计,必定迎刃而解。你如果能一步步做到下面十件事,那么西门大官人今生今世是离不开你的。一要温存体贴,伺候好大官人,打不还手骂不还口,机灵主动,少说多做。二要大度谦让,不在乎大官人跟其他妻妾多么亲近,大官人妻妾成群,但那多是逢场作戏,或者图个新鲜,你要站高望远。三要使出手段,利用好手眼口舌,使出一些销魂的手段,把这些手段变成大官人心目中的服务标准,让他就算面对千万女人也只会选你。四要亮丽美艳,时时不要忘记化妆打扮,登堂入室,剪彩演讲都不在话下。五要身强体壮,不仅房事应对自如,更可以怀上三五七胎,一旦做了主母那地位就非同小可。六要才情学识,摆弄一些当下流行的琴棋书画玉石古玩,怎么说呢,一切都向李清照看齐。七要和气待人,对西门府上的丫鬟家僮都要好,群众基础任何时候都很重要。八要多学学管账,有时间再研究投资连锁之类的生意该怎么做,帮助大官人扩大家业,也是为自己老来留个后路,等你老了,唯有手握重权、德高望重,人家才会像你年轻时一样对你趋之若鹜。九要勤俭持家,对大官人的日常用度悉心打理,于无声处见功夫。十要心系天下,对我大宋的核心价值和国际地位,尤其是对东北西北诸部落的崛起,都能说出所以然，还要张口感恩，闭口爱国。有了这十条，何愁大官人对你不另眼相看？潘金莲大喜，让王婆重复一遍，自己抄录下来，反复研习，打算一一实现。真可惜啊，好花不常开，好景不常在，潘金莲她再怎么孜孜以求，也只是个毒妇淫虫，没多久，她就被——

说到这里说书人陡然抬高了嗓音，对着梁山众兄弟，几乎喊了起来：她就被我们的打虎英雄武二郎，武松武都头，盖世无双的大英雄，给开膛剖腹啦！

听众顿时沸腾起来，一个个大喊，好啊好啊。

有人说，武松呢，武都头呢，他在不在。

武松不在现场，说书人一开口，他就默不作声地走了。如果有可能，他希望这一段事情从未发生过，甚至他希望自己没有武植这个哥哥，自己只身一人，习武，长大，流落江湖，打虎，做都头，真刀真枪拼一个前途，虽然这在大宋朝很困难，但安身立命不是问题，如果需要，可以大杀四方，可以杀人全家，可以聚啸山林，但最好不要有哥哥，自然也就没有大嫂。

几个好兄弟，施恩、张青见武松有些反常，都跟着去了。武松转身对他们说，没事，我没事，我只是想静静。要不，我们一起去喝酒吧，只有喝酒的时候我才会静若处子。

施恩几个挺高兴，一起喝酒。艺术节这些天，每天都得想几句话歌颂用于宋江和以宋江为首的四巨头，大家特别累，连喝酒的时间都没有了,现在偷空喝酒,真比偷情还刺激。

几个人坐定,一碗碗喝起来。张青说:"我觉得很奇怪,这个说书的,为什么不说二哥打虎的事迹,偏偏要说这些鸡零狗碎的丑事,让人不舒服。"

施恩也忿忿地:"我也觉得很奇怪,这个说书先生又不是不知道武松哥哥就在山上,怎么能说潘金莲的事呢?"

武松也难过,听到施恩说到潘金莲,就狠狠瞪了他一眼说:"潘金莲这三个字是你说的吗,她无论是死是活,是好是坏,都是我的大嫂,更是你的大嫂。"

施恩连忙说:"是是是,是大嫂,潘大嫂,我的潘大嫂。"

"应该叫武大嫂吧!"孙二娘说。

"那你为什么不叫张二娘呢?"

孙二娘挺挺胸口说:"我不一样,我又不是一般的女人。"

"那你是什么女人呢?"施恩斗胆问了一句,这个问题让他疑惑了很久了。

不等孙二娘有所表示,武松一拍桌子大笑着问:"嫂子,我一直有个问题想问你,你在杀人做肉馅的时候,到底是什么感觉?"

杨志突然出现在酒桌上,闷声不响地喝了一大碗酒。

孙二娘赶紧问道:"杨志兄弟,你怎么了?"

"说书的人已经说到武松兄弟大闹血溅鸳鸯楼了。"

"那你为什么不高兴呢?"

杨志哀叹一声，不说话。

武松说："你不说，我说了，你是不是觉得你武功不在我之下，更是出身名门，但是没有大闹飞云浦、血溅鸳鸯楼之类的事，难以被人反复说，是不是。你觉得自己最辉煌的也不过就是大街上激情杀人，然后还惹了一身官司，实在是不能跟我相提并论，是不是杨志兄弟？"

杨志欲哭无泪的样子，含泪点点头。

武松哈哈一笑说："兄弟，很多事情都是人说出来的，你可以找那位说书人给你说一说啊。"

张青在一边插嘴说："对啊对啊，我们去找那个说书人吧，一来问问他为什么非要说武大嫂的事，是不是有谁指使的，另外也让他以后给杨志兄弟说说，杨门之后，国之栋梁，可说的故事很多的。"

其他人都说，好。

武松觉得有趣，派了几个兄弟去看看说书人说完没有，回复说，说完了，正准备下山。武松带着兄弟几个在山脚等。

那是一个书生模样的人，头顶一方丝巾，身穿皂袍，脚踏芒鞋，虽然穷苦，但精神奕奕。武松借着夕阳看着他由远到近，觉得这人非常幸福，脸上洋溢着生活的气息和勤劳致富的满足感。一想到马上就要胁迫他帮大伙编故事，武松又觉得这个世界真的很残忍。

没等武松等人现身,花荣秦明朱仝雷横四个人突然骑马飞奔过来,等武松几个看清了来人,他们早已经把说书人架到马上,一阵烟去了。张青几个人干瞪眼,但谁也不敢上前去阻拦,这些人都是宋江的贴身兄弟。

大伙看着武松,武松说:"别看我,我也没办法,就算能打过他们,我们也不能贸然动手吧。"

施恩毕竟是官场干过的,他说:"我们也去宋大哥那里吧,名正言顺地说,我们正打算请这个说书人说一说宋大哥的往事,听人说他被请到这里了,也就跟着来了。宋大哥听了一定会很高兴,就算怀疑我们到底想干什么,也得先高兴一阵子再说。"

武松想了想说:"可以直接跟宋大哥要人,就说我很生气,要找这个说书人理论理论。"

"万一不是被宋大哥抢走了呢?"

"秦明花荣和朱仝几个都出动了,不是宋大哥要抢人还能是谁?"

"可能是跟他打听山下州郡府县的情况吧,说书人走过的地方多,可以把很多重要的事跟宋大哥说一说。"施恩分析说。

武松说:"我们不在这里啰嗦了,赶紧去吧。"

七八个人迈开长短不一的腿朝宋江住处走去,打算找到那个说书人。他们毕竟不是重要的头领,所以他们没有马,就算有马在山寨里面也不能随意骑，等他们走到宋江的住处时，那里早已经大门紧闭，空无一人了。

有一次宋江和晁盖、刘唐等人聊起来阎婆惜，聊起了张文远，宋江忍不住一声长叹。

晁盖好奇地问："贤弟，同样是害你的人，黄文炳你是怎么也不放过，冒着极大的风险去把他剖腹挖心，为什么对张文远，你好像没有多大的仇恨呢？"

宋江连连叹息，低头不语。

阮小七说："宋大哥可能不愿意想到张文远，人家张文远应该是器大活好，把宋大哥比下去了。宋大哥不能想象那个画面哈哈哈……"

宋江瞪了阮小七一眼，带着几分勉强说："我对张文远，恨之入骨。"

晁盖一拍大腿说："这才对啊，梁山好汉就应该敢爱敢恨，既然恨之入骨，我就差遣刘唐兄弟再去一趟郓城，非要把张文远的脑袋给贤弟带回来不可！"

宋江摇摇头说："还是算了吧，刘唐兄弟人称赤发鬼，他那个尊容人人都是过目不忘，让他去办这件事不等于是让他去送死吗。算了算了。"

晁盖脸一红，不知道说什么。事情就这么耽误下去了，毕竟张文远只是落井下石，没有把宋江害得多厉害，加上宋江一想到他脑子里就难免出现一个女人欲仙欲死的画面,就不多去想吧。

后来晁盖死了,石秀等人上山了。一次和石秀聊到了奸情一事,宋江忍不住长吁短叹。

石秀想到自己上山后没有显著的功劳,在兄弟们中间总有一种不能抬头的滋味,就自告奋勇,下山去找张文远去了。

石秀找了一个多月,没有音信,张文远生不见人死不见尸,没有传闻,没有证人,从郓城消失了,大概也从世上消失了。

石秀如实禀告宋江,说自己已经尽了最大的力气去找,但张文远真的不见踪迹。

这反而让宋江耿耿于怀。他认为,一定要把张文远捉来,大卸八块,不然不足以和自己的地位权势匹配。

问题是张文远不见踪迹,没有人能把一个看不见摸不着的东西给大卸八块,举梁山之力也不能。

说书人说到武松醉打蒋门神时,宋江恰巧路过,看着这个说书人有些眼熟,又听他说起了武松兄弟的往事,不禁停下来挤出浓浓的微笑看着。

旁边的兄弟复述了说书人所说的潘金莲的故事,绘声绘色,想博宋江一笑,但是宋江听着听着,脸色就变了。

把说书人捉到了自己的密室之后,宋江让人把门关上。

顿时天昏地暗，只有四束光线从极高的小窗户上倾斜下来，刺得人睁不开眼睛。花荣秦明朱仝雷横四个人分立在四个角落的光线里，他们的身上脸上，一半黑暗一半闪亮，像从天而降的神仙。

说书人全身发抖，不知道为什么会把自己捉到这里，更不知道世界上为什么有这样的屋子存在。

宋江说："张文远，你认得我吗？"

说书人说："好汉饶命，我不叫张文远，我叫魏思孝，自小以说书为生……"

"张文远，说你是张文远您就是张文远，不然为什么这么细皮嫩肉眉飞色舞的！"

"好汉冤枉啊，细皮嫩肉是自古如此，眉飞色舞是为了说书，我真的不是什么张文远，我叫魏思孝，世代生活在山东……"

"说你是你就是，你张文远乘虚而入，跟那个淫妇背着我日日私会，还想着明媒正娶，我杀了那个淫妇之后你不顾同僚情谊，非要落井下石，置我于死地，像你这样没有心脏的牲口，留着你有什么用！如果不杀你，怎么能解我心头之恨，怎么能跟梁山众位兄弟交代！李逵，你去，把他剁成肉泥！"

说书人魏思孝被吓得全身瘫软，忘记叫唤挣扎了，李逵倒喊起来："哥哥这事我不做，你养个女人在外面就是你的不对。篱牢犬不入,你也就是一个混蛋,你长得黑,就是黑蛋……"

宋江怒喝一声:"住嘴!谁愿意把这个张文远给我剁了?"

杨雄在后面上前一步说:"大哥,我也最恨这种淫人妻子的畜生,我来!"

当武松几个人凭着传闻和记忆找到宋江的密室时,杨雄把说书人拎到外面的空地上。说书人一路哀号,杨雄也有些于心不忍,临时决定不把他剁碎了,而是把他举起来,狠狠地朝前面的悬崖扔了出去。

武松等人看到了一个大活人被扔了出去,画出一道粗粗的黑线。说书人一边飞出去一边声嘶力竭地喊:"我不是张文远,我真的不是张文远,我只是一个说书的啊……"

请你证明你是浪子

燕青是梁山众位兄弟中唯一一个滴酒不沾的人,其他人,就算女流和老人也是每天豪饮不断,酒量节节攀升,人人都是海量。

燕青像一只酒具一样,泡在酒中但从不喝下一滴。

很多人想,到底是因为燕青不喝酒才显得和众兄弟非常疏远,还是因为很多人看不起燕青导致了他坚决不肯喝酒。谁在先谁在后,真的微妙之极。

确实有很多人看不起燕青。

原本穷苦的人看不起他,因为他好歹是大户人家的义子,原本身在朝廷的人看不起他,因为他只是一个财主的家奴。

原本饱受折磨的人看不起他,因为燕青似乎没有吃过什么苦，原本养尊处优的人看不起他，因为他毕竟也没有享过什么福。

原本蒙屈含冤的人看不起燕青，因为燕青只是小受挫折而已，原本一帆风顺的人看不起他，毕竟他一事无成，只是一个随从而已。

原本杀人无数的人看不起燕青，因为他没杀过什么人，更没有举手就来，原本从不滥杀的人看不起他，因为他好歹也是朝廷要犯，杀过公差军卒。

燕青在众兄弟中非常不受待见，就连他英俊的长相也成了一种罪过，鬓角插的花在梁山上也显得异常多余。

至于燕青白花花的一身肉和精彩的文身，则不得不用厚厚灰灰的大袍子裹起来。当人们谈论山寨的文身文化时，都会以鲁智深和史进为荣，不提燕青，似乎燕青的文身不是文身，而是一身亵衣。燕青有些郁闷，觉得特别愧对卢员外。

燕青渐渐地发现，自己只有到军兵中去才有愉悦感，那是一种回到大名府的愉悦，一种和群众打成一片的愉悦。他常常和军卒们混在一起，一起干活，一起逗趣，一起吃喝玩耍，燕青吹弹唱舞、拆白道字、顶真续麻，无所不能，更绝的是，燕青会说各行各业的行话，会说各省各地的方言，这让来自各地的各行各业的军卒们突然之间有了一种梁山遇故知的感觉，对燕青拥戴有加，很多人都拍着瘦弱的胸口对燕青说，大哥以后我们只听你的，燕青连忙阻止，让他们该听谁的就听谁的。

表忠心不行，日常的消遣则每天都有。军卒们常常在燕青前面坐成数排，乐得前仰后合，有时候还忍不住喊："吁……"

有个老军卒对燕青说："燕青头领，你为什么要占山为王呢，以你的本事，不如去东京，去热闹的地方，摆一个摊卖卖艺，等有钱了再弄一个不大不小的屋子，开一个剧场。对了，就叫'德燕社'！"

燕青听了，有些动心，但是忍住了，他悠悠地回答说："谢谢老伯好意，但还是算了，因为，我是浪子。"

燕青原本希望以这种远离是非漩涡、深入基层民众的方式换得一分潇洒两分从容和七分支持。

即使这样，还是有人觉得燕青碍事、嚣张，居心叵测。

索超有一次喝多了说："燕青兄弟到底怎么回事，从来不跟我们喝酒，倒是常常和军卒们一起喝茶喝汤，还喝鲜榨果汁，他到底什么鸟意思？"

众人叽叽喳喳。

郁保四有一次结结巴巴地说："我觉得燕青那厮兄弟确实是不像话，更不像兄弟，他从来不跟我们一起喝酒划拳，倒愿意跟那些小兵厮混，他真是，他是不是觉得我们兄弟们不如那些当兵的呢。"

众人叽叽喳喳。

解珍有一次没喝多，也怒气冲冲地说："燕青这个人到底怎么回事呢，一天到晚坐在空地上对着一大群当兵的讲话，这种事情是他能做的吗，除了我们宋大哥，其他人怎么能对着那么多人讲话呢，燕青这厮到底在想什么！"

这么一说，大伙都严肃起来。

宋江也辗转知道了燕青的举止，他决定来一场兄弟和兄弟之间的对话。犹如当年在柴进庄上和武松同床而眠一样，他打算邀请燕青跟自己睡一晚，争取天亮后让燕青成为自己的好兄弟，把他说服。

在哪里睡是一个问题，柴进的庄园很大，在寒风中暮色下有一种辽阔和悲壮，让人会无端地豪迈，无端地悲哀，无端地愤恨，无端地脆弱，无端地相信大哥，更相信未来。那么山寨之上哪里有这样的场所呢？

宋江想了几天，发现方向错了，根本就没有这样的庄园，而想要让燕青对自己死心塌地一起睡觉，那么只有露营。

宋江安排八路人马在山上巡视，物色一处最适合露营的地方。

八路人马回来后把各自的所见都说给宋江，汇总之后宋江发现，偌大一座梁山，基本上都被兄弟们占据了，到处都是酒肉屎尿战马牛羊和尸骨，尚有不多的几处适合野营，但要么太危险，如悬崖边；要么人太多，比如张青的菜地。

宋江突然间很烦躁，即将睡到但就是睡不到的焦躁让他有些不顾身份，对着手下的兄弟们大喊道："我不过是想和燕青兄弟在野外露宿一宿，一诉衷肠，偌大一个山寨竟然没有可以睡一夜的地方，你们再去找，八路人马不够，就八十路人马！"

大家面面相觑，随即一哄而散，小半个梁山的兄弟和兵马四处散开，纷纷寻找一处适合露宿的地方。每个人都嘟嘟囔囔地互相打气道："宋大哥要和燕青兄弟睡一夜，连个地方都找不到，这确实不像话……"

"宋大哥情趣盎然，睡觉也要睡在外面，我们千万不能让大哥失望啊……"

人马散开之后，宋江在忠义堂里来回踱步，焦躁地等着消息。很多很多年后，人们在拿了卡开了房而人未到时，也一样的坐立不安。

这时窗外传来了箫声，空灵而悲切，悠远而哀怨。

或许是嫌箫声过于哀伤，过于空洞，歌声从箫声中传了出来：情人别后永远再不来，无言独坐放眼尘世外，鲜花虽会凋谢，但会再开，一生所爱隐约，在白云外……

在歌声中，燕青的声音传来："宋大哥，有情未必睡一夜，你的心意我领了，不必让诸位兄弟为我们的露宿操心了，我们随处可睡，不睡就是睡。"

宋江踉跄着扑向窗口，伸出又短又粗的胳膊扶着窗户大声问道："燕青兄弟，这又是为何呐？"

"因为，我是浪子。"窗外的蓝天白云处传来了燕青的回答，像一支穿云箭，宋江左手按住了胸口。

和每一个被拒绝后恼羞成怒的男人一样，宋江恼羞成怒了，召集全部的兄弟议事，特别关照卢员外，燕青务必要到场。

宋江说了几件山寨的大事之后，看着人群中的燕青，陡然间抛出一个毫无美感的问题："燕青，你总是说你是浪子，请证明你是浪子！"

众人猝不及防，齐刷刷地看着燕青，除了卢员外，他羞愧地低下头，用脚掌在大厅的石头上来回蹭，几乎要把整只脚都印在石头上。不过卢俊义就算把整条腿都塞进地里，也不会想出什么办法，他的迟钝人尽皆知。

燕青不慌不忙地往前走几步，对着四周拱手道："各位兄弟，宋江大哥，我觉得浪子是不需要证明的，他只需要浪。"

众人一阵喧哗，有些人想笑，但更多的人被这句话散发的哲学光芒震慑住了，不知道该做出什么样的反应才能符合自己的身份。

宋江咳嗽一声说："燕青，那你浪吗？"

燕青哈哈哈大笑说："各位哥哥，我当然浪啦，还有一身浪肉……"说完燕青脱得赤条条的，扭着屁股，迈着细碎而节奏鲜明的步子,在大厅里转了两个来回,身姿灵动,身上的白肉此起彼伏,散发出波浪的气息。

一些人哈哈大笑起来,鲁智深非常欣喜,大喊道:"好,好肉,好舞!"

他这么一喊,既是示范,也是提醒,大家纷纷喊起来:"好,好啊……"就连平日里几乎不对山寨的事物和兄弟说什么话的扈三娘、顾大嫂等人也高兴至极,扈三娘一直跺着脚,哈哈哈大笑,声音盖过了所有人。很多人偷眼看着扈三娘,非常遗憾这个年方二九的大美女不会像燕青一样这么跳。而扈三娘身边的王英觉得,眼前这个老婆突然变得陌生了,他还担心扈三娘这么一直跳下去,会一岁一岁地变小,变成一个五六岁的连走路都是蹦蹦跳跳的小女孩。

"兄弟们都是有小的时候的啊!"王英在心里感慨一句,最近他的感慨越来越多,并且自以为感慨让自己成了一个好人了。

其他人一直在大喊:

"好,好!过瘾!"

"真浪,浪里白条也不如燕青哈哈,比一个比一个!"

"前所未有的浪,燕青你就是浪子,浪子就是你,非你莫属!"

燕青在众人的喝彩声中,跳得更加起劲,腰一圈圈地画着圆,不断地抖着两片屁股,偶尔把白花花的腿高高抬起,抬起右腿抬左腿，抬起左腿抬右腿，始终没有冷落哪一条腿。

众人看得如痴如醉，纷纷后退，给燕青留出一个大大的舞台，燕青也不客气，不断跳起落下，不断往前往后，不断旋转，最后他化作一道白光，从忠义堂大门冲了出去，消失在日光中。

那天晚上，燕青和一群熟悉而无名的军卒一起喝酒。大家都有话要说，却又在开口之前狠狠地沉默着。

"下午的事你们都听说了？"燕青忍不住问，也因为他在这里毕竟是头领，有率先发话的责任。

"知道了知道了！"几个人纷纷表态。

"想不想和众位头领一样看看我一身的好肉呢？"燕青笑着问。

几个人吓得倒退几步，连滚带爬，摇头的摇头，摆手的摆手。

燕青也不坚持，让他们重新聚拢，坐下。

沉默就此开始了。

大约半个时辰后，一个六十来岁的老军卒说："燕青兄弟，我斗胆问问，你到底是什么人呢？"

燕青叹口气说："你们不要担心，我只是一个普普通通的人，我不普通的地方无非是想比一般的人活得更好一点，更久一点。这其实也没有什么了不起的，世道再难，人也不是飞禽走兽，花草虫鱼。"

"燕青兄弟你是不是水瓶座的？"一个人问道。

燕青没有回答，接着自己的话说："我下午的所作所为，不是说我是什么浪子，我只是在证明我是浪子，但不能说我就是浪子啊。各位兄弟能理解我的苦衷吗？"

"可是，在上百位兄弟面前赤条条地跳了半个多时辰，实在是有失体统啊。"六十多岁的老卒痛心疾首地说。

"人都是一样的，赤条条来，灰飞烟灭而去，我不觉得脱光了走在人群里有什么值得羞耻的，这件事不是事。有些事才是事，是让人羞愧难当的，但脱光了在众人面前不是。谁也不比谁多一块少一块，就连最见不得人的地方也都是彼此彼此的，真正见不得人的地方不是身上的那些天生的东西。"

"那为什么还要穿衣服？"一个军卒问道。

"穿衣服是保护身子吧，穿戴整齐上阵和赤条条上阵，还是不一样，该死的会变成不死，重伤的会变成轻伤，没有衣物的话人应该不是这个样子。"

聊到这里，几个人放松下来，一个人带着几分打趣的口吻问燕青："燕青大哥，为什么你常常跟我们一起喝酒，但是自己又滴酒不沾呢？"

"刚才说了，我一直在想怎么活得舒服，活得长久，我以前也是喝酒的，但是酒后闹事太厉害，而且让我学到的本领全都倒退回去,我有一天突然决定不喝酒了,我要看看我能不能做到把自己的决定当成一件正事来办,现在我算是办成了。"

"还好你不喝酒,如果喝酒了,估计到这会还在忠义堂里跳舞呢哈哈哈……"一个人亲热地拿燕青打趣。

燕青站起来,望着西北方向说:"我从小父母双亡,卢员外收养了我,我燕青的一切都是卢员外的,除非他不想要了。宋江大哥企图让我做他的心腹,这是不可能的,他还想着跟我彻夜长谈,抵足而眠,我只得让所有的兄弟都看看我燕青的身子,大家都看到了,大家都开心了,宋江大哥也就厌恶我了。"

"燕青大哥你这是自毁啊,好端端的把自己给毁了,让别人看不上你,是这个意思吗?"

燕青悠悠地说:"差不多吧,不过也不碍事,反正我不会是谁的心腹,因为,我是浪子。"

尉迟敬德名气不如关公

排名之前,风声四起。

确定自己的位置后,孙立勃然大怒,把自己关在房间里,用脑袋一直撞墙。墙是木头的,有一定的弹性,孙立撞得放心,撞得兴奋,砰砰砰的声音听上去像极了撒娇时发出的"嗯嗯嗯……"

顾大嫂有些害羞,拿起钢鞭递过去说:"姓孙的,你要是想出气,还是拿着钢鞭去打人吧,不要在这里假模假式地撞墙,墙惹你了吗?它不但没有惹你,而且任你怎么撞都不会还手。欺负一个不会还手的东西算什么好汉呢?"

孙立说:"我没有欺负墙,我在欺负我自己。我在欺负孙立这个人,孙立在欺负孙立。"

顾大嫂愣了一下，问道："那你想过原因没有？"

"其他兄弟们都在议论，不管是熟悉的还是不熟悉的。我归纳了一下，大概有四个原因。"

"说来听听！"顾大嫂说。她并不想知道原因，她只是想让丈夫不要再撞墙，总不能一边撞墙一边说话吧，或者说，就算要撞墙，也要等说完再开始。到时说不定有办法让他不要继续撞墙了。

何况，女人全都喜欢八卦。

"第一个原因是登州人马众多，必须往下打压，省得我们仗着人多，得意忘形，不好调度。第二原因是对我出卖同门师兄心存不满，既然师兄可以出卖，而且卖得浑然天成，那么出卖大哥当然也可以。宋大哥不是感慨可惜了栾廷玉吗。第三个原因是山寨马上高手太多，我和五虎八骑相比，并没有过人之处，相反，步兵头领太少，所以解珍解宝进了天罡，这也算是给登州一个交待，给我个人一个打击。"

说到这里孙立戛然而止，不说了。顾大嫂问："还有呢？"

孙立说了句我出去看看有没有什么可疑的人，就走出了住处，四周转转。全是人，新近上山的头领们住处比较拥挤，一个人一个院子，但院子左右相连，前后相距不到两丈。在这不到两丈的地方，很多头领的亲随心腹都在那里休息，喝酒赌博遛狗斗蛐蛐睡大觉做白日梦，干什么的都有，随地大小便也不例外。

孙立推门出来的时候,两个喽啰正在比赛看谁尿得远。他们的方式是,大门两边一边站一个人,然后对尿,看谁能滋到对方身上。两个人全尿了孙立一身。孙立脸色大变,退了回去。

顾大嫂一看,连忙问孙立怎么了,是不是遗精了,怎么全身湿漉漉的。孙立说了刚才的事,最后叹口气:"他们是朱武的手下,朱武据说排名比我高两位啊。"

孙立病倒了,大概是朱武手下的尿液让他感染了某种疾病。

吴用来看他,孙立眼泪扑簌簌往下流,想起了第一次见到吴用时的情景,虽然有一阵子了,但是仿佛就在昨天。

如果能随意回到过去,孙立希望回到离开登州而没有到梁山的那一两天,多么地自由。虽说前有豺狼后有虎豹,但豺狼虎豹之间总有缝隙,人生真正惬意的时刻,就在这些缝隙之中。在缝隙中喝酒,在缝隙中欢笑,在缝隙中偷情,在缝隙中产生幻觉,在缝隙中感动得浑身战栗……缝隙才是人生的精髓。

孙立一边畅想,眨着大眼睛看着军师。

吴用红着脸说:"孙将军,身体要紧,病重了就不要多想了,还是身体要紧啊。"

"其实我是一个淡泊名利的人,排名对我来说其实无所谓的,但是这都是为什么呢?"

吴用笑而不语。

"为什么关胜寸功未立,都说他可以高居第四。论文治武功,他哪一项可以真正胜得过我呢。如果不是带兵征讨梁山,他不过是一个保安而已。军师如果不信,我可以和关胜来一次三局两胜,或者五局三胜,七局四胜也都可以。"

吴用呵呵一笑说:"问题就在这里,孙将军,你的外号叫做病尉迟,关胜则是关公后人。尉迟敬德名气不如关公啊。"

孙立听了这话,呆若木鸡。好半天他才用挣扎的口吻强辩说:

"我看未必,尉迟敬德是门神,家家户户都有他的神像,关羽虽然贵为武圣人,但是毕竟不是家家都有。谁家没事盖一座关帝庙,十里八村的能有一座就不错了。"

吴用哈哈哈一阵狂笑,指点着孙立说:"孙将军,在下也不反驳。如果你能证明尉迟敬德的名气比关羽大,而且能让宋大哥和我亲眼目睹,那么我们宁愿违背天意,也要让你的排名不亚于关胜。如果关胜排第四位,你不会低于第八位!"

孙立坐起来说:"大哥一言驷马难追,军师大哥,我们这就说定了,你们等着,我要让每一位兄弟都知道尉迟敬德比关羽的名气大。"

吴用心里说，滚你妈蛋，嘴上还是说："祝你成功。"

为了大排名的事情，吴用殚精竭虑，每天和宋江、公孙胜商议到天黑，不停地在纸上写写画画，完事之后，他要还站起来，一边揉揉酸胀的脖子和眼睛，一边吃九九八十一颗花生米作为宵夜，一边小心地把此前写下的草稿拿到火盆里烧掉。有一次火正在烧，吴用确实疲惫，就打了一个大大的哈欠，结果喷了一大团火出来烧掉了半边胡子。这让吴用有些心惊胆战，以为是神明在施以小小惩罚，不由得长叹一声。

这一声叹息让火盆里的火又大了一点，把剩下的胡子全给烧了。吴用摸摸下巴，决定在胡子长出来之前闭门不出，一是不给跑来打听虚实的兄弟任何机会，二是给胡子一个机会。

好几天过去了，吴用每天拿着一大块生姜在脸上擦来擦去的，胡子也确实生生地长了出来，不过来找他的兄弟还是络绎不绝。他也明白，自己是兄弟们唯一可以打听的对象了，找宋江似乎不太合适，找公孙胜找不到，就连自己也找不到。

吴用几次尝试去找公孙胜，但都找不到。他找宋江打听。宋江咳嗽几声说，"军师你就不用去找公孙先生了，他一贯神龙见首不见尾，你不是不知道的。"

这句话在吴用听来则是："军师你就不用关心排名的事情了，这件事关系重大，你还是知道得越少越好啊。"

吴用悻悻而归，虽然是晚春初夏季节，但是还是觉得冷，又点燃火盆，让熊熊燃烧的火焰温暖自己，并且把那块在脸上涂抹了成千上万次的生姜烤熟了吃了。

烤过后的生姜嚼起来有一种别致的苦涩，吴用想起了过去。如果能随意回到过去，吴用希望回到认识晁盖之前的日子，每天读圣贤书，养一群鸡鸭，功名利禄像浮云，很白很自由。虽说世道艰难前途茫茫，除了读书百无一用，但过去就是好，过去的天比现在的蓝，过去的风比现在的舒爽，过去的鱼比现在的大，过去的酒比现在的清香……过去才是人生的精髓。

吴用在屋子里对着火苗长叹："我们再也回不去了对不对，就算曾经几乎拥有幸福的完美……"

孙立是一个可以回到过去的人。回到过去的第一件事是要下山，孙立就不顾梁山军纪，私自下山去了。他来到登州海边，振臂高呼"三山五岳五湖四海九帮十八派三十六洞七十二岛的英雄豪杰们快出来啊""三山五岳五湖四海九帮十八派三十六洞七十二岛的英雄豪杰们快出来啊！"

哇啦哇啦喊了半个时辰，陆上的海里的众多强人都慢慢围拢过来，纷纷抱拳施礼，互相问候。

孙立说："各位，我时间不多长话短说。你们帮我一个忙，把方圆一千里内的关帝庙全部拆除，再在每家每户的门前贴上尉迟敬德的画像，就说这是尉迟显灵。关二爷的庙宇之所以被拆除，也是因为尉迟敬德显灵，对关二爷大意失荆州深感失望。"

众人互相看看，不知道孙立的用意何在。

孙立继续说："至于为什么要这么做我就不跟你们解释，我身在梁山，很多事情解释不通。如果有人阻止你们砸毁关帝庙，你们就说你们是梁山好汉，砸毁关帝庙是为了给梁山好汉的祠堂腾地方，到时候要建造梁山庙，要建宋江生祠。"

一大群人面面相觑，一个人小声地说："这样我们岂不是成了梁山贼寇了？"

"你们让手下去做不就行了，砸庙这种小事情难道还要你们亲自动手吗？手下人就可以了。"

"那手下人被当成梁山贼寇抓起来怎么办？"

"梁山会出兵的，为了一只鸡和一匹马梁山都会出兵，何况为了人。这一点你们放心，尽管说是梁山的安排。"

见大伙疑惑不定，孙立振臂高呼："有没有信心？"

"有！"

"大声一点，我听不清！"

"有……"这一次声音大了很多，有一种排山倒海前奏的感觉。

"再大声一点，再勇敢一点！不要拘束自己，打开真正的心扉！"

下面的人叽叽喳喳，因为他们知道再大声一点的回答是有，但不知道再勇敢一点该怎么回答。

孙立不得不停下兴奋，耐心解释该怎么大喊，该怎么展现真正的自我。如此这番再来了好多次，三山五岳五湖四海九帮十八派三十六洞七十二岛的英雄豪杰们才算明白怎么喊话，也都很快掌握了，并且喊得震天响。

很多附近的渔民和农民都以为那天起了不小的海啸，其实是英雄们在大喊。而孙立一直到回山后，都感觉那帮人还在喊。既然喊得这么响，一定也会干得很漂亮。他打算过几天再下山去看看，进展顺利，就邀请宋大哥和吴军师下山走一趟，让他们亲眼看看关帝庙的倒掉和尉迟敬德的流行。

孙立第二次下山时被拦住了，并且扭送到吴用面前。吴用不解地问孙立为什么私自下山。

孙立说："为了证明尉迟敬德比关羽名声更大。"

吴用此刻已经是一个被烧掉了胡子又长出一点点胡子的人了，相当于浴火重生。一种不受自己控制的幻灭感和优越感油然而生，吴用说："就算是尉迟敬德比孔圣人更有名，孙将军你的排名也不会有多么的高啊。"

孙立呆若木鸡，吴用连忙解释说："原因有四，第一个原因是登州人马众多，必须往下打压，省得你们仗着人多，得意忘形，不好调度。第二原因是对将军你出卖同门师兄心存不满，既然师兄可以出卖，而且卖得浑然天成，那么大哥当然也可以。宋大哥不是感慨，可惜了栾廷玉吗。第三个原因是山寨马上高手太多，孙将军和五虎八骑相比，并没有过人之处，相反，步兵头领太少，所以解珍解宝进了天罡，这也算是给登州一个交代，给你个人一个打击。"

说到这里，吴用停止了。

"这是三个原因呢，军师请问第四个原因是什么？"

"是我。"吴用无力地说着，同时用力地闭上了眼睛，即使挤不出惆怅的眼泪，仅仅是这个悲痛的闭眼睛的动作也足够彰显他的痛苦和无奈了。

"先生说我排名不高，大体上会在什么位置？"

"天罡之外，地煞前茅。"

后面四个字是废话，前面四个字已经说明一切了。

确定自己的位置后，孙立勃然大怒，把自己关在房间里，用脑袋一直撞墙。墙是木头的，有一定的弹性，孙立撞得放心，撞得兴奋，砰砰砰的声音听上去像极了撒娇时发出的"嗯嗯嗯……"

或许是撞击带来的体验非同一般，孙立突然也明白了这个排名给自己的好处。好处是基本上不必单挑高手，只需要跟着行军打战摇旗呐喊就行。想到这里，孙立突然坦然了很多。

他拿着心爱的钢鞭一边挠背一边感慨说:"尉迟敬德名气不如关公,而我只不过是当今世上的一个病尉迟敬德而已。那就一直病着吧。"

欢迎高太尉上台剪彩

宋江排完座次之后，感觉缺了点什么。这其实是一种幻觉，他真实的感受是，高潮不够猛烈和持久，以至于宋江总是想起那个对话：

"开始了吗？"

"已经结束了。"

和吴用卢俊义商量后，宋江亲自宣布：由柴进柴大官人主持一项浩大的工程，即在梁山中心位置偏东的方向筹建一座高大恢弘的"梁山血泪博物馆"，俗称血泪馆。每一位兄弟都可以把自己的血泪史辛酸史家史被迫害史写下来，不会写字的，口述，柴进负责带着朱武、萧让等人帮忙记录。

血泪馆位于梁山大厅之后，高三层，可以登高可以俯瞰，也可以被瞻仰观望，更为关键的是，它密不透风，严加防守，以期让梁山众位兄弟的辛酸历史长存于世，历久弥新。

兄弟们一个个欢呼雀跃，"好……"不绝于耳，宋江备受冲击，对着迎面而来的声浪敞开心扉深呼吸。

兄弟们为了这件大快人心的事，连续喝了七八天，每个人都诉说了一堆过往的辛酸事。很多人说着说着就哭了，因为身在酒桌，所以就一边哭一边喝，一边用酒杯盛眼泪一边把酒水泪水咕咚咕咚倒进嗓子里。很多人看别人哭也跟着哭了，一边喝一边哭，似乎这顿酒之后就该上路了。

庆祝了十几天之后，事情需要推进，柴进果断地停止了酒水供应，逼迫大家把辛酸事写下来，把血泪馆建起来。

只是事情推得很缓慢，说得不客气一点就是，几乎没有进展。大家没了酒，只得乖乖地去找柴进聊自己的人生和痛楚。

这样做的目的有两个，一是希望能聊了之后就有酒喝，二是希望柴进能秉公记录，让自己的人生不受篡改。

一连来了七八个人，聊了几句之后都发现，自己没有受到压迫，没有受到摧残，没有受到追杀。很多人都是自己自愿落草为寇的，很多人是因为兄弟们才落草为寇的，很多人都是为了吃上一口饭才落草的。简言之，很多人本可以不落草的，如花荣、秦明、黄信、王英、周通、李忠等人。

这让柴进等人大为诧异，他看了看左右的朱武和萧让，一时语塞。朱武避开了柴进的目光，因为他就是糊里糊涂到山上的，或许，无论在之前五百年还是之后五百年，朱武都会落草，但都不能称之为逼迫。萧让也把眼光避开了，因为他更为冤屈，原本只是一个本分的先生，民间书法家，有望通过道德文章和书法功力混一个祖坟冒烟，结果现在也端坐在梁山之上、柴进的左边。

柴进也知道，如果让萧让带头写，写他的人生冤屈，那么只能责怪梁山及各位头领，而不能责怪朝廷。类似的人不少，柴进的任务之一，就是让这样的人真心实意地忘记自己如何上山，忘记山寨的诸多不妥，情真意切地痛恨朝廷，痛恨让自己惨遭迫害的知县知府和豪强恶霸们。

这又岂是短期能见效的？

柴进长叹一声，一个人去喝闷酒去了。他想的是，或许明天就会有兄弟来讲述一下自己的悲惨往事，让这件事继续下去。

结果，一个月下来，柴进的事毫无进展，没有收到任何悲伤往事，也没有人当面说出什么悲惨的事。可血泪馆却一天天盖了起来，沤了多年的木材被运到空地上，一楼已经初步搭好，二楼正在进行中，无数个小部件都在开工赶制。也就是说，这件事停不下来了，一旦三层楼造好而里面空空如也，柴进无法交代。

这个时候的柴进开始怀念起自己以前的生活，饭来张口，快意恩仇，看谁倒霉就施以援手、释放爱心，彰显自己豪情；兴致所至地朝某个畜生身上射上一箭，彰显自己的武力；看谁不顺眼就可以置之不理，彰显自己的超然。那真是一段光辉岁月啊，柴进想。

这么一想，问题来了，既然是好日子，为什么自己就上山了呢？唯一的解释就是官府欺压，奸臣当道，上梁不正，恶霸满地。兄弟们怎么不明白这个道理呢。

柴进又花了一个月时间才明白过来，此事需要一个榜样，一个领头的人。而这个人，非林冲莫属。

在一个黄昏时分，柴进叩开了林冲的家门。林冲对柴进的到来不惊不喜，无动于衷，就像他在妻子去世之后下身对任何事情都不惊不喜、无动于衷一样。

林冲做了一个请的姿势。

柴进站在门前说："林教头，我就不进去了。柴进今天来是想请教头帮个忙。"

林冲低头沉默不语，柴进对他有恩，不能不帮，但是林冲也知道柴进想说什么。

果然，柴进说："教头，柴进请你帮的忙说难也难，说简单也简单。请您到我那里大哭一场，痛陈自己被逼上梁山的经过。教头只管大哭咒骂，我们来写，必要的时候我们会添油加醋的。"

林冲看了看柴进，感觉有些话想说，最后还是叹口气说："算了，柴大官人，你对林某人的情义我没齿不忘，但是这件事我实在帮不了你啊，我也不解释了，你听不懂。柴大官人请回吧，如果嫌路途孤单，林冲可以送柴大官人回住处，一路上也好聊一些枪棒拳脚。"

柴进说："我不要聊什么枪棒的，我不喜欢，我只是为了和各位有共同语言才装作喜欢武艺。现在我这么棘手，教头，你得帮帮我啊。"

"这件事林冲实在是帮不了什么忙，柴大官人的恩情，林冲来日一定加倍奉还。"

"没有来日，也不要你加倍，就这件事。教头，求你了。"柴进带着哭腔说。

林冲关上了门，自己在自己几声细碎的脚步声中变得悄无声息，整个人似乎都不存在了。柴进突然发现自己对林冲毫无了解，他背靠在林冲住处的大门上，朝着梁山的夜空微微扬起脸，努力把自己的目光送到天空的深处，似乎那里没有烦恼，甚至可以看到过去那种愉快而腐朽的生活。

随着血泪馆完工在即，柴进实在没有办法，用自己的私房钱找到了陶宗旺、焦挺、武松和李逵四个人，让他们痛陈自己的过往、冤屈、愤恨和悲伤。

然后，萧让用如椽大笔把四个人的口述历史书写下来。

陶宗旺的事迹，用苏体写；焦挺的事迹，用黄体写；武松的事迹，用米体写；李逵的事迹，用蔡体写。

苏黄米蔡四体书法写在四副巨大的卷轴上，挂在血泪馆一层大厅四壁，大厅里顿时有种血泪斑斑的感受，杀气逼人，苦不堪言，柴进非常满意。

只有武松不满意，他希望用自己的武体来写自己的事迹。柴进多花了几担酒才让武松打消这个念头，但是也答应武松，如果再有感人的事、典型的事或者重大的事，就让武松来写。

武松让施恩哭诉自己的悲惨经历，自己写。

施恩一边哭一边说："我是一个小吏之子，从小没人疼没人爱，老爹每天在牢城营当差，老娘早早就死了，我算是一个孤儿，从小就一个人乱跑，摸爬滚打，吃了无数的苦，很多人都觉得我长不大，一定会夭折，就连我老爹对我也不看好，他几次说，如果我能长到十岁，让他享受十年的天伦之乐他就满足了，我就可以死了……"

武松呆头呆脑地看了看施恩，柴进说："都头，快写啊，不写一会就忘记了。"

武松痴痴呆呆地写了起来。

施恩继续说："我用我娘留给我的钱，和从老爹那里偷来的钱，在快活林开了一个酒肆，指望着能够勤劳致富，能够安身立命，能够给老爹颐养天年，能够为地方做一点贡献，但是那蒋门神，实在是恶毒，仗着背后有人，不分青红皂白，对我拳打脚踢,砸烂了整个店铺,还让我要么把一缸酒喝下去,要么把一个缸吃下去,哪一个我都会死的,我当时真的不打算活了,只恨自己没有宋江大哥这样的兄弟啊……"

武松看了看施恩,想说什么,柴进在一边说:"都头,你只管记下来,你不能议论,不能说话,不能增减,只管记下来。"

施恩咿咿呀呀说了半天,武松写了半天,胳膊都要断了。最后他把笔一扔说:"老子以后再也不碰毛笔了,写得不爽,也累坏了,还是喝酒舒服哈哈哈哈。"

柴进私下找宋江说一下血泪馆的进展,委婉地说到进展不是特别顺利,在陶宗旺、焦挺、武松、李逵和施恩五位兄弟的带领下,算是有了一些资料,同时也征集到了十来件物品,比如破旧的裤子,烂掉的内衣,锈掉的镰刀,看不清的地契,看不清的卖身契,杀了自己全家的血迹斑斑的大刀,绑住自己全家人的长长的绳子,活埋了自己全家人的一堆土……这些都是替天行道的证据啊,只是还不够有力。

宋江微微一笑,对柴进说:"晁盖哥哥跟我的一些书信,我找一找,然后差人给你送过去。有了这些,血泪馆里会厚实很多。"

柴进微微一笑说:"那我就等大哥找到这些信件,也不急一两天。"

"林教头那里,不愿意给血泪馆添彩。"柴进补充说。

宋江皱了皱眉,沉吟半天说:"等血泪馆开业时,我们请林教头充当血泪馆荣誉馆长,他就是血泪本身啊。"

柴进哈哈一笑,但心里有些不是滋味,林冲拒绝了自己的请求,非常不够意思,而自己当初为了力挺他,硬生生地让洪教头被打翻在地。前段日子洪教头托人带了一封书信到山寨交给了自己,说是他如今已经到了北方,完颜阿骨打刚刚建国,号称大金,年号"收国"。自己出任大金的水军元帅,手下有数艘战船,大小不一,还有数千水军,一辈子都没有下过水。世人都知道,大金以骑兵见长,以弓箭取胜,所谓的水军其实只是供国内元老们嬉戏和幻想的一群人,也就是说,自己虽然衣食无忧,但是不算得志,不知道柴大官人有没有兴趣一起投奔大金,以大官人您的雄才大略和非凡见识,一定能成为大金的支柱,这样进可以攻占大宋,夺回柴氏的江山,退可以辅佐完颜,颐养天年。

柴进看了洪教头的来信之后陷入了深深的思索,他并不想去金国,嫌那里太冷,不够繁华,他考虑的问题是,为什么很多人都去了金国,为什么大宋留不住人,而身在荒蛮之地的金国却有魄力安排洪教头作为水军元帅,哪怕是一个玩笑,也是一个有魄力的玩笑啊。

一想到这个问题,就像手指触到了火苗,柴进一激灵,一阵钻心的疼痛。只有停止想象才能安全的过完每一天。

就在宋江筹备自己和晁盖的若干通信、林冲勉强答应出任血泪馆名誉馆长的过程中,山寨上发生了一件大事,高俅被张顺捉到了山上。整个山寨沸腾了,因为这是山寨竖起大旗以来擒获的最大的官,如果把他杀了,血浇在旗杆下,心肝下酒,肉喂了猎狗,简直是大快天下人心,也足以令朝廷震动。再进一步,会有多处军民揭竿而起,聚集在梁山大旗之下,一举攻占东京,拿下那个祸国殃民的鸟皇帝。

很多人都这么想,都觉得宋江会以一种史无前例的惨烈手段处死高俅,让天下贪官丧胆。但是宋江的举止让很多人都目瞪口呆,他见到被押上忠义堂的高俅,慌忙下堂扶住,吩咐亲兵取过罗缎新鲜衣服,让高太尉重新换了,再扶上堂来,请在正面而坐。

高俅穿上新衣服后,感觉好了一点,宋江纳头便拜,口称"死罪!"高俅一见,也懵了,慌忙答礼。宋江叫上吴用、卢俊义跟着自己一起跪拜,咚咚咚咚,三个人一起给高俅磕了九九八十一个头。这个数字是临时起意,但过程中三个人顺应着自身的惯性,不断拜倒起身,拜倒起身,周围的兄弟似乎看到了三部机械在无休止地工作,以花荣为首的几个人冲过来按住宋江三个,大喊道:"三位哥哥不要磕头了,不要磕了!"

三个人起身,缓过神来,请高俅上坐。宋江叫燕青传令下去:"如若今后杀人者,定依军令,处以重刑!"

李逵大喊道:"大哥,这是什么意思?是不是你磕头磕疯掉了?"

宋江不得不解释说:"替天行道不代表滥杀无辜,爱民如子才能更好地替天行道。"说着他狠狠白了李逵一眼,转脸问高俅:"太尉,你意下如何?"

高俅不得不礼节性地表示赞许和支持,他也不知道自己是福是祸,按照常理来设想自己的下场,那一定是被开膛剖腹,尸体点灯。可宋江已经磕头了,那么应该没有那么惨吧。确实,没一会,宋江便教杀牛宰马,大设筵宴,一面分投赏军,一面大吹大擂,会集大小头领,都来与高太尉相见。

兄弟们发出两种声音,一种是"哇塞,见高太尉了",而另一种声音是"这个鸟太尉为什么让我们给他敬酒"。不过第一种声音占据了主流,毕竟宋江、吴用和卢俊义都在欣喜之中,其他人只得跟着欣喜起来,担心自己的沉默成为欣喜过程中的突兀的巨响。每个人都给高俅施礼,宋江持盏擎杯,吴用、公孙胜执瓶捧案,卢俊义等侍立相待。宋江开口说道:"文面小吏,安敢叛逆圣朝,奈缘积累罪尤,逼得如此。二次虽奉天恩,中间委曲奸弊,难以缕陈。万望太尉慈悯,救拔深陷之人,得瞻天日,刻骨铭心,誓图死保。"

高俅见了众多好汉,一个个英雄猛烈,林冲、杨志怒目而视,有欲要发作之色,耳边隐隐传来好汉们粗重的呼吸声和有力的压抑感,就先有了五分惧怯,连忙对大伙说:"宋公明,你等放心!高某回朝,必当重奏,请降宽恩大赦,前来招安,重赏加官,大小义士,尽食天禄,以为良臣。"宋江听了大喜,拜谢太尉。

当日筵会,甚是整齐;大小头领,轮番把盏,殷勤相劝。大伙都是简单的人,觉得既然喝酒了,那就得尽兴。山寨来了关胜,大伙喝得痛快,现在来了高俅,也要一样喝得痛快,不管谁上山,都是酒媒子而已。高俅也一杯杯地喝,他担心自己如果不够兴奋会引起某位头领的质疑,进而引发一种情绪,让自己处于险境。乖乖喝酒,像好汉一样豪迈,才是此刻的正道。

很快,高俅大醉,酒后不觉放荡说:"我自小学得一身相扑,天下无对。"卢俊义也醉了,怪高太尉自夸"天下无对",指着燕青道:"我这个小兄弟,也会相扑,三番上岱岳争交,天下无对。"高俅便起身来,脱了衣裳,要与燕青厮扑。众头领见宋江敬他是个天朝太尉,没奈何处,只得随顺听他说,人人憋着一口恶气,都起身来道:"好,好,且看相扑!"

众人都哄下堂去。宋江也醉,主张不定,不知道是让两个人就这么比试呢,还是来一点彩头。正在犹豫之中,高俅输了,被燕青狠狠扔在地上,像一块五花肉一样死死粘着地面,如果没有筷子它就不会离开地面。

宋江吓得一激灵,感觉平日里管着屁眼的肌肉这会全部麻木了,屙了一裤裆的屎,但也顾不上了,和卢俊义一起跑过去扶起高俅,再穿了衣服。宋江大笑道:"太尉醉了,如何相扑得成功,如果太尉不醉,还是天下无双,当世第一。今天酒后占太尉便宜,切乞恕罪!"

高俅浑身都在痛,惶恐无限,又闻到了一股恶臭,以为是自己拉稀了,连忙大笑,希望用笑声压住恶臭。一群人再度入席,你一杯我一杯地喝到了夜深,期间宋江换了七八套新衣服,像一个新娘子那样不断以新面目出现在高俅面前。

夜深后,高俅被扶入后堂歇了。

第二天日,宋江又吩咐大排筵会,给高太尉压惊。高俅喝着喝着,说是想回去,在这里没意思。

宋江说:"太尉,这里有一件有意思的事情,还请您老赏脸捧场。"

高俅也不敢拒绝,只得含含糊糊地问:"不知道公明兄弟说的事情怎么有意思?"

"我们山寨,建了一座血泪馆,以期纪念兄弟们上山之前所遭受的各种苦楚灾难,是为激励兄弟们奋勇杀敌,报效皇帝陛下。现在这座血泪馆已经造好,里面陈列着多位兄弟的血泪史和一些物件,很值得一看不过,我们想请高太尉上台剪彩,并宣布血泪馆正式开放。"

高俅带着酒意问道:"各位兄弟的血泪史,这不就是对大宋天子不满意吗?"

宋江连忙赔笑说:"不是不满,是激励兄弟们建功立业,这样的话,所有的血泪都一笔勾销了。"

"建功立业后做官,不再被欺压,这些我相信。可是过去的血泪怎么会一笔勾销呢?"高俅疑惑地问。

"因为想要进入这个血泪馆,需要我、吴用军师和卢俊义哥哥三个人的手迹才可以,缺一不可。高太尉还是给血泪馆剪彩吧,能请到高太尉是山寨修来的福分啊。"

高俅点头,宋江扭头面对大伙,高声喝道:"众位兄弟,请移步血泪馆一楼大厅,我们有请高太尉给血泪馆剪彩!"

兄弟们叽叽喳喳地说着,但吴用、卢俊义和花荣等人都朝血泪馆走了过去,众人只得跟着,队伍缓缓挪过去。

高俅接过大剪刀,剪断了大门前的一束大红花。下面响起来稀稀拉拉的掌声。

柴进突然喊:"好!实在是太好了!"

其他人也跟着喊起来,起初声音孤单,后来每个人都喊了起来,喊好的声音响彻山谷。但什么是好,好在哪里,就不得而知了。

高俅受到了感染,挥挥手让大伙安静,然后说:"非常荣幸能够给血泪馆剪彩。在下也有一样物件要捐给血泪馆永久珍藏,那就是林教头发配之前写下的休书!"

每个人都看着林冲。林冲胸口起起伏伏,随即朗声背诵了起来:"东京八十万禁军教头林冲,为因身犯重罪,断配沧州。去后存亡不保。有妻张氏年少。情愿立此休书,任从改嫁,永无争执。委是自行情愿,即非相逼。恐后无凭,立此文约为照。年月日。"

念完,林冲泣不成声,眼睛里流下了两行悔恨的泪水,还有一丝丝悔恨的血迹。他用血丝密布的眼睛看看四周,每一个人都鲜血淋漓的。林冲知道,自己可能已经不在人世间了。

想扳倒朱仝谈何容易

朱仝愤恨李逵凶残地杀了小衙内,即使上山,对李逵也是见一次打一次。因为有朱仝在,李逵完全不能在忠义堂、锣鼓堂和犄角湾一带出现。朱仝是真打,不是那种愤愤不平然后几杯酒下肚就呵呵呵傻笑的那种人,他见到李逵之后往往一句话不说,抓起什么就抡了过来,比如长凳、长几、马鞭、酒坛、吴用和哨棒,李逵往往被打得晕头转向之后,奋勇一搏,跳出好几尺远,才发现是朱仝在打他。

次数多了,只要李逵一挨打,就大声喊道:"朱仝哥哥手下留情啊,事情都过去了啊……"

有次一个炸雷劈到了一棵大树,大树正好砸在李逵的脑袋上,李逵一声怪叫,跪在地上说:"朱仝哥哥手下留情啊,事情都过去了啊,我们现在是好兄弟啊……"

可周围完全没有朱仝的身影。电闪雷鸣之中,几十位站岗的军卒都看到了李逵魂飞天外的样子,一个个想笑不敢笑,憋足了劲在天亮之前把这件事传得尽人皆知。

第二天朱仝远远地看到了李逵,哈哈哈大笑一阵后问李逵:"李逵,我们现在是好兄弟吗?"

李逵还沉浸在昨晚的惊吓之中,看到朱仝,有些恍惚,连声说是是是,转身想走,身影落寞。

"你是畜生,我们怎么会是兄弟,你就等着受死吧。再走近半步,我把你的脑袋切下来喂狗!"朱仝陡然间翻脸咆哮,声音极大,李逵转身一溜烟跑开了。

很多人都为朱仝叫好,觉得他是个人物。

有人提议,既然关胜为关羽后人,绰号"大刀",那么朱仝也可以做关羽的后人,因为他和关胜是兄弟啊,而且他还绰号"美髯公",他的胡子比关胜的自然、美观、大方。关胜的胡子一看就是每天精心打理的,也非常容易走形。

有人甚至提议说,朱仝也别叫朱仝了,不如叫关仝,请关胜把朱仝写到关羽家谱中去,这样,若干代之后朱仝的后人也就成了关羽的后人了,不辜负一把美髯。

对朱仝的赞美有一种不可阻挡的趋势。

阻止这个趋势的是燕青。在一个十多人的饭桌上,大伙对如何让朱仝改姓聊得兴致勃勃,燕青突然说:"因为朱仝敢于毒打李逵,你们就觉得朱仝是个英雄?你们的脑子真的让水泊泡成泥浆了。"

大伙都愣住了,李逵腾地一声站起来说:"小乙哥,你这话是什么意思?"

"我的意思是,你们都傻。"

"你!你居然敢说我们都傻,你到底什么意思!"

"我说到底的意思就是,你们都傻。"

"你敢说我们傻,你是不是疯了,你是不是兄弟?你是不是朝廷派来的奸细!"

"我说你们傻你们还不信,你们仔细想想再说话。不要问我是不是疯了,是不是兄弟,是不是奸细,先想想你们是不是真的傻!"

"你敢说我们傻,你就是疯了,你不是兄弟!是朝廷派来的奸细!"李逵大叫道。

"铁牛,你太混蛋了!我说你们傻,你们要看看是不是真的傻,如果是,那就皆大欢喜了,如果不是,你再说我这样那样才可以啊。"

"不行,只要你说我们傻,那你就是疯子,就是奸细,就不是兄弟。我要砍死你!"李逵怒吼着,要冲过来。

卢俊义听不下去了,咳嗽一声说:"铁牛,不要犯傻。燕青,你把话说清楚,大伙怎么傻了,大伙不都是闲来无事随便聊聊吗。"

"朱仝对李逵胡乱杀人没有意见,只是对李逵杀了小衙内有意见,因为李逵杀了小衙内让他不得不上山入伙,所以朱仝见到李逵往往痛下毒手,恨不得置于死地,就这样,朱仝大哥成了不起的英雄,可以和关胜大哥并驾齐驱,足以成为关二爷的后人。是这个道理吗?"

众人还在梳理燕青的话,燕青又说:"朱仝大哥毒打李逵,大伙都觉得他是英雄,这是觉得李逵该打呢,还是觉得朱仝大哥够狠,明知道他对晁天王和宋大哥有救命之恩,所以故意摆出一副打死李逵的架势。想要打死李逵应该也不是难事,但朱仝真的打了吗?没有,他只是一直说,每次都手下留情。他这样就成了了不起的英雄了?"

众人还在梳理燕青的话,燕青又说:"你们都知道李逵这厮是宋大哥的亲信,很多时候都是形影不离的,现在李逵被人欺负,而且欺负李逵的人吃准了宋大哥不便插手,毕竟欠人家一条命,所以欺负李逵的人,也就是朱仝,就是大英雄了?你们是不是觉得应该有人站出来欺负欺负宋大哥的心腹才解气?你们有没有想过,这样捧朱仝大哥,宋大哥那边是什么想法,他高兴吗?很愉快吗?很舒坦吗?"

李逵说:"是啊小乙,你到底是什么意思?"

"我的意思是,你们是一群蠢货。"燕青说完站起身走开了,一边走一边朝后面挥了挥手,不屑一顾的样子,随手往后扔了一把垃圾的样子。

虽然燕青有效阻止了众人对朱仝的吹捧,朱仝见到李逵,还是一顿毒打。

在持续不断的毒打下,李逵几乎练成了一身好武艺,特别是沾衣十八跌、就地三百滚之类的招数。两个人每每相逢,都会迸发出一场激情壮烈的追杀和逃亡大战,朱仝收获了凶猛,而李逵躲闪,这就是一场没有尽头的攻防大战。

相对而言,李逵还是狼狈的那一个。每次从朱仝的魔掌下逃出来,都衣不蔽体,气息不匀,乃至精神恍惚。不少兄弟都为李逵打抱不平,因为李逵上阵杀敌十分勇猛,而一旦回到山上遇到朱仝,还要来一次疯狂逃亡,这实在是有失好汉的威严。

每个人都开始同情李逵,至于朱仝为什么殴打李逵,已经不再重要了。重要的是李逵的脸面。他本来就黑,最近一段时间黑得毫无光泽,眉毛和胡子已经戳进了嘴巴里、鼻孔里和眼睛里。也就是说,在朱仝毫不留情而且没完没了的打击之下,李逵变得像一只野生动物,比如山猫啊狗熊之类,对朱仝乃至所有类似朱仝装扮的人都充满了畏惧。他的眼珠始终在转,耳朵偶尔还动几下,以确认听到的声音是朱仝的声音。李逵的背也弯曲了很多,这样的姿势应该更适合奔跑。

很多人私下都和宋江说过这件事,但都没有说希望宋江应该怎么办。谁也不敢告诉宋江该怎么办,他似乎任何事都有主张。如果没有,吴用会有,如果吴用也没有,那么这件事就不存在。

令人诧异的是,宋江一直没有任何主张,任凭朱仝日复一日地欺负李逵,任凭李逵一天天垮下去,像一个小媳妇被扔在了大山里的村子里一样惶惶不安。

戴宗觉得自己应该为好兄弟出头,就找到宋江,希望好好管教一下朱仝,让他不要总是欺负李逵。

宋江哀叹一声说:"戴宗兄弟,你有所不知,朱仝太厉害,扳倒他不容易啊。"

"不要扳倒他,只要他不欺负铁牛就行了。"

"朱仝兄弟为人温和体贴,仪表端庄,是一位仗义的兄弟,欺负李逵,也是因为心里有气啊。"

"再有气打几次也就够了,他这都打了铁牛五六十次了,幸亏他皮糙肉厚,不然早就被打死,埋在张青的菜园子里了。"

"现在呢,是不是越发皮糙肉厚了?"

戴宗说:"这倒确实是的,不仅越来越经打,而且跑得也飞快,朱仝兄弟再这么打下去,李逵就成了神行太保了。"

"那不是好事吗,李逵兄弟猛力过人,再加上神行的绝技,岂不是一代名将!"

戴宗张张嘴,想了想说:"我就是担心李逵兄弟心里会出毛病啊。"

"不会的,都是穷人家的孩子,心里面一般不会出什么毛病的,有吃有喝,有官兵可杀,他没问题的。"

戴宗离开后,吴用从屏风后面转过来呵呵呵笑了几声说:"大哥,你真的不打算管朱仝和李逵的事?"

"我真的管不了啊。"宋江苦恼地说。

这句话和这样的态度让吴用也深感意外,他不禁感慨说:"看来朱仝兄弟确实是奇才啊。"

宋江遥望郓城,喃喃地说了句,朱仝倒也不算什么奇才,就是扳倒他很难。也就是说,当你想扳倒朱仝的时候,你会发现很难,如果你因此而认为他是奇才,那么不关朱仝的事,是你自己的事。

宋江继续回忆说:当年新上任的县令打算让自己的弟弟当县衙的马兵都头,上上下下都打点好了,也给朱仝安排下了不错的差事,但是朱仝没有同意。这就是得罪了县令了。县令倒也沉得住气,不断请朱仝到府上饮酒,商量一些公事,又聊聊私事,每次朱仝都喝得酩酊大醉。连续几次之后,县令让大醉的朱仝留下来过夜,半夜时县衙里突然锣鼓喧天,说是来了贼人,一群军卒不由分说拿着几包细软就冲进朱仝的房间里打算先栽赃再拿人。但是朱仝踪迹全无,原来第一次喝酒就是装的,吐也是用手指头抠进嗓子眼里强行催出来的。这天他见知县留自己过夜,知道必然有诈,进屋之后立刻从后窗走了,一刻也没有停留。等县衙大乱之后,朱仝和雷横一起来了,问出了什么事,保护大人安全要紧。知县无可奈何,只得当场对朱仝说,借一步说话。两个人在县衙的树荫下说了一番话,大致是知县问朱仝,怎么不在房间里,朱仝回答说,我就算是喝醉了,也能看到大人你喝醉之后的眼神里还有一层眼神。

吴用轻轻地说:"啊……"

宋江得意而沉痛地点点头,得意是因为有朱仝这个好兄弟,沉痛是朱仝看来非要把李逵打成痴呆不可。

吴用说:"如果让雷横兄弟出面说说,也不行吗?"

宋江悠悠地说:"不找雷横还好,找雷横的话事情更麻烦。雷横也想过扳倒朱仝,让自己独揽马步军都头一职,他花费巨资请来十几位江湖上的高手,打算将朱仝置于死地,同时又请来七八位卖唱的女子,都是相貌超群,打算迷惑朱仝。雷横以为在高手和美女的双重作用下,朱仝必死无疑,但是雷横忘记了他自己还有老娘,自从他离开郓城邀请高手后,朱仝就住进了雷横的家,每日照顾雷横老娘起居饮食,不知道他是识破了雷横的计谋,还是纯粹为了帮助兄弟。当雷横带着一大群高手和一大群美女回到郓城,招摇过市的时候,他发现根本找不到朱仝在哪,不在家里,也不在衙门。家里人以为朱仝去了衙门,知县又以为朱仝去缉拿逃犯去了。一连四五天,一大群人到处找朱仝,但踪迹全无。最后雷横垂头丧气地回家,发现朱仝正拿着一把明晃晃的大剪刀给自己老娘在剪脚趾甲,老人家的脚趾甲长得跟石头一样,必须用锋利的剪刀。雷横一不留神,以为朱仝要刺死自己老娘,吓得咕咚跪倒,磕头如捣蒜。朱仝笑而不语,只是让雷横起来。雷横发誓,从此唯朱仝马首是瞻……"

吴用发现,宋江如果再说下去,朱仝就要变成"智多星"了,就打岔道:"既然朱仝兄弟如此决胜千里,为什么还会让小衙内被李逵劈死?"

宋江白了吴用一眼问:"这不都是军师你的计策吗,让雷横出面引开朱仝,让小孩一个人落单?"

吴用微微一笑说:"我知道我知道,是我的计策,我只是说,按照大哥说所的,朱仝应当有先知先觉的本领,他怎么会中了我的计策呢?如果朱仝真的厉害,应该须臾不离小衙内才对啊!"

"军师怎么看?"

"我还是觉得朱仝如大哥所说,是扳不倒的,小衙内是他故意丢在大街上的,不然怎么会把一个四岁的孩童丢在人来人往的大街上。既然如此,我也只得狠狠心,让李逵把他杀了,以绝后路。唯有如此,朱仝才会安心上山,而且巧妙地把罪责都怪到李逵头上,大哥你说呢?"

宋江默不作声,不知道到底怎么回事。如果是这样,那朱仝简直就是梁山未来的大哥,如果不是,自己所说的关于朱仝厉害之处都成了无端的吹嘘了。

吴用说:"朱仝兄弟确实厉害,深谋远虑,完美无缺。加上他连救我山寨两任寨主,居功至伟,一定要给他一个极高的地位,而且要私下告诉李逵,任由朱仝鞭打蹂躏,承认是他一时兴起杀了小衙内。"

宋江也只得如此,连夜让李逵到自己住处,交代挨打的事。

第二天一早,李逵赤裸着上身,背着十几根荆条,跪在忠义堂前,嘴里一直喊着,"朱仝哥哥,我该死,你打死我吧,我不想活了,我杀死小孩,实在是不是人,你打死我算了吧。我死在你的手里,也算是瞑目了啊哇哇哇……"

但是朱仝踪迹全无,一直到半夜,宋清才跑来禀告宋江,朱仝大哥一整天都在宋老太公的院子里,陪着他说话,说郓城县的风土人情,繁华往事,房前屋后的狗男女。说到高兴处,两个人相对大笑,说到伤感处,一老一少低头无语,唉声叹气。

宋江好奇地问:"有什么伤感的地方?"

"最伤感的事情就是我们都回不去了啊,大哥。"宋清唉声叹气地说。

镜中白猫

扈三娘也会随大伙一起喝酒。她不是真的喝酒，只是陪着大伙。当大伙豪饮的时候，她陪在一旁，当大伙大笑的时候，她陪在一旁，当大伙脱光上衣打赤膊的时候，她陪在一旁，当大伙抱头痛哭的时候，她还是在一旁。扈三娘似乎是一道菜，一道大菜，但不能吃，不管是因为舍不得还是因为难以下咽。扈三娘偶尔会在大伙因为疲惫而冷场、却又不想如此散场的时候，伸手端起酒杯，抿一口，敬敬大家，这样，新的高潮很快会出现。这个时候的扈三娘就不是一道大菜了，而是一味猛药，让男人兴奋，让坏人凶悍。

扈三娘以不属于这里的方式存在着，又让这里充满了畅想和热烈。当她不来喝酒的时候，大伙总是把王英也赶走，意思是三娘不来你还在这里干什么呢。遇到这种时刻,王英立刻显出颓唐不安的模样,脸上笼上了一层灰色,嘴里说些话,全是兄弟相逢三碗酒论道两杯茶上阵一群狼拉车八匹马之类,越发的不懂了。

在这时候,众人也都哄笑起来:大厅内外充满了快活的空气。

作为夫妇,王英倒也没有生扈三娘的气。

对扈三娘有意见的是顾大嫂。同样是女人,顾大嫂觉得自己没有得到起码的女人的待遇,喝酒不少,吃肉不少,连打赤膊时都不比男人穿得多,非常不公平。

一个女人对另一个女人有意见时,会主动套近乎,以此发现对方的缺陷,争取抓到致命的弱点。顾大嫂就主动和扈三娘套近乎,动辄称三娘为三妹,不断地喊"三妹三妹"。

扈三娘有一次冷冷地对顾大嫂说:"顾大嫂,我知道您喊我三妹是为了亲近,但是我在家中并不排行第三,三妹会让人误会。我的名字就叫三娘,我的家中没有大娘二娘,也没有四娘五娘。"

顾大嫂有些发懵,嗯嗯啊啊了好几声,但始终说不出一个实词。

"你如果实在想跟我亲近一点,按照称呼的习惯,你可以叫我娘妹,我名字的最后一个字就是娘,相当于莲啊英啊云之类的。你可以喊我娘妹……"

顾大嫂涨红了脸,说不出话来。不是不能喊扈三娘为娘妹,反正都是称呼而已,但是顾大嫂在扈三娘的语气中听出了一种不屑和优越感,更为严重的是,她觉得自己无论如何也不会像扈三娘这样说话,这种说话的方式,这种语气,这种淡定乃至冰冷,这种笃定,全都是自己没有的啊。

顾大嫂以为上山之后大家都是兄弟姐妹,众人都平等了,可想不到扈三娘对自己非常无情,不仅让自己喊她娘妹,而且强调说:"你可以喊我娘妹,因为这样称呼是对的,但我未必喜欢,我不喜欢多亲多近那些话,也不喜欢你。"

顾大嫂有一种心碎的感觉。

让顾大嫂心碎不是扈三娘的初衷,而如果让她心碎可以阻止她不再跟自己套近乎,扈三娘也是愿意的。顾大嫂只是自己上山后的麻烦之一,类似的麻烦、更为猛烈的麻烦还有很多。

宋太公是扈三娘的大麻烦。他常常来看望扈三娘,每次他来,王英都不在家,就算在,也会嘿嘿嘿几声之后往门外走去,随着一声关门声后,消失不见了,像从不在家一样。

确定没有人后,宋太公每次都会以一声叹息开始自己的探视。

"唉……"

"干爹最近可好。"扈三娘说。

"干爹好,干爹好。我觉得你不怎么好啊。"

扈三娘心里哼一声,脸上笑一笑说:"一切如常,岁月静好,没有什么不好的。"

"不能说一切如常,一切都不该这样的,你说你啊,唉……"

"干爹,我觉得我这样很好,不用你操心的。你无非就是想让我给你宋家生一个儿子,你们可以随便找一个女人,不要找我,你们就不怕我生了小孩之后一刀砍死他吗?"

"三娘,你这么想是一时意气,等真的有了小孩之后,你会舍得杀死他吗。再说你想想,你在我的院子里住了一个月之久,你不跟宋江,谁还敢要你?林冲敢吗?晁盖敢吗?阮氏三兄弟他们敢吗?谁都不敢,既忌惮你,也忌惮宋江。真的,除了王英就没有人了。"

"我一直不明白,为什么是王英。"扈三娘幽怨地说。

"你听说过武都头的事情吧,听说过他大哥娶了一个美若天仙的嫂子的故事吧。当时整个青河县的人都想不明白,为什么潘金莲可以嫁给武大郎,想着想着,大伙全都明白了。"

"王英就是梁山的武大郎?"

"可以这么说,但是你放心,王英是一个有武功的武大郎,你也是有一个厉害哥哥的潘金莲,这梁山之上,没有人敢做西门庆!"

"照你这么说我应该感谢你和宋江,还应该感谢王英了。"扈三娘嘲讽地说。

"你当然应该感谢他，不然的话，现在你还住在我那里。时间久了，我会搬出去，然后呢，几位大头领谁想去就随时可以去睡呢，一般般的兄弟呢，喝多了也可以去找你。"

"什么叫一般般的兄弟，不是皆兄弟吗？"

"总得有几个做主的。你要感谢王英，我只是为我家宋江宋清可惜啊。唉……"宋太公又叹了一口气。叹气有时不失为拉近彼此距离的方式，但是这种时刻，扈三娘只想一脚踢死这个老东西。

有一次，宋太公迟迟不走。确切地说，是王英迟迟不归。扈三娘一阵恶心，笑着对宋太公说："干爹，我和王英其实也没有什么感情，只有名分。看在您老人家没有强行让我嫁给你儿子，更没有让我成了众多兄弟的玩物的份上，我应该好好感谢你？"

"你都跟王英结婚了，还怎么感谢呢？"宋太公一脸尴尬地说。

"我可以跟王英生个你的孩子，给宋大哥再添一位兄弟啊。"

宋太公红着脸，仓皇逃走了。他想要的是孙子，现在扈三娘倡议再来一个儿子或女儿，宋太公有一种迷乱的感觉。

他一边跑一边喊："不知所谓，不知所谓……"

顾大嫂在痛定思痛后,决定邀请扈三娘到自己的住处喝茶。

她上山之后迷上了各种茶,喝得不亦乐乎,甚至觉得自己漂亮了起来,茶能清心,茶能养颜,茶能装腔作势。她觉得扈三娘一定会应邀前往。

扈三娘应邀前往,嘴角挂着浅浅的微笑。

顾大嫂问:"吃个梅汤?"

扈三娘道:"最好多加些酸。"

喝了一口后,扈三娘不碰了,大概是觉得不好喝。顾大嫂问为什么,扈三娘说:"苦了。"

顾大嫂说:"妹妹,吃个和合汤如何?"

扈三娘道:"最好。姐姐放甜些。"

喝了一口后,扈三娘不碰了,大概是觉得不好喝。顾大嫂问为什么,扈三娘说:"说是和合,貌合神离。"

顾大嫂又冲了碗姜茶,扈三娘喝了之后说:"顾大嫂,这些茶都是从我家抢来的吧,我都喝过,但我自小就不爱喝茶,你爱喝就多喝一点吧。"

顾大嫂愣在那里,不敢直接回答扈三娘的问题,好半天才反客为主地问:"三娘,我问你一个问题,你为什么不去死呢?"

扈三娘毫不诧异,似乎这个问题已经被别人或者被自己问过很多很多次。她淡淡一笑说:"我今年还不到二十岁,我还不想死。"

顾大嫂看看左右问："就这个？"

"你以为呢？你觉得我在忍辱负重，到时候和某些人拼个鱼死网破，这样才符合你们的想法吗？还是觉得我被某些人说服了，死心塌地地追随什么人，嫁鸡随鸡了，还一心想着升官加爵？都不是的，我就是不想死而已，我想看看后面还会有什么事情。"

顾大嫂叹口气，不知道该说什么。她还是有些自卑，看看人家扈三娘，全家被杀被烧，居然一点怨气都没有，起码没有放在脸上，每天和大伙有理有据的，每天都岁月静好，真是让人没法想象。

顾大嫂悲哀地想，自己和扈三娘的差距不在于她的家境有多好，不在于她享受的东西自己从来没有享受过，不在于她见到的人自己难得见到，这些都不那么重要。重要的是连她遭受的惨状都是自己无法想象的，连她失去的东西都是自己无法想象的。扈三娘越是悲惨，越是痛苦，越是显得比自己高贵。

扈三娘也感觉到了这其中的微妙之处，几乎不渲染她的处境，只是简简单单地跟大伙处着。宋江的义妹，王英的内人，山寨最漂亮的头领，这些都被她一点点在淡化。

顾大嫂又问扈三娘："那，妹妹啊，虽然说这些茶叶都是从你家抢来的，你见到了之后可能会有些国仇家恨涌上心头,好在你也不爱喝茶,那,我以后还能请你来喝茶吗?"

这种混乱而扭曲的逻辑对扈三娘而言有些复杂,她抓住要害说:"可以,如果我有空也有心情的话。"

扈三娘活下去的动力其实是想要一个孩子。她憧憬自己有一个不是王英的孩子,然后自己亲手把他带大,教给他一身的本领,外加各位头领的绝技,最起码有二十种吧,如果可以,再学学琴棋书画、古玩玉器、跌打损伤、吹拉弹唱等各种技艺。在翻脸之前,每一位兄弟都会教这个孩子一点绝技,哪怕是捉弄他、调侃他、毒打他、恶心他,也能让他变得更强。可以想象,只要能活到十六七岁,那将是一个无所不能的男人,一个可以轻易把宋江和李逵等人置于死地的人。

这个儿子将会成为一代传奇,不仅长得漂亮,而且武艺盖世;不仅武功盖世,而且身边会有很多女人围着转(这样想的目的是让他也生很多的子女);不仅身边有很多女人,而且可以说走就走,天涯海角,不必困在一座山一座城;不仅可以笑傲江湖,而且可以纵横庙堂,为母亲和外公等人报仇……但这个人活着到底为什么呢,扈三娘有些胆怯,不敢往下多想。她的想象停留在那个还未出世的孩子在宋江得意洋洋之时一刀砍下他的首级这个层次上。

显然,和王英生不出这样的小孩,王英的孩子只能是王英的样子,一个会武功的武大郎而已。扈三娘一边观察已有的兄弟，一边等待新上山的兄弟，看看有谁适合做这个孩子的父亲。

林冲武艺超群，但是他应该是不能生育了，除了仇恨，什么都不能让他硬起来了。另外林冲地位太低，导致他凡事都会想不开，这样的人不适合做父亲。

鲁智深一度被扈三娘觉得是个合适的人选，但很快发现他是一个眼中完全没有男女之别的出家人，男女不分，又怎么能善待女人？

武松貌似也不错，只是他常常喝醉，每次喝醉之后都觉得整个阳谷县的人在嘲讽迫害和追杀他，要伤人或者继续喝酒才能平息下来，这样的人不仅不会善待女人孩子，而且根本生不出孩子。

杨志也是单身，只是他一心想着自己是杨门之后，生个孩子一定要跟随他的姓氏。而小孩在早年间只能姓王，或许可以姓扈，但一定不能姓杨。

至于刘唐阮氏兄弟张横张顺等人，扈三娘觉得他们可能还不如王英，因为王英虽然贪色，每天晚上要在自己身上忙活一个多时辰，但温柔之极，不辞辛苦，围着自己上上下下，自己只要闭目养神就可以，甚至可以在脑子里不断温习武功。那些人显然不会，不会留给自己这么长的时间，也不会轻柔。

李俊让扈三娘眼前一亮，可随即就黯淡了下去。李俊几乎不出水，什么都在水里，自己怕水，除了洗澡之外从小到大没有在水中待过。有人什么飞禽走兽都要吃一口，有人什么酒都要喝上一点，李俊则是一定要赤条条地把各种水都试一遍。

安道全应该也不错，起码可以把医术传给孩子，试想一个孩子由自己教授武功而由安道全传授医术，将来一定大有作为，只是安道全自从上山之后，几乎每天都跟在宋江后面，帮着宋江洗掉脸上的金印，治疗各种顽疾隐疾暗疾，似乎要让宋江像婴儿一样什么毛病都没有，让宋江重生，或者长命百岁。安道全大概不会喜欢小孩。

卢俊义上山后扈三娘喜欢过很短的时间，很快她就担心卢俊义的智力有问题。按理说，卢俊义的武功那么好，智力应该没有问题才对，练武练到一定的程度就需要看习武之人的毅力和智力的，从这个方面看卢俊义智力不会有问题，但他就是时时事事体现出智力有问题，这是矛盾啊。

燕青应该不错，但扈三娘畏惧他，因为这个人不像真真实实的人，似乎是一个影子。整座山上，只有他一个人不喝酒，这是多么可怕。

等扈三娘把所有的人都审视一遍之后，她觉得自己的想法再也不会实现了。生一个神童再把他培养成神奇男人的计划，只能在睡前憧憬，伴随自己入梦——如果能睡得着的话。

接受顾大嫂的喝茶邀请，也是弥补梦想落空带来的遗憾。

顾大嫂为什么不去死的质问看似火爆，自己其实已经问过自己成千上万遍了,只要哼哼哈哈就可以对付过去。

因此,顾大嫂再次邀请的时候,扈三娘还是去了。

两个人坐在那里,喝着不爱喝也不好喝的茶,有一句没一句地说话。如果可以朝时间这个事物身上踹上一脚让它跑得快一点,扈三娘一定会这么干。顾大嫂也会这么干,扈三娘来了之后像一棵植物一样在自己的对面,无论做什么说什么,不比一棵植物发出的声音和动作更多。前提是,在风中。

正在尴尬中,解珍解宝迈步走了进来,吵吵闹闹,甚至发出了十一二岁的男孩子才有的肆无忌惮的嬉笑和欢笑。

他们捉到了一只小野猫,只有巴掌那么大,全身洁白,没有一丝杂毛,一片深沉的白色,一个纯洁的生命。小猫蜷缩在随手找来的一块红色头巾里,瞪着大眼睛看着周围,像婴儿一样惹人怜爱。

几个人围着小白猫,你一句我一句地打量,小白猫也像一个初生的婴儿一样快速确认周围的人是什么身份,和自己什么关系,不时喵喵叫几声。扈三娘是说得最欢快的,她一边摩挲着小小的脑袋一边喋喋不休起来:"小猫咪,你好可爱啊,这么白,看得我眼泪都要流下来了。小猫咪你多大啦,看样子你一个月都不到,是不是啊?"

"小猫咪你实在是太可爱,快叫一声妈妈,我给你好吃的,带你去捉鱼玩,水泊里的鱼可多了。"

"你的爸爸妈妈呢,你想不想它们啊,你怎么就一个人啊，你应该还有很多兄弟姐妹的吧，都去了哪里？"

"哦，你不知道啊，你一个人不害怕吗。真的好可怜啊，你眼睛睁这么大，是不是在找小伙伴啊？"

"不要怕不要怕，我会好好照顾你的，你看，我也有猫爪，还会飞出去。有我在谁也不敢欺负你的……"

顾大嫂顺水推舟让解珍他们把小白猫送给扈三娘，扈三娘伸手接过来，双手把它搂在怀里，轻轻地抖着，希望小白猫能觉得舒服一点、安全一点。她顾不上道谢，匆匆抱着小白猫往自己住处走去，一边走一边继续跟小猫说话。

"小猫咪，你应该还没有名字吧。"

"叫你什么好呢，小虎，还是小黄，还是小刀？"

"不能让你被宋江哥哥他们看到，不然他们会给你取个效忠朝廷的名字的，比如小忠，比如大忠，比如天庭，烦死了。"

"你还是叫小祝吧，如果你身在祝家庄，就可以吃得很好了，看到的都是祝家的人，叫你小祝一点不奇怪。"

"小祝啊，你现在还小，我要好好地保护你，不然你就没有人保护了，像你这么小的玩意，在梁山上很容易被误伤的，到处都是刀枪棍棒，一个不留神就把你戳死了。"

"小祝啊，以后你就待在我那里，千万不要出门了……"

扈三娘每天对着小祝不断地说啊说啊，有时候，小祝毫无反应，但是扈三娘一直在说，以至于一旁的王英有些毛骨悚然。他不能理解扈三娘怎么有那么多的话要跟小白猫说，他更不理解的是，为什么扈三娘什么话都愿意和小白猫说。

有时候，小白猫明明调头走开了，扈三娘却说什么"我知道你一个人过得不开心，所以我就在想，什么叫开心，开心到底是什么。对你来说你是不是曾经开心过，现在变得不开心了。如果是这样，我们更要弄清楚什么是开心什么是不开心。如果不是这样，从来都是现在这个样子，看上去不开心，那我们好像不要问什么是开心，要问问为什么一直这么活着……"

王英气愤不已，扈三娘对小白猫说的话是对自己的几百几千倍。很多时候她根本不跟自己说话，哪怕身体举止上非常配合，也还是一言不发。相比之下，她有无数的话要对小白猫说，小白猫几乎成了她的亲人，或者儿女。

王英通过偷听扈三娘和小白猫的对话，意外地知道了扈三娘的很多童年往事。这些事都没什么意思，被说出来，只是证明扈三娘有童年，而且和其他很多小孩彼此彼此，略有不同而已。王英恼火的是为什么扈三娘从不打算和自己说说她的童年，却一直对小白猫说个不停。

一天午后，趁着扈三娘巡山，王英跑回家，一鼓作气冲进屋把已经长大很多的小白猫抓在手里，五指用劲，让它不能挣脱。随即王英左右看看，是扔到墙上摔死还是塞到什么石头下面压死。

就在王英眼珠乱转打量四周的时刻,他看到了小猫的眼睛。有生以来,王英从来没有看过猫的眼睛,也没有看过人的眼睛,不管是和兄弟喝酒,还是一刀割开俘虏的胸膛掏出心脏下酒,王英都从不和人对视。此刻这生平第一次的对视让王英浑身一颤,在小白猫宝石一样橙黄色的眼珠里,王英分明看到了一个猥琐不堪、奇丑无比的矬子,那就是自己。小白猫表情无辜,甚至带着几分凛然,似乎是告诉王英:你把我摔死有什么用呢,你还是一样的丑,一样的矮,一样的有老婆但不爱你,一样的有兄弟但天天笑话你……

王英叹口气,觉得自己并不比小白猫过得好多少。小白猫足不出户,但自己也不能随意下山,小白猫无亲无故,自己也只是混迹在一堆陌生的兄弟中间,小白猫每天都三娘陪着说话,相当于自己每天可以喝得大醉。真的找不出比小白猫更牛逼、更像人的地方了。

就在王英犹豫这一会,小白猫感受到了王英的手有所松动,奋力一跃,从王英的手掌间窜了出去,窜进了扈三娘梳妆用的铜镜之中。

从那以后,每天晚上,在摇曳的灯光中,王英会偷偷瞅一眼铜镜,一次又一次。他总是感觉里面有一只白猫在来回走动,偶尔向外面扑出来,在即将冲破镜面的一刹那,又跌进了无尽的虚无之中。

烛光里的副军师

朱武说:"几位,我们是最好的兄弟,就算没有梁山大寨,今天我们也还是一起在少华山聚义。今天请各位来是想说一件事,山寨的排行已经出来了,史进兄弟位居23位,陈达是72位,杨春是73位。"

史进等三个人茫然地看着朱武,不知道这意味着什么,也不知道朱武本人位居多少。

朱武那努力展现痛苦也令人感到痛苦的表情有些狰狞,大家都不愿意去看。

见没有人问话,朱武只得自己说:"我排名37位。"

"恭喜恭喜!"杨春冲着朱武抱拳说。

"恭……"陈达也想这么说,朱武愤怒地打断了陈达的话,小声但凄厉地吼道:"前三十六位是天罡星,我排名三十七,我不是天罡,我只是地煞星!恭喜个屁,有什么喜!"

史进的表情有点不自然,自己位居天罡星之列,也是在朱武哥哥之前,他有点茫然。

史进带着几分小心说:"朱武大哥,要不我去找宋大哥吴军师商量一下,我们两个对调一下就是了。"

朱武自尊心有些受挫,气呼呼地说:"上天显应,合当聚义。怎么能说改就改!"

史进说:"什么上天显应,哥哥你不是帮忙去抄写的吗。既然能抄上去,那就能改啊。"

"改不了了,都封存起来了,只等一声巨响,然后宣读出来,一切都像是老天的安排。"

大家想象着那声巨响,在没有响起来之前,他们都安静地等着。

朱武只顾一个人自斟自饮,喝酒的间隙里不断地嚼着花生米。一杯酒配一把花生米,循环反复。史进突然一拍大腿,伸直了脖子,又压低了声音说:"朱大哥,我有办法。"

这几个字说得极其小声,没有人听到。不过大家都听到了史进拍大腿的啪地一声,看到了他涨红的脸,也读出了他的唇语。

朱武一仰脖子喝了一杯酒问:"大郎,你说什么?"

史进挥挥手,让四个脑袋靠近,然后说:"我有办法了,朱大哥排名三十七位,只差一位就可以进入天罡。如果我们杀一个天罡星,大哥不就顺理成章地成了天罡星了吗。"

陈达说:"既然是天罡星,怎么会被杀死呢,除了老天爷之外谁能杀死天罡星下凡呢……"

"朱大哥都说了,是假的,是编排好的抄上去的。这个世上谁能不死呢,杀他一个,朱大哥就成了天罡星了。"

杨春咳嗽一声,带着几分羞愧问大伙:"那个,我说,我意思是,朱武大哥,我意思是朱武大哥,为什么一定要做天罡星呢。宁做鸡头不做凤尾,朱大哥现在是地煞星第一位,不就是鸡头吗,为什么一定要做天罡星呢。我的意思是,朱大哥凭什么做天罡星呢?"

房间里出现了死寂,朱武咀嚼了一半的花生米白花花的停留在牙缝里,散发出一阵阵浓香和恶臭混合的味道。

朱武哼了一声说:"好,为什么我应该当天罡星,我说给你们听。如果没有我,史大郎就不会犯事,史大郎不犯事就不会去找他的师傅王进。不找师傅王进就不会遇到鲁达鲁提辖,遇不到鲁提辖自然就不会在潘家酒楼喝酒,不会喝酒鲁提辖就遇不到金翠莲,遇不到金翠莲就不会三拳打死郑屠……"

史进呵呵呵笑了几声说:"朱大哥你不要说这些过程,直接说为什么你可以当天罡星不就行了吗?"

朱武白了周遭一眼，自顾自地说："没有我就没有史大郎，没有史大郎就没有鲁智深大师，没有鲁智深，林教头也就死了。林教头如果死了，梁山说不定还是王伦的天下呢……"

朱武说着，觉得此处应该有高潮，端起酒杯一仰脖子干了一杯，史进等人掰着指头在算，似乎想要算清楚朱武到底几斤几两，算清楚人世间的事到底是一本什么账。

朱武轻轻把酒杯放在桌子上，努力摆出一副不怒自威的表情。

"大哥对山寨居功至伟！"杨春抱拳说。

陈达也连忙说："大哥，真乃神人也，一旦出手，天翻地覆啊！"

史进有点嘴笨，不知道说什么，只得呵呵呵地笑着，企图把自己对朱武的认同、景仰和支持体现在笑声之中。突然他压低声音说："既然大哥绝对是天罡星，那么大哥，你说说哪些人是天罡星，我们找到一个不自量力的，把他杀了，凭我们兄弟四个，一定可以杀得人不知鬼不觉。"

"我哪里能记得那么多天罡星呢。"朱武撒娇地说。

"大哥你一定能记得，大哥你本来就是过目不忘，何况这件事跟你有莫大的关系，你一定能记得。大哥你就一一说出来，我们一个个看过去。"史进不客气地要求。

朱武只得把三十六天罡逐一说了出来，史进等三个人听着,摇头,摇头,摇头,摇头……当朱武说到"杨雄"时,史进一拍大腿说:"大哥,就是他了!这个人该死,要死,杀了不可惜,居然身为天罡星,他这个人浑身上下都是毛病,哪一点能做天罡星呢!"

朱武微微一笑,然后换了一副表情说:"大郎说得对,杨雄不过是一个刽子手,杀人越货的事从没干过,对山寨也没有什么贡献,真是不知道为什么能排名那么高,就是他,就是杨雄!"

四个人就如何杀杨雄说了大半夜,半夜时分,史进说明早还要巡山,先回去休息,三位哥哥歇好。

朱武把史进送到大门外。这是一处半山腰的宅子,以前是王伦的住处,高墙深院,前后三进,院内院外都是大树,枝繁叶茂,时时刻刻都有山风从这些树枝树叶上喷薄而出,让整个院子犹如在云端,在狂奔。除了朱武,大概也没有人敢住在这里。

朱武是不是因为主动要了这座宅子而排位靠后,就不得而知了。

杨春陈达看着史进消失在黑暗中,一边转身走向酒桌一边问朱武:"大哥,我们真的要杀杨雄吗?他可是结拜兄弟啊。"

"是啊,而且他和石秀形影不离,宛如一对夫妻。很多人都羡慕这对鸳鸯,纷纷要求加入其中,现在五六个人形影不离了,我们好像没机会下手啊。"

朱武站住,看看左右的陈达杨春,缓慢而自信地说:"我们不杀杨雄,我们杀史进。"

山风大作,吹得人站立不稳,让人有种树叶般的飘零和茫然。

朱武继续说:"杀自己人是最得心应手的事,不管是一千年前,还是一千年后,你们看着就是了,杀自己人最容易,也最难被人发现。自己人除了用来当自己人,还是用来被杀的,谁也想不到史进会死在我们手上,我们只要十足的悲伤就行了。然后,我就顺利位于天罡之列,两位兄弟你们也能往前挪一挪,我也能为两位说上话。"

陈达杨春对视一眼,被朱武的豪气和勇猛震慑住了。

不等他们问,朱武说:"杀史进很简单,下次他来喝酒,我们在酒中下蒙汗药,杯子筷子上抹上剧毒的药水,随便他碰哪一样都必死无疑,这是第一计。如果他识破了,你们冲上去一人抱住他一只胳膊,我用钢刀手刃他,这是第二计。如果他能挣脱你们,大厅之上我会放好一张大网,只要他一跑就撒下来包裹住他,四位长枪手只管戳死他,这是第三计。如果他能逃到院子里,我安排四名弓箭手用强弩射他,两位兄弟也随后射杀,给你们的弓箭就粘在酒桌下面,这是第四计。如果他能跑过院子来到大门后面,那么我会安排四位军卒准备三五十包石灰对付他,让他双目难睁,束手就戮,这是第五计。如果他能冲开院门,门外有四位兄弟,拿着钩镰枪等着他,专门攻其下盘,一旦钩翻在地,也就任我们砍杀了,这是第六计。如果他能冲破钩镰枪,势必要去拴马桩前解马逃走,这一路上都会扔下铁蒺藜,任他再大的本事也会被戳倒在地,我们随后赶到,他必死无疑,这是第七计。如果他能顺利骑上战马出逃,迎面小路上我会安排三辆铁滑车迎面冲过来,每辆铁滑车都有千斤之力,再勇猛的人也抵挡不住,势必把他碾成一堆肉泥,这是第八计。如果第八计都不行,我已经重金买通了一位神箭手,他会蛰伏在暗处,必要时刻才出手,只要他一出手,必定一箭封喉,这是第九计。"

朱武一口气说完,荡气回肠。

陈达杨春呆在原地,好半天才说:"一共九计?我以为会有十条绝命计呢。"

"对付一个史进,需要十条吗,九条就足够了。他不是九纹龙吗,我就有九绝计。"

"朱大哥神机妙算,吴军师也远不如大哥这么周全啊!"

在兄弟的称颂下,朱武又一次感到荡气回肠。

几天后,史进如往常一样过来喝酒。他先是打发一个喽啰过来报信,随后亲自到了,把马拴好,拍响院门,迈步走进第二进院子右手边的房间,这是四兄弟常常喝酒的地方,今天也不例外。

史进一边迈步进来，一边对朱武说："朱大哥，你的计策不行啊。"

朱武一激灵，一小股尿液不由自主地喷了出来，陈达杨春也是心跳加速，手心全是汗。

史进看看左右，凑近了对朱武说："朱大哥，我觉得你的计策不行，如果只杀杨雄一个人，万一有其他人比你动作快，顶替上天罡星，你不就是白忙了？比如黄信等人，他们肯定也跟大哥一样想着进入天罡星吧。所以我觉得你应该杀两个人。上次你说的都有哪些人，我们再看看还有谁可以杀了……"

史进说着，伸手去拿自己眼前的酒杯，打算来一杯解渴。朱武一把打翻史进手里的杯子又顺势抓住史进的手腕说："兄弟，我们真是想到一起去了啊，大哥感谢你啊。"然后，他扭头对喽啰说："给史头领重新上一副碗筷和酒杯，把桌子上的和地上的都撤下去。"

随即朱武扭头对史进说："兄弟，借一步说话。"

史进看了看杨春陈达，还是站起身跟着朱武往后面走，一边走一边又看了看杨春陈达。

朱武说："我们先商议，然后再跟他们好好说说。"

史进有种受宠若惊的激动，对年轻人而言，这足以让他更为年轻。还没走几步，史进就说："我觉得解珍解宝不配当天罡星,应该杀了他们两个。"

朱武转身问史进:"那杨雄还杀不杀,如果杀了杨雄再杀了解珍解宝,一下子就多了三个名额,我应该肯定可以进入天罡星了。"

史进被朱武问愣住了,他早已经想好了解珍解宝可杀,但并没有想好在杀掉解珍解宝的同时,是不是还要杀杨雄,只得如实承认:"我没想好,我觉得杀了解珍解宝,杨雄就不用杀了吧。"

"可是杨雄不是比解珍解宝更该杀吗?"朱武问道。

史进嗯嗯啊啊说不上话来,想了一会说:"朱大哥,我听说杨雄和石秀形影不离,宛如一对夫妻。很多人都羡慕这对鸳鸯,纷纷要求加入其中,现在五六个人形影不离了,我们好像没机会下手啊。"

朱武苦笑一阵说:"解珍解宝我们也没有机会下手的,因为他们两个现在就天天和杨雄石秀腻在一起,到哪里都一起。"

史进手抓脑袋说:"如果只是他们三个人,其实也不难,难就难在石秀,他太精明。"

"大郎,假如我们不管石秀,他们三个让你来杀,你打算怎么办?"

史进左右看看,除了风和黑暗,他什么都没有看到。

朱武嘿嘿一笑说:"确实很难,要不我们回去和陈达杨春两位兄弟商量一下吧。"

他们没有商量出什么结果,每当杨春陈达打算说点什么,朱武就用眼神加以制止。两个人费了半天的力气才明白,这是让他们不要说话,让朱武一个人说。朱武则不断说太难,太难了,一点也没有少华山潇洒,一点也没有当年舒服,当年大家往来应酬,云淡风轻,年少无忧,人生如果能一直那样保持一百年,才算真正的人生啊。

回忆对青年而言是极为恶毒的,史进眼泪汪汪,抓着自己的头发帮朱武想计策。

对史进而言,最大的计策莫过于躲在一棵大树后面,趁对方不注意一棍子将其打死。这是他计策的极限,也是他经验的极限,更是他良心的极限了。

朱武同情地看着无计可施的史进,让他还是回去早点休息。

送走了史进,陈达和杨春像一阵风一样返回朱武的住处,三个人面面相觑,不知道接下来该怎么办。史进给出了不错的建议,也让他免于被杀死在朱武家里。接下来摆在朱武面前有很多个选择,杀死史进简单可行,而杀死解珍解宝则更能确保自己进入天罡星序列。

杨春说:"大哥,要不把这些兄弟全给杀了吧,一不做二不休，杀一个和杀三五个没有区别，只要能进入天罡，多杀几个又算什么呢！"

朱武成熟地说："我现在倒是一个也不想杀了，我还是顺其自然吧，地煞就地煞，两位兄弟不都是地煞吗，大家一起做地煞星。"

杨春说："我们怎么能和大哥相提并论呢。"

陈达一拍桌子，凶狠地说："朱大哥，我觉得还是第一个杀史大郎！"

"为什么？"朱武和杨春一齐问道。

"为什么？你们难道想不到为什么吗？史大郎他知道我们要杀人啊，要杀很多人。他不死怎么能行。"

陈达继续说："史进和鲁智深无话不谈，说不定会把这件事说出去。史进年轻，和每个人都无话不谈的，说不定现在整个山寨的人都知道我们打算杀掉杨雄还有其他的人了。他不死怎么能行，杀人这种事，知道的人越少越好，他知道了，他就应该死！"

一道霹雳突然在半空中闪现，原本昏黄的屋子里顿时亮如白昼。陈达和杨春都看到了朱武笑眯眯的表情背后有一副肃杀的表情，看到了他笑眯眯的眼神后面还有一个深不见底的眼神。

一阵风吹过，几支蜡烛的火苗跳了一跳，似乎想追随迅速消失的闪电而去。紧接着雷声大作，耳边炸响了几声罕见的秋雷。雷声中朱武伸伸懒腰,故作轻松地在屋子里来回走了两圈。

陈达和杨春都感受到了朱武胸腔中也隐隐有雷声。

朱武在心里说的话他们永远也听不到了。

这句话是:"事到如今,看来我们兄弟四个只能活一个了。"

关胜浑身都是宝

关胜的欢迎大会极其隆重,所有的头领悉数到场,悉数盛装,忠义堂里酒池肉林,梁山上下热闹非凡。

最近一直在钻研书法的武松自告奋勇地写了幅字,让张青和施恩给挂在大厅中间的柱子上。有人出面制止,一扭头看到武松,就作罢了。这幅字写的是:"大刀者武圣关胜也。"

众人对此连连叫好,但都很克制。这是欢迎关胜的宴会,不宜对武松的字过分夸奖。每个人都做好了狠狠夸奖关胜的准备,只等宋江吴用等大哥开头,赞誉之词就会如洪水一样淹没关胜,让他窒息。

林冲坐在大厅中间偏右的位置,这是一个重要的位置,他甚为得意,不断地和旁边的徐宁说着话,聊一聊关胜的武功,还有东京一些较有实力的武将,聊一聊闪现在此刻眼前的过去的记忆碎片。

不断有人过来打招呼和敬酒,林冲不断起身,鞠躬抱拳,有时候还举杯对饮。他感觉很好,有种不枉此生的飘飘然。

随着吴用标志性的咳嗽持续不断地响起来,大厅里安静下来。宋江伸出双手挥了挥,又往下按了按,让少数依然没有停歇的兄弟给个面子,安静下来,他要说话了。

宋江说:"各位欢聚一堂,我话不多说,一共三点。"

大厅里一阵欢呼声。

宋江笑呵呵地说:"关胜将军是一大名将,今天归顺我梁山,我要说的第一点就是,这是我梁山的幸事。"

大厅里一阵欢呼声,比上一阵欢呼更猛烈一些。

宋江接着说:"大家都知道,自从我梁山扯出'替天行道'的大旗,已经有多位朝廷的干将聚集在这面大旗之下,他们深知奸臣当道,蒙蔽圣听,只需铲除奸党,定能还朝野朗朗乾坤,因此甘冒天下之大不韪,担当着谋反的罪名,也要和奸臣一刀两断。这样的人,前有林冲、花荣、秦明诸位兄弟,后有呼延灼、徐宁等诸位兄弟,如今关胜兄弟上山,更是让满朝武将都看到了一个前程,这就是梁山的幸事。"

大厅里一阵欢呼声、举杯声,比上一阵的吃喝更猛烈一些。林冲看了看徐宁,心里有些得意。

徐宁眉头紧锁,凑近了问林冲:"教头,你当真是为了清君侧才投奔梁山的吗?"

林冲当然知道自己不是这样,刚才宋江说话时他就觉得有些不妥,只是能够被宋大哥作为有代表性的人提到,林冲还是挺高兴的。徐宁的话让林冲没有了高兴的劲头,闷闷地喝了一杯酒。

宋江说的第二点和第一点相反,关胜投奔梁山,是关胜本人的幸事。这里有大量的兄弟,有志同道合的兄弟,比如花荣;有武功相当的兄弟,比如林冲;有名声显赫的兄弟,比如鲁智深;有家世渊博的兄弟,比如呼延灼,关胜兄弟只要还在朝廷为官,不管在哪里都不会有这么多的兄弟,因此投奔梁山也是关胜的幸事。

大伙又是一阵欢呼和豪饮,大厅的气氛浓烈而亢奋,这个时候如果让谁为了兄弟们去死,会有人毫不犹豫地答应下来,并且真的赴死。

热闹之后,很多人自觉地安静下来,等着宋江的第三句话。宋江亲和地笑笑说:"我要说的第三句话是,关胜将军是名门之后,他的到来,不仅带来了名门之后的风采,更会默默地教会我们怎么成为名门,怎么教育后人。"

大伙有些发憷,不太理解宋江这句话的意思。那么就笑吧,哈哈哈,笑不够就叫吧,"好耶好耶"的声音不绝于耳。

宋江笑嘻嘻地走到关胜面前,和关胜干了一大杯,两个人并肩而立,笑对兄弟们,齐齐地把手中的大酒杯倒过来冲着地上,意思是我们干了,干了!

兄弟们也纷纷举杯。

大家都知道,宋江说完就该轮到军师吴用了。果然没一会,吴用说话了,他盛赞了关胜的武艺和韬略,深刻地指出,关胜不愧为一个胜字,战无不胜攻无不克,关胜代表着胜利,胜利是通向成功唯一的道路,那么关胜就代表着成功,有关胜在,梁山的事业一定会成功的!

大伙感觉吴用说得太好了,大干了三五碗。

后面是秦明说话,他盛赞了关胜的仪表,关胜的仪表就是梁山的脸面,关胜仪表堂堂,有关公的风采,这说明我们梁山是忠义之师,也是王者之师,是不败之师,更是千古之师……大伙赞叹不已,不知道是赞叹秦明还是赞叹关胜。

关胜乐呵呵地和秦明喝了一大碗,两个人勾肩搭背,面对众位兄弟,摆出了剪刀手,嘴里怒吼着:"耶……"

随后是呼延灼发言。作为把关胜擒住的呼延灼,他克制住心中的得意,带着几分小心,用非常日常的口吻说:

"我其实不是关胜将军的对手,之所以能将关胜将军擒获,主要是宋大哥和军师的计策很好,我照办就是。如果换成关胜按照军师的计策行事,不要说我呼延灼,就是十个呼延灼也被关将军擒获了,关将军了不起啊!我最为佩服的就是关将军的胡子,长髯飘飘,充满了对人生的认同感,充满了对生活的热爱,长髯让人想到关公,而关胜兄弟就是关公的后人,这说明关胜兄弟一直把先人放在胸口,放在心头,这种敬畏是我们很难做到的,但必须要做到,关胜兄弟的到来让我们每个人都想到了先人,我们是后人,要记住先人,我们也会成为先人,要让后人记得我们……"

呼延灼说话的时候已经喝了很多的酒,所以他的话有些语无伦次,大伙都也能理解,纷纷喊关胜,让他和呼延灼大喝三杯,一敬梁山,二敬兄弟,三敬先人,也就是关羽和呼延赞等人。

徐宁一直唉声叹气,林冲受他的影响,也觉得难过。两个人没有像其他很多兄弟那样站起来大碗喝酒大声喝彩,而是越来越低矮,窝在那里不动。

徐宁不断和林冲干杯,然后问:"感觉如何?"

林冲苦笑一声,不说什么。

另一个人赞颂关胜时,徐宁又问林冲:"教头感觉如何?"

林冲连苦笑都笑不出来了,不说什么,长长地喝了一碗酒,足足一斤那么多。

又一个人赞美关胜时,徐宁自己叹口气,问林冲:"教头还好吧?"

林冲突然之间流下了一滴眼泪,连忙用酒碗遮住脸,再朝碗里狠狠吹一口气,一片酒溅了林冲一脸,成功地遮住了眼泪。

林冲说:"我喝得有点多,要出去走走。"说完站起来朝大厅外面走去。

刘唐说:"教头,马上就轮到你说话了。"

林冲笑笑说:"刘唐兄弟,我嘴笨,就不说什么了,你帮我说说吧,随便说,相信关胜兄弟也不会责怪我的。"

不等刘唐答应,林冲就走出了酒席。背后是兄弟们林立的后背,林冲看了这一大片背影,然后往前走去,没几步他真的栽倒在地,一点点往忠义堂外面爬去。

徐宁赶紧冲来扶起林冲,嘴里不停地抱歉说:"教头不好意思,我来晚了,刚才我听花荣兄弟在盛赞关胜将军的眼神,花荣说他因为每天练习射箭,所以眼神还算不错,也特别在意别人的眼神,他就发现关胜将军的眼神与众不同,非常有内涵,而且有热情,有底蕴,有抱负……"

林冲见自己已经置身大厅之外,就肆无忌惮地啊了一声,这一声不是哀叹胜似哀叹,连绵悠长,底气十足,摄人心魄。

徐宁笑着说:"我出来的时候花荣兄弟还在夸赞关胜兄弟,不知道花荣之后,其他的兄弟怎么夸赞关胜,武艺、胡子和眼神都夸奖过了,后面是不是要夸奖关兄弟身高、胸围、气色、鼻子呢,还有马术,还有学问……"

"是啊,关胜全身都是宝啊。"林冲附和一声。

徐宁呵呵呵笑了一阵说:"教头客气了,教头武艺卓绝,为人正直,你才是全身都是宝。"

林冲默不作声,不知道是因为情到深处已哽咽,还是在酝酿情绪。

和徐宁想象中的不同,对关胜的赞美不止于身高、胸围、气色、鼻子、马术和学问,还有衣着、精神、勇气、忠义、治军、天文地理、眉毛、记忆力等。比如记忆力,关胜刚刚上山就记得了诸多兄弟,是为记忆力超群,大伙一阵赞颂,关胜频频点头致意。

欢迎大会连续开了三天两夜,每个兄弟都醉倒几次回来继续喝,因此林冲的离场没有引起任何人的注意,他没有再回去,也没有人在意。大伙都醉意十足,一贯沉默的林冲和他的缺席不足以让兄弟们有所察觉。

林冲去了后山的一处悬崖边上,从这里看可以看出去很远,连绵的山丘,隐隐的雾气,在视线里但又看不清楚的城镇,还有时光的流逝。林冲用眼神感慨,用眼神回忆,也用眼神哀叹。

徐宁站在一边,什么都没说。但他一直不走,林冲觉得有些愧疚,就主动说:"徐教头,关胜上山,我真的很难受。"

徐宁问,"教头不希望关胜将军上山?"

"不是,他上不上山都和我无关,我难受的是,关胜他只是降将,但是因为他身份显赫,武艺确实不差,所以受到了众人的称赞，一时间成了一个完人，一切都是优点，毫无瑕疵。"

"这有什么难过的呢？"徐宁笑眯眯地问，看上去很单纯，而林冲也知道徐宁不可能不知道自己难受的原因，他只是诱导自己把话说出来，说出来之后会好过一点。

林冲说："我难过是因为想到了自己。同样是投奔梁山，我是主动前来，但是不被接纳，在王伦的眼中我一无是处，走投无路，还要担心我鸠占鹊巢，对我大加斥责。我的一举一动都是错的，有问题的，不应该的，祸害山寨的，和如今关胜的到来对比鲜明啊。"

"教头难过的就是这个？"

"这还不让人难过吗，一个人可以因为种种机缘，被别人看成什么都好，事实上他完全不是这样。一个人因为某种际遇，被别人看成什么都不好，全身上下全是问题，收留他只是因为同情和仁慈，事实上这个人也不是这样。同样是人，反差为什么会这么大呢？"

"教头觉得自己就是那个被人同情和施舍的？"

"是的，我林冲并非什么大才，但马上步下，放眼大宋可能也没有多少对手，但是在某些人看来这些都没什么，我一无所长，需要被人同情。关胜反而成了英雄，就要成为山寨的救世主了。"

徐宁呵呵一笑说："教头，被人误解而且不加辩解，是人的一种境界。忠臣去国,不洁其名;君子绝交,不出恶声。教头你还是忍一忍吧。会有人赏识你的,不管这样的人多么的少,也不管过多久。要不我们回去喝酒,我们离开这么久,散场的时候应该去一下,免得引起不必要的误解。"

林冲在徐宁的劝解下回到了酒宴现场,因为连续喝了六十个时辰,几乎所有的头领都大醉,有的人几乎要昏死过去。只有关胜还保持着清醒,他正在指挥几个兄弟和手下,把各位头领一一送回住处。遇到身体完全不听使唤的头领,关胜会亲自撸起袖子,弯腰,轻柔地把他抱起来,放在软绵绵的担架上,让人抬走。关胜会反复叮嘱抬担架的人,要小心,轻抬轻放,不要碰到磕到,最好不要吵醒他。

见到林冲走过来,关胜快步上前说:"林教头,你没事吧。我见你中途一直都不在喝酒,是不是喝得不舒服,还是吃得不舒服,你现在气色很不好,要不要躺下来,我给你捏捏肩膀啊。"

林冲一阵疑惑,周围的几个小卒见关胜这么说,频频点头,脸上露出了赞许的表情。看看他们的样子,相信不出三五日,关胜礼贤下士、甘当绿叶的美名会传遍山寨。

林冲突然发现,就算自己是最委屈的那一个,而关胜是最得意的那一个,但是关胜还是会比自己顺利和舒服,他一定会善终,而自己很难。人不会因为遭受冤屈而变得好运,或许还反。人也不会因为一帆风顺而变得突然艰难，一样还会相反，会越来越顺。

这正是林冲郁闷的原因，最根本的原因。

想到这里，林冲挤出一丝笑容对关胜说："关将军照顾各位兄弟辛苦了，应该我给你捏捏脚捶捶背才对啊。"

关胜的脸腾的红了，虎躯忍不住扭动了几下，凑近林冲的耳朵说："教头，能不能等我忙完，晚上我去你那里如何……"

林冲夺路而逃，直奔后山的隐蔽的悬崖边上，连续四天都不敢回到自己住处。

金印汉子之歌

四月里的一天，宋万和杜迁早早起身，往半山腰走去。

他们昨晚就约好，今天一起过来赏花。

半山腰原本是一处树林，野草遍地，树木茂盛且莫名其妙。宋万和杜迁很早就开始打理这一片地，让浓密的树林更浓密，混乱的小路更混乱，也让一些地方显得整齐。

宋万和杜迁，上山早，本事小，口才差，胆气弱，手段差，个子高，眼神暗，因此他们打理这一块田地，在别人看来是无害的，可以让他们继续如此。这块田地因为枝繁叶茂、花团锦簇，甚至具备了一些后花园的特质，充满了世俗生活的光泽。如果再有三五个妙龄少女在其中徜徉，击鼓吹箫，其他的兄弟大概都会赖住不走的。

好在这里只有宋万和杜迁,朱贵一直在酒店里把玩盆栽,只有需要接枝或者挖土时才来这一趟。

四月的清晨令人心神荡漾,宋万和杜迁像两位老农一样缓缓在花丛中树林间走着。他们先是仔细看了看外围的一大圈老杏树和楸树,确实茂密,让清晨的阳光只剩下细细碎碎的影子。再往里面走,是他们亲手种下的槐树、流苏树和青檀树,高高矮矮的,彼此混杂,色泽丰富而养颜。

"槐花开的时候,很好看。"宋万说。

杜迁附和说:"是的,槐花很好看。"

两个人无话可说,看看原本就长得很高的几棵榆树、泡桐和栗树。这些树仿佛生来就这么高大,尔后又随风飘零,扎根在此。反正,他们没有看到这些树是如何长大的,第一次见到这些树的时候它们已经挺拔而茂密了。栗子花倒是见过几次。

"今年秋天,可以打一些栗子给朱贵兄弟下酒。"宋万说。

"可惜这片林子里没有什么野味,整个山上也不多了。"杜迁附和一句。

他们继续往树林里走,几棵柳树和成排的水杉在他们眼里出现又后退,像大街上的陌生人,像来了又走开的兄弟。树林中间有一片小小的池塘,水是活水,从山头流下来,在这里盘旋淤积,再从看不见的缝隙里流向山下。沿着这个小水塘,宋万种下了很多的茶树,茶树难伺候,开花不积极,宋万随后又种了很多的萱草,还有海棠、蔷薇和玫瑰,在水边种了很多芙蓉,在水里种了几株莲花。为了这些花花草草,宋万原本纤细的身材更细更弱了,举手投足之间都带着笑容和花香。

杜迁不爱花,但也不反对,在花与花的间隙里种下了他最爱吃的大蒜、朝天椒和马齿苋,常常一边在水边垂钓一边默默注视着这些菜的长势,仿佛他的目光可以施肥。

一阵微风吹过,两个人都有些沉醉,不肯离去。

这里是他们的一处寄托,相当于酒肉,而且比酒肉清香干爽。

"我们上山已经六年了吧?"宋万问杜迁,也像是自问。

"第七年了。"杜迁纠正。

"真是够久了,久到像二三十年了。"

"有时候我觉得像刚刚上山,因为山上总是不断来新的兄弟。他们一来,让我也跟着觉得自己是上山不久的。"杜迁感慨说。

"照你这么说,我们到底上山多久了?"

"这不重要。说一年也行,说二十年也行。"杜迁悠悠地说。

"这么说来,我们跟这些花花草草也没有什么区别,它们有的百年了,有的不过一年,在你我看来它们也确实都是一样的。"宋万叹了一口气说。

"原本就有的，和我们亲手栽种的，还是有些不一样。原本就有的，东倒西歪，枝蔓勾连，我们自己种的，最起码可以让它们整整齐齐，横竖一目了然，有些连花期也可以控制。"

宋万转身，看了看杜迁，杜迁也看着宋万。两个人熟悉之极，像并排栽种的两株花，现在因为风雨或者严寒，他们凑得更近了。

宋万说："今天无事，军师下山去大名府了，要不我们钓鱼吧。如果能钓上来几条野生的鳜鱼，也好给宋江大哥等几位送过去。"

"今年开春之后就没有钓到一条鱼，我想大概是谁用渔网把水塘里的鱼一网打尽了。唉，我担心一条鱼都没有了……"

宋万看看左右，朗声说："这也没什么，姜子牙钓鱼愿者上钩，我们比姜子牙还要高明，我们明知道没有鱼，但还是一直钓，看看能钓到什么？杜兄你觉得如何？"

杜迁苦笑一声，答应下来。除了在这花团锦簇、老树成荫的地方钓鱼，也确实没有什么事情做了。

宋万和杜迁一连几天都在密林深处的水塘边钓鱼，偶尔说上几句，无非就是上山很久了、上山不算多久、上山到底有多久之类的。这些话和他们钓鱼时孤独的背影（两个人各自有一个孤独的背影，加起来还是一个孤独的背影）都被朱贵听见看到。

朱贵有些伤心，兄弟们此刻正在如火如荼地杀人放火喝酒吃肉，宋万和杜迁两个人，空有元老的身份和过丈的身高，却只能矮下一大截坐着钓鱼，令人伤心。

更让人伤心的是，一连几天都不见他们钓上来什么东西，不仅没有鱼，连泥鳅和虾子都没有。

朱贵带着伤心回山下的酒店，忘记自己为什么要上山。半路他有了一个主意，趁着半夜天黑，把酒店里几条供客人吃喝的大黑鱼用水桶挑着倒进了水塘里，但愿第二天宋万和杜迁能钓到，用这个惊喜来慰藉一下寡淡无奇的命运吧。

宋万跟杜迁说，这是最后一次钓鱼，如果再没有，就等到秋高气爽的时候再来吧，那个时候或许会又有一点鱼了。

杜迁同意，只是不知道如果不钓鱼，还能干什么。

"去学学唱戏，唱给宋老太公听，唱给秦明夫人也就是花荣的妹妹听，给他们解解闷也是好的。"杜迁一边下钩一边说。

宋万皱皱眉说："但是山寨现在缺兵少将，我们与其学唱戏，不如拜秦明为师，好好学学武功呢。我觉得很多兄弟都是恶性循环，武功不济所以心情不好，心情不好就一直喝酒,一直喝酒就身体疲软,身体疲软就更加武功不济……"

宋万说着,杜迁"啊呀"一声叫唤,有鱼咬钩。这件事来得太突然,以至于杜迁毫无准备,猛地一提鱼竿,空空如也的鱼钩带着轻微的呼啸直奔他的面门而来,杜迁一歪头,鱼钩在宋万的脸上划出了一道血印后弹了回去,荡了几下才直直地垂在那里。

杜迁捧着宋万的脸又是擦又是揉,还用嘴吹,希望能把刺痛吹走。

宋万一把抓住杜迁的手,眼神丰富。

杜迁停止了一切的动作,唯有呼吸不受控地粗重起来,胸膛也随之起伏不已。

"兄弟,我知道怎么办了!"宋万带着激动说。

"那你快说呀。"

宋万哈哈哈一笑说:"兄弟,你有没有发现,宋大哥总是把头发微微披散,以期遮住脸上的刺字。你有没有发现,山上这么多兄弟,脸上刺字的人其实不多,也就是林教头、武松和杨志几个。林教头倒是从不隐晦,其他人都学着宋大哥的模样,披散头发,遮着金字。"

杜迁频频点头,接不上话。

"所以我觉得,我们应该也在脸上刺字,一来可以和宋大哥等人步调一致,二来这刺字的内容也可以大做文章,让宋大哥看了满意开心,心花怒放,引为知音,你觉得如何?"

杜迁还是不知道说什么,不过他想的是,与其这么日复一日地栽树种花钓鱼,倒也不如在脸上刺几个字。如果刺得痛,血流满面,也不失为一种壮观,一种享受。栽树种花钓鱼不痛不痒,不会流血。

既然决定了,宋万决定立刻行动起来。他们两个突然有了一种数年前刚刚上山时的激动,那时山寨人少,做什么都有种开疆拓土的激动。当时,宋万和杜迁负责山寨西部一片,简称西部大开发,和王伦负责的东部每天都在竞赛,两拨人热火朝天地干了三个月,让一座荒山变成了一个市镇模样的场所。回忆当年,宋万和杜迁有种惆怅,也有种柔情,还有些愤恨,更觉得恍惚。当年是怎么做到的呢,现在是无论如何都做不到啦。

现在,为了在脸上刻字,他们又一次激动起来。

因为不知道刻什么字,他们两个人决定去找朱贵商量。

去之前他们说好,不是找朱贵商量是不是在脸上刻字,而是商量刻什么字。如果朱贵愿意,自然也可以在脸上刻字,如果他不愿意,也不勉强。但他一定要帮我们两个想想刻什么字,因为他接触的人多,看到的字多,光是写在酒店墙上的抒情诗就看了很多,应该有很好的建议。

朱贵首先反对在脸上刻字,因为这样太间接,不如认宋太公做爷爷。而宋万反驳说:"我们这是在细微之处予以安慰和照顾,相信精明如宋大哥一定感同身受,甚至在灵魂深处触动。"

朱贵不再反驳,但明确说自己不会刻字,因为自己要接待南来北往的兄弟,很多兄弟都是有身份的,相应的,自己也需要有身份才可以。

这番话让宋万和杜迁同时默默决定,一定要给朱贵脸上也刻上几个字。他们两个人对视一眼,心照不宣。

朱贵最后说:"两位哥哥,如果你们一定要刻点什么在脸上,那就千万不要委婉,不要像谜语,而是要直接,越直接越好。我觉得宋万哥哥可以在脸上刻'宋万'两个字,杜迁哥哥可以在脸上刻'江岁'两个字,你们两个人站在一起,那就是'宋江万岁'。哥哥看了一定会非常高兴,甚至还由此有了夺取天下的豪情。"

宋万和杜迁对视一眼,朱贵的建议果然直接。想了想,宋万说:"我不能在我脸上刻'宋万'两个字,这不就是把我自己的名字刻在脸上吗,我还是和杜迁兄弟对调一下比较好。"

"那我凭什么把你的名字刻在我的脸上呢?"杜迁质问。

"你刻的不是我的名字,是'宋江万岁'中的第一个字和第三个字,碰巧和我的名字一样而已啊。"

杜迁还是觉得恶心,"那也不行啊,我们两个如果站在一起,大家才可以看到'宋江万岁'四个字,如果你不在我身边,别人看到的就是'宋万'两个字,那个时候人家不会认为这两个字是'宋江万岁'中的一三两个字,只会认为我对哥哥一往情深。"

朱贵把脸扭过去,目光投在白花花的水面上,隐约有一种一头栽进去的残忍的冲动。

宋万说:"那好吧,我就把我自己的名字刻在脸上,你就刻'江岁'两个字,如果我们没有并肩而立,别人看到我,以为我只是刻了自己的名字,看到你,会觉得不知所云。"

"觉得不知所云那就会上前问我,我正好可以解释啊。"

"彪悍的人生不需要解释,"朱贵突然说,"你们还是全都刻上'宋江万岁'四个字吧,这样就什么都不需要解释了。"

这不啻为一种彪悍,宋万和杜迁决定照办。

这个时候,张顺正在南下去请神医安道全。朱贵喝醉了评价这件事说:"张顺哥哥真的很神奇哈哈哈,晁盖大哥身受重伤的时候他根本不记得安道全哈哈哈,现在倒是记得了,我觉得张顺也会跟晁盖大哥一样中箭身亡的,不信你们看着,哈哈哈,我喝多了,随便说说,你们不要当真哈哈,我随便说的,看到了就随便说说。"

宋万看着朱贵酒后扭曲的大脸,心里一阵发毛,扭头对杜迁说:"他是看到了就随便说说,他是看到了张顺去请神医,还是看到了张顺被箭射死?"

"当然是看到去请神医了,张顺被箭射死他怎么能看到,他又不是神仙。"

"但是他怎么能看到张顺去那么远的地方请人呢?他又没有一直跟着!"

杜迁带着酒后才有或者说特有的不伤和气的愤怒说:"你傻逼了啊,这里的看到两个字,相当于知道了、听说了、了解了,不是说他真的用眼睛给看到了!"

宋万还是有些疑惑,想了半天说:"朱贵兄弟不简单啊,人称旱地忽律,这个名字不简单,相信他说的看到,也不是那么的简单。"

"扯淡吧你,喝酒,喝醉了好刺脸。"

朱贵一觉醒来,觉得脸上刺痛,对着镜子看看,血淋淋的四个大字"宋江万岁"被刻在了脸上,他惨叫一声,但没有晕过去,而是更为清醒了。真的是报应,自己给宋万杜迁出的馊主意在自己的脸上实现了,当时还不如说"忠义无双""精忠报国""祖国万岁""美好河山""岁月静好"……

让朱贵没有想到的是,朱富来找自己谈事情,一见了他脸上的刺字,也一定要照刻。朱贵劝阻无效,临下手时,他诚恳地问朱富:"兄弟,真的要刻这几个字吗?要不要换几个,忠义无双啊精忠报国啊,大宋无敌啊,都可以的,实在不行还可以刻什么犯强汉者虽远必诛、不要辜负这个美好的时代……"

"啰嗦,我刻的宋江万岁,就是说我大宋江山千秋万岁,简称宋江万岁,动手吧哥哥。"

宋万那边,见顺利地在自己和朱贵的脸上刻上了"宋江万岁"几个字,顿时来了血性,一口气把杜兴、邹渊、邹润、朱富、蔡福、蔡庆、王定六、郁保四几个人脸上全都给刻上了字,均为"宋江万岁"。恰巧他们一起在乐和的带领下搞了一个乐队,这支乐队就被叫做"万岁乐队"。

这群脸上刺金的汉子,白天吹拉弹唱、乱喊乱叫,晚上聚众喝酒,声泪俱下,第二天日上三竿才一个个翻身起来,用眼睛打量着看到的一切,直到看到了镜子里的自己和脸上的这几个字,才醒悟过来自己是谁、在哪里、要干什么。醒悟归醒悟,一切于事无补,就又开始吹拉弹唱、呼号吼叫。

越来越多的兄弟要加入他们:不是加入乐队,是加入刺字的行列,似乎唯有如此才算兄弟。

神机军师朱武有一次打量了好几位兄弟后,说了一句:"各位,你们的脸都很大,刻四个字太浪费了,应该刻八个字才对啊。"

他这句话提醒了还没有刻字的兄弟,他们升级了,纷纷在脸上刻上了八个字。

有的是"宋江万岁,忠义无双"——这确实是一次升华。

有的是"三军护国,万世安民"——这是升华中的升华。

还有的人刻的是"大哥大哥,大哥大哥"——这是语言的魅力。

还有人打算在脸上刻下"这盛世如你所愿"几个字,因为事先走漏了消息,正在刻的时候,武松、林冲和杨志闯了进来,把刻字的人和被刻的人狠狠打了一顿。

林冲怒吼着:"什么盛世!如果是盛世,我现在应该已经是都教头了!"

杨志也喊道:"你居然敢说现在是盛世,如果是盛世,我堂堂杨门之后,应该至少是统兵大将才对!"

武松一阵冷笑,打了那人几个巴掌说:"如果是盛世,我现在应该早就从都头做到提辖了。"

被打的两个人也一齐喊,"各位大哥别打了,不是就不是吧,如果是盛世,那应该刀枪入库马放南山,各位大哥也应该都是读书人才对。"

"读什么鸟书!"武松怒吼一声,转身走了。

每一个在脸上刻字的兄弟,都喜欢往宋江面前凑,希望能够被认可,被欣赏,被接纳为同类,被重用为亲信。只是那个时候大家已经轻易见不到宋江了,每次聚众议事,宋江都坐在最高最深的地方,前面是黑压压的一群人,大伙能看到他的身形但看不到他的目光,能听到他的声音但看不到他的脸色,宋江在自己的声音中越来越远。

不议事的时候更加见不到宋江了,他开始深居简出,也不在忠义堂和大伙一道推杯换盏了,开始吃小灶,小灶位于忠义堂的后面,七拐八拐进去,美美的一桌饭菜排在桌子上,宋江横看竖看,有时候还把菜重新列阵,然后才坐下来吃——这些,都是少数心腹透露出来的细节。

既然见不着宋江大哥,这群脸上带着金印的好汉们就常常自动聚会,自娱自乐,倒也能如愿达到高潮。他们还互相打趣彼此脸上的字:

"你脸上这几个字太丑了,谁给你刻的,他是不是喝醉了!"

"你脸上的字才丑,给你刻字的人是不是用左手写的?"

"岂止左手,脚写的都比这个好看!"

"你这些字本来是打算刻成瘦金体吧,现在怎么肿了,成了肥羊体了哈哈哈。"

"你脸上到底刻的什么字?大哥两个字怎么看怎么像火锅啊,你至于把火锅都刻在脸上吗,你是吃火锅时候的涮肉吗……"

这一切的彼此打趣挖苦都显得有气无力,因为一些心腹人士正在传播着这样一件事,那就是在神医安道全的调理下,宋江大哥脸上的刺字正在变暗,正在消失,宋大哥即将成为一个脸上不着一字、细皮嫩肉的美白男子。每个知道这个消息的人都偷偷抚摸着脸上的伤疤，不知所措。

人在不知所措的时候就会唱歌，乐和那段时间天天唱，粗通文墨的人从他口音深处记下了唱词，大意是："怎么会从你的双眸中决定了我的难过，这次只有我们知道在彼此之间交换的承诺，没有说出感受，只有不经意的沉默，却不能肯定你真的会懂……"

作为刺字浪潮的始作俑者，宋万和杜迁内心恐惧，觉得害了自己，害了朱贵朱富还有更多的人。他们相约去他们的小树林，两个人蹲在池塘边，背影像是在钓鱼，其实是在茫然。水面清澈，足以当作镜子，山风让池水轻轻荡漾，镜子里的脸和字都那么的不真切。

"我没有想到宋大哥会把脸上的字给去掉。连狄青将军在皇上面前都要留着黑疤，我们宋大哥怎么连狄青都不如呢？"

"不管宋大哥如何，我们都不如他。我们还是把脸上的字给去掉吧，不然显得和宋大哥格格不入。"

"唉，怎么去，怎么去呢？"

"我不知道怎么去，但是一直唉唉唉的，肯定也去不掉。"

"唉……"

两个人叹气，发呆，惆怅而且恐惧，但是并不愤怒，或许是眼前的树木花草和果蔬已经把他们的心肠变软了，树木轻柔,花草养眼,果蔬多汁。每次身在其中,宋万和杜迁都有一种已经解甲归田、人生圆满的感觉,现实里的没有解甲、不甚圆满,也可以被暂时放一放。

"我看,脸上的字就放一放吧,等我们死了之后,它就不存在了。"宋万说。

杜迁说:"那我们带着字,怎么有脸去见大哥呢?"

一个声音从后面传来:"你们两个蠢货,你能见到大哥吗?你不觉得是大哥没脸见你们吗?"

宋万杜迁一跃而起,冲着林中大喊,谁谁谁。但是没有人,只有风。

北斗七星今安在

宋万和杜迁在密林深处打造出了一个秘密花园,两人常常在里面彷徨许久,或对酒当歌,或沉默不语。有时候,两个人互相看着对方,似乎可以看出什么问题,更多的时候两个人互不理睬,像一对年过六十的夫妇,默契而无语。

这座秘密的花园外围是一圈古树,越往里面,树木越矮小、新鲜和平整,充满了人工的痕迹,也就是宋万杜迁的痕迹,他们甚至在最中间一带种上了很多瓜果蔬菜,俨然一户寻常人家的房前屋后。

在一块较为平整的斜坡上,一块巨大的石头很突兀地竖在那里,生根了,围着石头四周是一片大蒜地。大蒜长得非常好,但宋万和杜迁从来不吃。

不吃的原因令人作呕：他们无意中知道，这块地下面埋着晁盖的一条大腿。

这件事对他们来说太艰难了，本不该知道，但偏偏知道了；本应该忘记，但是又忘记不了。本该在置之不理和昭告天下之间选其一，但是他们都没能做到，只是在晁盖的大腿上面种上了大蒜，又从来不吃这里的大蒜。

时间久了，大蒜头堆积起来，宋万杜迁想了一个办法，就是把蒜头细细剥干净，塞进朱贵酒店的酒坛里。

加了大蒜的酒味道猛烈、辛辣、刺鼻又蕴含芳香，让人说不出所以然。每个远道而来的人喝下了这样的酒，随即的反应就是：糟了，这是一家黑店。

次数多了，朱贵发现了酒里的问题，也看到了宋万杜迁往自己的酒里加东西，就问他们干什么，这些大蒜是从哪里来的。

"上次攻打祝家庄抢来的。"宋万敷衍地说。

朱贵一把抓住宋万的衣领，把他拖到没有人的地方说："宋大哥，你当真以为我是白痴吗，祝家庄家财万贯，山上的兄弟们人人都抢到了金银珠宝古玩字画，最差也抢了一些值钱的桌椅板凳，就连军兵都抢了很多牛羊鸡鸭回来，你跟我说你抢了大蒜，还足足几百斤，你当我是什么？"

宋万一看朱贵发怒，就带着哭腔和苦笑说："既然朱兄弟问这些大蒜的出处，我可以带你去看。但是你千万不能说出去。"

站在大蒜地前,宋万说:"大蒜就是这里长的,你千万不能说出去啊。"

朱贵反问:"这有什么不能说出去的?大蒜当然是从地里长出来的,我为什么不能说出去?难道这块地下面有什么宝贝?"

"没有宝贝,只有晁盖大哥的一条腿。你千万不能说出去。"

朱贵一阵惊恐,看着宋万杜迁,仿佛看着两个神经病。

宋万说:"朱大哥,这件事是真的,我和杜迁都是亲眼目睹。事情是这样的……"

"不要说,我不想听!"朱贵大吼一声,"我每天在山下打探消息,知道的事情已经够多的了,你们不要再说一些我不该听到的事让我听。我什么都不想知道,我只想安安静静,岁月静好……"

杜迁也抢着说:"朱大哥你负责打听消息,怎么能说你什么都不想知道呢?"

朱贵稍稍冷静一点说:"我只想知道山外的消息,山上的消息,我真的什么都不想知道。"

这是宋万杜迁遭受的又一个打击,相处最久的大哥连他们的秘密都不愿意听,世界上还有比这种事更让人小瞧自己的吗。

他们越来越不愿意离开这片花园，有事没事都在里面待着。

有一天宋万站在大蒜地上，看着这块突兀的石头发呆。杜迁在一边说："宋大哥，要不我们挖个坑，把自己和晁盖大哥埋在一起算了。我们活着也不比大蒜好到哪里去。"

"我也想过这样，但是有几件事情不弄清楚，我觉得不能就这么白白把自己埋了。"

"哪几件事？"杜迁问。

"宋江大哥为什么要把晁盖哥哥分成七份埋了？另外的六份现在在哪里？"

杜迁一阵反胃，血淋淋的场景又一次毫不留情地出现在眼前。他强打精神说："我也不知道啊。"

"宋江大哥说，如果谁敢说出去，就像王婆一样被千刀万剐，我们也这样发誓的。看来我们只有对朱贵大哥一个人说了，他想必不会出卖我们。"

"他不是不愿意听吗？"

"不想听也得听，我们被这件事折磨这么久了，他也应该帮我们分担一下。我们三个本来就是最好的兄弟，帮我们分担这件事能让我们比亲兄弟还亲。"

杜迁同意，他认为所谓兄弟，就应该首先做到有难同当，其次才是有福同享。问题是怎么让朱贵带着享受的心情来听自己和宋万的遭遇呢？他们决定在酒中下药，麻翻朱贵，然后抬到这里，绑在石头上。

几天后他们请朱贵吃饭，不是在朱贵的酒店，而是在山寨后面的一处斜坡的凉亭里，凉亭往前就是万丈悬崖，悬崖上下景色宜人，如果从悬崖上掉下去，不仅会摔死，而且可以一饱眼福。

一般人根本不知道有这样一个地方，但作为上山最早的三个人，他们都是知道的，当初三个人在这里极目远眺，然后相视大笑。笑什么他们已经忘记了，最近几年日子过得太热闹，以至于当初的清净和愿望都不见踪影。

朱贵对到这里来喝酒也很向往，他虽然负责打探消息，但因为最近山寨风头正劲，山寨方圆几十里都几乎没有人迹，朱贵实际上没有任何消息，耳根清净，大脑一片空白，进入了空灵的境地。和兄弟们一起喝酒有助于帮他恢复敏锐和凶狠。

几杯酒过后，宋万问朱贵："朱大哥，你真的不想知道当时发生了什么事情，不想知道为什么晁盖大哥会被大卸七块，然后被我们分头埋了？"

杜迁借着酒劲问："是哪七个人埋的？我当时心惊胆战的，头都不敢抬，眼睛也不敢乱看，现在都记不得是哪七个人了。"

"晁盖大哥被分成了头、两只胳膊、两条腿、腔子和一大堆内脏，一共七份。流出来的都装在了一起，没有流出来的都还在腔子里。头被宋江大哥拿走埋了，不知道在什么地方，一只胳膊花荣拿走埋了，也不知道在什么地方，另一只胳膊被秦明拿走埋了，也不知道在什么地方。我们拿走了一条腿，埋在了这块大石头边上，在上面种了一大片大蒜。还有一条腿被张顺拿走了，应该埋在了水底，现在要不烂了，要不被水冲走了。内脏都被刘唐兄弟拿走了，不知道埋在了哪里，腔子嘛，都归了军师吴用。"

宋万说完，朱贵和杜迁都已经吐得白眼直翻，坐立不稳。朱贵更是一头往悬崖那里冲过去，在即将摔下万丈深渊时身体往后一坠，伸着头吐了起来。无底深的山谷足够他吐上一辈子，吐三生三世也够了。杜迁则往凉亭后的树林里跑去，抱着一棵大树吐了起来，一边吐一边大哭。

等他们吐干净，用清水洗脸，踉跄着回到座位上，继续喝。

宋万早已经在朱贵的酒碗底撒了不多不少的蒙汗药，见朱贵坐下，立刻斟上满满一碗，带着歉意说："朱大哥，我不知道酒菜这么不合你的胃口，我敬你一碗。"

朱贵觉得人生如梦而且猪狗不如，长叹一声，缓缓地把一碗掺了蒙汗药的酒喝了。在倒下去之前，朱贵有气无力地说："我就知道你们下了药，是蒙汗药，你们为什么不下毒药呢？"

朱贵醒来的时候，晓风残月，不知今夕何年，但他知道自己哪里，周围的大蒜味告诉他，一定是在大蒜地一带。再扭头看看，自己被藤条裹了七八圈，被绑在了那块冒冒失失的大石头上。

宋万和杜迁在树林里的吊床上睡觉，他们找了两棵结实的槐树榆树之类的，搭了两张吊床，相隔不过两丈远，一人睡一个，此刻正在打呼。

朱贵深深吸了一口气，对着皓月大喊一声："苍天啊……"

朱贵的"啊"迟迟没有结束时，宋万和杜迁已经冲过来，用一块破布塞进朱贵嘴里，破布僵硬，像石头一样，而且上面带着血迹，被朱贵口腔打湿的血顺着他的嘴角一点点往下滴。

"这是晁盖大哥腿上的裤子，我们放在这里已经两年了，朱大哥不要怪我们啊。啊，怎么还有血……"

朱贵一阵狂吐，胆汁四溅，晁盖的裤子也飞出去很远。宋万和杜迁连忙用浇菜的水给朱贵冲洗，几十上百瓢雨水浇下去之后，朱贵算是干净了一些，也彻底清醒了。

宋万和杜迁对视一眼，宋万扭头对朱贵说："朱大哥，你如果当初不问我，我们也不想说这件事，但是你既然问了，我们觉得你应该知道，就算是帮我们兄弟分担一下吧。其实晁盖大哥的墓地里只是衣冠，他的人被宋大哥留在了后厅，然后就被砍成了头、两只胳膊、两条腿、腔子和一大堆内脏，一共七份。"

"这些你都说过了,别说了!"朱贵大吼,"为什么喊你们两个去掩埋尸骨?"

"我们也奇怪啊,特别是当我们看到花荣秦明和张顺等人的时候,我们就更奇怪了。"

"这几拨人你说过了,我也一直觉得很奇怪。"朱贵放缓语气说,生怕宋万又做出什么奇怪的事情来。

见宋万杜迁不说什么,朱贵接着说:"首先我就很好奇,宋江大哥为什么要假装把晁盖大哥埋了,再把他的真尸砍成几份呢?他是怎么对你们两个说的?"

"宋江大哥没有跟我们说话,他轻易不说话了。是军师吴用跟我们说话的,他说,宋江大哥轻易不说话了。至于为什么要把晁盖哥哥埋得到处都是,这是因为想着让他的血肉和梁山融为一体,归于梁山又守护梁山。但是这件事又必须保密,省得兄弟们纷纷要求把自己大卸八块,埋在山寨的紧要之处,所以只能秘密地进行,你们两个是山寨的元老,一定会知道有一些不为人知的风水宝地,你们就负责晁盖大哥的一条腿吧。"

"就这些?"

"就这些了,接下来就让我们用刀把晁盖哥哥的腿砍下来带走。我们就开始砍,费尽力气,一边吐一边哭一边砍……"

"你们不是哭晁盖大哥,是哭自己吧,吓坏了才哭的吧。"

杜迁说:"朱大哥你不要问这么多,我们就是想知道,为什么是七块,为什么不是全尸或者三五块,为什么不剁成几十上百块,这样岂不是可以撒得到处都是的吗?"

"分成七块确实有所讲究,我这个数字应该对应着北斗七星吧。"朱贵思索片刻说,"或者是意味着东西南北上中下,代表圆满。宋大哥分尸分得好啊,晁盖大哥也因为被分尸而死得圆满了……"

宋万和杜迁对视一眼,觉得朱贵是不是因为长期身在酒店的油腻环境中,变得油滑了。怒气在他们两个人的脸上一点点堆积,像水泊上空的乌云在一点点变厚。接下来是不是电闪雷鸣、天翻地覆,那就谁都说不清楚了。

朱贵看了看两人,哈哈哈一阵大笑说:"两位兄弟,你们白白受了这么多年的罪,实在是兄弟我的过错。你要剁开的尸首,那根本不是晁盖大哥的。那只是一个被俘的官兵,因为伤势严重死了,宋大哥见他身材和晁盖哥哥类似,就用他来顶替晁盖大哥了。你们看到过他的脸吗?我想你们没有看到。"

宋万和杜迁使劲回想,当时确实没有看到那具尸体的脸,连看一看的机会都没有。他们疑惑地问朱贵:"为什么要用人顶替晁盖大哥,真正的晁大哥呢?"

"两位,宋大哥心思缜密,深不见底,他既然假装埋了晁大哥,以此掩人耳目,那么为什么不会再进一步,做出个分尸这件掩人耳目的事,然后把真正的尸首另行处理呢?"

两个人面面相觑。朱贵不得不解释说:"你们想想,风光大葬是假的,分尸掩埋为什么不能是假的呢。如果只是用风光大葬来掩饰分尸,我们宋江大哥岂不是太弱智了,而用风光大葬和分尸来掩饰真正的去处,这才是高手啊。"

"那晁盖大哥真正的去处是哪里?"

"落霞与孤鹜齐飞,秋水共长天一色。晁大哥真的无处不在,比掩埋在七处隐蔽的地方还要无处不在啊。"朱贵脸上洋溢着幸福的笑容说,"你们快点把我解开,我已经从四肢麻到胸口了,再这样我会被勒死的。"

两个人忙不迭地把朱贵解开,朱贵来来回回在树林里走着,不断地说着脚麻脚麻,不断地说好一点了好一点了、终于不麻了终于不麻了……这期间宋万和杜迁也没有闲着,他们一直在用眼神交流,互相问了很多问题:

"为什么在假装把晁盖大哥分尸时会把我们两个喊过去呢?"

"不知道啊。为什么还有刘唐兄弟?"

"不知道啊。这么久你没有把这件事说出去过?"

"绝对没有说。不过宋大哥是不是想着我们说出去,他知道我们都是酒后胡乱说话的人啊?"

"不知道他想不想让我们说出去。他都说了谁说出去就凌迟的。"

"这话不是宋大哥说的啊,是吴军师说的。我记得吴军师说这话的时候,宋大哥咳嗽了一下,似乎是欲言又止。"

"宋大哥他到底什么意思呢?花荣秦明是他的亲信,什么事都干得出来,刘唐兄弟可是晁大哥的心腹啊。难道是逼迫刘唐兄弟效忠?"

"有什么效忠不效忠的,谁是一寨之主自然就效忠谁了,但是吴用军师为什么也会分尸?"

"确实是奇怪。军师和晁天王熟识多年了,是不是真的像朱贵说的,这个人不是晁盖大哥?"

"是不是晁盖大哥有什么要紧的,晁大哥不是皇帝,怎么会担心被人盗墓掘坟挫骨扬灰之类的事呢?"

"可能宋大哥生平谨慎,并且对晁大哥情深意切吧。"

"我还是不明白宋江大哥这么做有什么必要。其他的兄弟如果知道了晁盖大哥被分尸了,难道不会伤心吗?"

"我不知道啊。但我有个疑问,大伙知道了宋江大哥、吴用大哥、花荣、秦明、张顺和刘唐,这些人居然把一个人给剁开了,会不会更加害怕他们?"

"反正我们做什么都没有人害怕我们。我们确实是太失败了,我们应该做到就算赢不了对手,也要让他感到害怕。但是就算大伙真的害怕他们几位,又有什么用呢?"

"言听计从吧。为什么会喊上我们两个呢?"

"是不是觉得我们太窝囊了,给我们一个展现风采的机会？照这么说，我们应该早早把分尸这件事说出去啊。"

"我们到底干了什么？"

"我也不知道我们到底干了什么。"

"我们到底算什么呢？"

"我也不知道我们到底算什么。"

"为什么在假装把晁盖大哥分尸时会把我们两个喊过去呢？"

"是不是朱贵骗我们，那具尸体其实就是晁盖大哥的尸体？"

最后，两个人被密集而锋利的问题射倒在地，沉沉睡去。很快天色微白，朱贵终于停止了没完没了的走动和沉思，把宋万和杜迁踢醒，朗声说：

"宋大哥风光大葬，只是为了掩护，担心有人对晁盖大哥不利，找一群看上去的亲信分尸，也是为了掩护，让人畏惧、让人遐想，让人不敢不听命于山寨。但真正的晁大哥已经被烧成了灰，在一个夜黑风高的夜里，被宋大哥亲手撒到了八百里水泊之中了。唉，长风破浪会有时,北斗七星今安在！"

良久，杜迁问："朱大哥，把晁盖大哥的骨灰撒在水泊里这件事，你又是怎么知道的呢？"

"你忘记我干什么的吗？我专门负责打探消息。"

朱贵说着，匆匆离开，暗灰色的背影像露水一样消失在越来越强的晨光里。

杨志比武招夫

有一阵子,杨志沉迷于赌钱,但是一直输,运气永远不在他这一边。那天他输急了,抽出自己的祖传宝刀说:"我没钱了,押这个吧。"

阮小七斜着眼睛看了一眼说:"这把刀有什么好处啊?"

杨志也是输昏头了,想都不想就说:"这把刀能让你的武功看上去比实际上高很多,比如你本来排名三十名,有了这把刀就可以排名二十名了。"

问题是排名已经结束,无可更改,而杨志的话则招致了其他的兄弟群起而攻之。最为恶毒的话就是关于杨志的武功及排名的。阮小七说:"看来杨志兄弟本来应该排名七十才对,有了这把刀,排十七了,如果是这样,你怎么能赌这把刀呢,万一输了你就一无是处了哈哈哈哈……"

杨志气得发昏,又一句昏话脱口而出:"我杨志排名十七纯属冤屈,以我的武艺,在我们山寨理应排名前十,就算用普通的兵器也照样可以排在前十位!"

如此掷地有声,以至于赌坊里一时间鸦雀无声,不过这一时极短,至多一个屁的功夫。随即大伙哈哈哈大笑起来,比刚才笑得更狠,议论得也更凶。有人说杨志排名十七已经是祖坟冒烟,有的说杨志应当以死向朝廷谢罪,根本不该活着,还口吐狂言。有的说杨志对山寨毫无功劳,应该排在一百名左右,有的则说,杨志兄弟的武功应该是不错的,不然怎么会有机会两次押运宝物呢,但是武功算什么,宋江大哥会武功吗,当今皇上会武功吗,排名不看武功啊。

而每一句议论都会导致更多的议论,每一句冒出来的话都繁衍出更多的话,简直可以用枝繁叶茂来形容,一时间杨志有种被淹没的感觉,愣愣地站在那里,无法还嘴,更不知所措。

已经发胖且逐渐复原的时迁突然用他那尖尖的嗓子喊起来:"各位大哥各位大哥,我发现杨志兄弟是一个矛盾耶!"

他的声音太大,其他人都闭嘴,看着时迁。时迁身体一弹,站到了凳子上洋洋得意地说:"各位大哥,你们都记得,杨志兄弟的名号是天暗星。天嘛就是天罡,大家看后面两个字,一个叫做暗,一个叫做星,暗就是灰暗黑暗,没有光泽,星就是星星,闪光发亮,一闪一闪亮晶晶,漫天都是小星星。所以说,暗和星这两个字不就是矛盾吗。难道说杨志兄弟是一颗不发光的星星,不发光的星星还是星星吗,不发光的星星就是不存在啊,不发光的地方就是两颗行星之间啊,杨志兄弟你怎么得了这么个名号呢?你还是别计较排名的问题了吧,你的名号要改一改啦!"

众人一阵欢笑,不知道谁在大喊:"时迁说得太对啦,一个人的名字可能会取错,但是名号绝对不会取错的。杨志就是星星和星星之间的那块地方啊!"

众人又一阵欢笑,虽然缺了时迁日子也是一样的过,但是时迁这一段话还是给大伙带来了莫大的欢乐,而且,把杨志活生生地气走了,完全不顾是不是得体。

虽然杨志被气走了,虽然关于杨志的名号一直被大家谈论,但是,真正给杨志本人和很多人带来刺激的还是排名一事。自从自己说出了排名前十这句话之后,杨志就每天当真地思考起这个问题来,为什么自己排名如此之低。凭武力,自己不会输给关胜太多,但是排名却差了这么多,关胜号称是关羽后人,可谁知道呢,不仅不知道真假,人们也不知道关羽其人其事的真实面目,关胜只是看上去像庙里的关羽而已。而我的先人就是本朝栋梁啊,音容宛在,确凿无疑,我难道不应该和关胜排名挨着吗?显然,是关胜和自己之间的那些人挡住了自己的排名。

这么想着,杨志每次遇到林冲、秦明、呼延灼、花荣、柴进、李应、朱仝、鲁智深、武松、董平、张清这十一个人,就气不打一处来,不理不睬,却又不敢正视。他从一些人那里听说,这十一位兄弟当中的某些人,听说杨志认为自己应当在前十名之后,反应激烈,有的人甚至要跳起来和杨志比试。

因为不知道具体是哪些人,所以杨志见到这十一个人,一律采取狂傲又羞愧的姿态,不敢看对方的眼睛,却又把脸扬得很高,与天空呈四十五度角。

显然这只是没有办法的办法,渐渐地不再是办法。杨志发现自己突然之间在山寨变得寸步难行。宋江卢俊义吴用三位平日里看不到,公孙胜不在山上,关胜常常闭门不出,坐在家中的"风波亭"里日夜研读《春秋》,也就是说这五个人本来就见不到,以往见得最多的就是关胜和自己之间的那十一个人,以及自己之后的十九位天罡。但后面的这十九位因为和前面十一人之间的千丝万缕、深不可测的关系,见到杨志时也都采取狂傲又羞愧的姿态,不敢看对方的眼睛,却又把脸扬得很高,与天空呈四十五度角。

地煞星杨志平时是不见的,如今这么一来,他杨志无人可以见了。

这样下去不是办法,杨志再愚蠢,也知道在山上必须有兄弟互相照应,平日里好吃好喝,可以每天酒足饭饱,打仗时互为照应,可以免遭暗算意外之类。一个人是无法在山上活下去的,有时会突然暴毙在山上,有时会在两军阵前突然孤零零地身陷包围之中。杨志一想到自己有可能不明不白地死了,心里一阵难过,他决定屈尊请几个人喝酒,以此让自己好好活下去。

想来想去,杨志决定请曹正、张青、孙二娘和施恩四个人吃饭,毕竟是老熟人了,都好说。而且杨志还相信,在十一人当中,鲁智深和武松应该对自己不会有什么意见。鲁智深天性淡泊,好喝酒,好山水,好打抱不平。但梁山之上没有不平事,所以鲁智深最近在研习山水画。武松最近也在研习书法,他的字已经自成一体。这两人对自己没有意见的话,曹正等四位原来二龙山的兄弟就不会拒绝和自己吃饭。

考虑到自己最近名声太臭,是一个笑话和矛盾的混合体,杨志还是为吃饭准备了一个上好的理由。他对曹正等人说:"兄弟,晚上我们一起喝酒如何,我有几坛祖传的杨家老酱,大家一起一醉方休?"

曹正当时正在宰羊,最近吴用爱上了羊肉刺身,要吃羊背上最好的那一点肉,曹正每天宰两头,做一大盘刺身外加两斤蒜泥给吴用端过去,和吴用小酌几杯。这件事是曹正的人生高潮所在,而宰羊则是前戏,杨志的出现让曹正有点泄气。他没好气地问杨志:"你说什么?祖传的杨家将?你不就是杨家将吗,还说什么祖传呢?"

杨志耐心地等脖子上插着一把刀的羊不再叫,才柔和地说:"曹正兄弟,晚上我们一起喝酒如何,我有几坛祖传的杨家老酱,大家一起一醉方休?"

杨志说得不仅柔和,而且一字一顿,曹正突然觉得有点心酸,青面兽怎么成了红脸小妞了,连忙答应下来。

张青和孙二娘也答应一起喝酒,因为他们觉得杨志的排名太低,早就想和他好好聊聊了。施恩答应一起喝酒是因为从未有人找他喝酒,这是上山后第一次,也是上山前数年至今的第一次。他不仅答应,而且尿湿了裤裆。

根本没有什么"杨家老酱",杨志在几位落座之后,就岔开话题,大碗干杯,一边干一边说:"我们要像武松兄弟那样一口气干十八碗,干完再说话。"

几个人半推半就,连泼带洒,花了好一阵,总算把十八碗干完。杨志腾地站起来说:"今天跟各位喝酒真是快活,跟其他人一起待在这个山上,真是没意思。"

曹正低头不语,因为他最近很快活,每天都和军师吴用一起吃着薄如蝉翼的羊肉刺身,上次他们闲聊时打算再试试大肠刺身。施恩也不说话,因为无话可说。孙二娘看看左右,大声说:"杨志哥哥,你不用拐弯抹角,我们知道你对排名不满,觉得自己武艺高,不至于排名这么低,我们也是这样认为的,是不是啊死鬼……"

她说着，一推张青，张青被从凳子上推到了地上，从尘埃里发出一句"是的是的，杨志兄弟其实无所谓排名，但是他不能给杨家丢人，杨家的刀法天下第一！"

杨志一拍桌子说："还是大嫂了解洒家，我不能给杨家丢人，天下第一的刀法我一定要证明给各位看看，不管他是林冲秦明还是呼延灼花荣，更不用说柴进李应朱仝，就算是鲁智深和武松两位哥哥我也不服气，董平张清这种阵前败将，不值一提！"

张青继续在尘埃里说："林教头从不用刀的，你不用跟他争，秦明呼延灼和花荣也是的，他们的刀法肯定不如杨志兄弟你，柴进只有花拳绣腿，朱仝他是个老实人，智深哥哥虽然有刀但也几乎不用，董平张清都从来没有见过用刀。我们算来算去，你只有跟李应比飞刀，跟武都头比刀法，杨志兄弟你有把握没有？"

杨志大喊一声："有！"

张青叹口气说："你为什么不说没有呢？不丢人。"

"有！"杨志又喊了一声，越发高亢，因为无数目光的围观，但没有人出现。几个人沉默了好一阵，胖嘟嘟的时迁走了过来，一边走一边说："啊呀这里有好酒好肉，让我有些嘴馋，不过呢我最近正在少吃，再吃下去我鼓上蚤就要变成鼓了，现在好不容易瘦了几十斤，还要继续瘦下去啊。"

杨志见是时迁，生气地哼了一声，背过脸去，又转过来问:"时迁,你说说,我的杨家刀法是不是山寨第一?"

时迁说:"杨志哥哥,我不管你的刀法是第一还是排名不够前,我就是觉得你的名号有问题,作为星星而被称作暗,你应该多想想这一件事,其他的事情不要多想,也不能多想。"

"我的杨家刀法是不是山寨第一?"

"哥哥啊,第一或者最后,不重要,重要的是名号啊,上天给我们一个名号,其实是给了我们一个归宿。你看我,一个贼字终身受用哈哈哈,我看我还是吃一点吧,不然夜里又饿,饿了又得吃,吃了容易吃多,吃多了容易胖……"

"时迁兄弟,你神偷绝技是我们梁山一绝,也做了很多起惊天动地名满江湖的大事,你为什么不为自己的排名争一争呢?"

时迁慢慢嚼着羊腿,很慢很慢,腮帮子起起伏伏,嘴巴里啪啪有声。好一会他才说:"既然杨志大哥执意证明你的武艺山寨第一,我倒有一个主意,一试便知,一目了然。哥哥你在忠义堂前摆下擂台,让武松大哥给你写四个大字:比武招夫。就是说,谁赢了你,你就给人家做妻做妾,如何?"

杨志的脸色难看之极,而且真的暗如风干了三十多年的狗屎。

施恩弱弱地问:"时迁哥哥,杨志大哥是大男人啊,怎么能给人做妻做妾呢?"

"所以他绝对不能输啊,输了,不仅武艺不是第一,而且还要用祖传的宝刀把自己阉掉,做一个真正的女人,跟赢了他的人回家去,以后再给人家生个一女半男的。"

时迁说完哈哈大笑起来,笑得眼泪和嘴里的羊肉沫一齐飞出来,溅得曹正和施恩满脸都是,施恩扭头要吐,曹正伸出舌头舔了舔时迁嚼过的羊肉,发现非常美味,他想到了一道菜,美女溅肉,一定要和吴用试一试。

杨志呆在那里,时迁走得不见人了,他才长出一口气说:"时迁说得对,我要比武招夫!杨家到我这里早就已经绝后了,我是男是女又有什么关系,哈哈哈哈!"

这些吃的留给老娘

很多个黄昏，陶宗旺都会在施工的军卒们散伙之后，一个人坐在城墙上，看着鲜红的晚霞发呆。他喜欢筑城，喜欢铺路，喜欢修堤坝和台阶，这是因为他喜欢劳动，如果不劳动，人生的乐趣就没有了。只是每当夕阳西下的时候，天边的云彩和老家那里云彩极其相似，陶宗旺想家。他怀念当年的土地，怀念当年从家里一路走到田地里的那一段路，路上有野花野草，很多都可以吃，还有藏在草丛中的野味和天上的鸟群。因为家在村子的最东边，陶宗旺得以在屋子的东边开辟一块巨大的菜地，上面种满了蔬菜，周围用栗子树当作院墙，整个菜地郁郁葱葱，瓜果满地，也在一年中的绝大多数时间都保持着姹紫嫣红。

后来这一切都没有了,自己离开了老家落草为寇。没有了自己的打理,菜地应该已经成了一片荒地,坚决不肯跟自己上山当土匪、坚持独自在家过日子的老娘应该没有力气把菜地打理好。

想到老娘,陶宗旺有些热泪盈眶,血红的夕阳如果有知,是不是可以代替自己看望老娘几眼呢。再过半个时辰,天黑了,就看不见老娘了。一到天黑老娘就会坐在屋子里,用一盏豆粒大的灯照着眼前的食物细细打理,灯光太弱,以至于周围的黑暗更浓,根本看不到光线中的人和事。

陶宗旺会坐在城墙上,让思绪跳过黑夜,来到凌晨。那时老娘会起床忙碌,整个家像一个人一样醒了过来,活了过来。他甚至为此情此景写过一首诗:

家在村子的最东边
再往东是麦田、山坡
和早晨的太阳
太阳下面有一片树林
我曾经很多次站在那树林里
看着自己的家
确实,它占据了最东边的位置
而且遮住了由东往西的一大片村庄
我从山冈上走下来

朝家里大喊一声

声音像清晨的阳光一样

穿过麦田，落在院子里

每次，当自己想着母亲的行迹，从傍晚一直到天明，陶宗旺就会非常放心，而自己眼前的山寨这个时候也黑了下来，是时候干另外一件事了，陶宗旺支好铁锹，一跃而起，没入梁山的黑暗之中。

因为欧鹏和马麟时常外出作战，陶宗旺只得和基本不离开山寨的蒋敬一起喝酒说话，后来裴宣和孟康也加入进来，四个人一起喝酒说话，偶尔打牌赌钱。这四个人在一起赌钱，有一些荡气回肠的味道，蒋敬算计，孟康心机极巧，裴宣勇猛无畏，陶宗旺也不含糊，一切都看得清清楚楚，这就吸引了更多的人一起过来玩牌赌钱，赌局越来越大，半数的兄弟都聚集在蒋敬或陶宗旺的住处赌钱（他们两个住处相连），没有战事的时候每夜如此，比喝酒还能让兄弟们兴奋。

李逵是常客，每次都拎着一壶七八斤的酒，边喝边赌博。如果不喝酒，李逵基本上不会赢钱，现在喝了酒，输得更惨，没有人比他惨。每次赌输了，他都会去找宋江哭穷，让宋江借他银子。

宋江有时候被李逵逼得方寸大乱，怒不可遏地说："铁牛，你不能再赌下去了!"

"我为什么不能赌,老爹早就没有,老娘也没有了,我光秃秃的一个人,为什么不能赌!"

"你欠我的钱已经太多了。"

"那又怎么样,每次下山打劫,不都是我抢的钱最多,然后分钱的时候,不都是你拿得最多!"

宋江的黑脸被气得起了一层疙瘩,像在脸上密密麻麻又整整齐齐地排列着几万颗黑芝麻,他怒吼一声说:"铁牛不得胡说,我哪一次拿钱了,除了有功的兄弟们分分,每次的钱财大部分都归了山寨!"

"你就是山寨,山寨就是你。"

宋江"啊"的一声,想说什么。李逵抢着说:"难道我说得不对吗,连让高俅给山寨的血泪博物馆揭牌这样的事你都可以做,山寨不是你的,难道是林冲的吗,难道是我的吗?快给我钱,赌局要散了!"

既然钱能让李逵的心智保持在眼下的水平,或者更低,宋江自然就不断地给,李逵也就不断地输。三个月下来他输掉了白银七万九千两。这个数字是蒋敬告诉李逵的,如果他不说,李逵大概永远不知道,还以为自己输了七百九十两呢。

蒋敬是这么说的:"铁牛,你不要再赌了,这么长时间以来,其他人之间互有输赢,不过每一个人都从你这里赢了钱。你是帮着宋江大哥给我们打赏?就算是的,这赏钱也太多了,我们这里常来的不过四十个人,每个人都快要从你这里赢了两千两银子了!"

李逵被持续不断的差运气弄得垂头丧气,坐在那里生闷气,听了蒋敬的话,默默算了半个时辰,掰着指头算,大致明了之后,他愤怒了,大喊一声:"你们合伙算计我,你们还我钱来,你们竟敢赢我这么多钱,你们这群混球!"

"愿赌服输!"不知道谁说了一句。

"这里面肯定有鬼,我怎么会只输不赢。有鬼啊!"李逵大喊一声,抄起牌桌狠狠砸向对面的墙壁。半面墙被他砸倒了,而对面是陶宗旺的家。

那是一个临时的仓库,陶宗旺正在计划着建一个正规的、固若金汤的、分割清晰的仓库,现在正在筹划,但没有开工,因此各种物品只是齐齐地堆在那里。

现在,大家都看到了一堆堆的物件。

有大约五千两银子,应该都是奖赏和赢来的,一封封地堆在那里,气势逼人又不值一提,众位兄弟因为和李逵为伍,对银子已经没有多少的感觉了。

有大约三百个坛子齐齐地堆在那里,上面还贴着小纸条,歪歪扭扭地写着"大蒜""豇豆""萝卜""白菜"之类。

还有大约两百个袋子,应该是大米;还有三百个箩筐,里面盛的应该是稻子。

还有几百个油纸包裹,用绳子扎得很严实,大家一看就知道，这是山寨上最为常见的腌肉。这里居然有这么多。

还有大大小小近一千个盒子，五颜六色的，形状各异，里面都是些干货炒货糕点小吃之类。兄弟们出身都不怎么样，对这些东西都没有多大的兴趣，但是如此之多的盒子堆积在一起，气势逼人，每个人都不自觉地咽了咽口水。

作为把墙砸一个大窟窿的人，李逵有必要说几句："陶宗旺，你这里怎么这么多吃的？"

蒋敬厉声说："李逵，你赔我的墙！这堵墙价值文银一百两，你给我拿来！"

"我晚上跟宋江哥哥要了一把银子，应该有好几百两吧，都输给你们了，我哪里还有钱，欠着吧，明天还给你！"

"你明天拿什么还啊，我看你不如给陶宗旺兄弟当下手，干一年活，给你个便宜，算一百两文银，还给蒋敬吧哈哈哈……"

鲁智深这么一说，一笑，大伙也都跟着哈哈哈笑起来。但是鲁智深一边笑一边用眼睛瞪着在座的人，他眼睛里射出的寒光让每个人都头皮发麻，呼吸不畅。

"走了！不玩了，扫兴啊！"燕青说着，推门走了，其他人看看燕青再看看鲁智深，都走了，似乎是一根绳子上的蚂蚱，被燕青牵走了，又似乎是一群鸭子，被鲁智深用宽袍大袖扇跑了。

李逵夹杂在人群中，想到自己可以免去一百两银子的债，一边跑一边嘿嘿嘿笑了几声。

作为一个农民,陶宗旺在很多年里的最大愿望是结婚生子,娶一个身材结实、髋骨够宽的女人是必须的,如果该女子容貌看着令人欣喜或让人激动,那再好不过了。为了这个生活目标,陶宗旺一直含辛茹苦,每天早早起床,在菜园里练一趟自创的铁锹功。菜园里没有空地,只有一垄垄菜地之间分岔的小径,陶宗旺就在这些被反复踩踏后的浅白色的土路上挥舞着锄头,他想的是将来要保护媳妇不受邻里的欺负,自己一身好武艺是必不可少的硬件。每天晚上,不管多苦多累,陶宗旺会复习一遍早晨的铁锹功,这个时候他想的不是对付邻里中可能的恶霸,而是对付三五个公差,只要能对付他们,自己就能带上媳妇和几个孩子远走他乡。而每天入睡之前,陶宗旺脑子里琢磨的是全新的铁锹功,以供第二天一早练习。除了练功就是干活,远处的田地和近处的菜园都是自己在打理,老父亲在自己二十岁那年就害了一场病,病好了后成了自己的下手,做一些简单的事。老娘身体一直不好,只能待在屋子里,把矮矮的屋子和小小的院子收拾干净,让它一尘不染,即使在黑夜里也熠熠放光,散发出人世间值得走一趟的色泽。

这一切突然间都被打破了,一天清晨,微光之中,一块巨大的石头从天而降,带着呼啸和火球还有刺鼻的气味直奔陶宗旺的家而来，一阵巨响之后，石头像鲁提辖打在镇关西脸上的拳头一样砸在了家门前的地上，堵住了大门和小径，让陶宗旺出不了门，就算挤出门，前往菜园的路也被死死堵住。石头落地之后，大地震颤了两个多时辰，每个人都顺着震动和巨响找到了这里，睁大了眼睛看着这块石头。

"我觉得像一只狗头。"一个人说着。他说得不完全对，但是开启了评说的先例，每个人都从极度震惊中恢复了理智，恢复了作为人的灵性和语言。他们用尽了这片土地上常见的事物来形容这块石头，而陶宗旺和父亲站在石头对面，有家难回，老娘在屋子里，突然间只觉得一片漆黑，屋子前面的天黑了，屋子后面的天还亮着。

有一个人说："这是天降祥瑞，应该送往京城呈给今上。"说这话的人很快觉得这句话非常有分量，就不断重复。陶宗旺怒不可遏，挥着铁锹把他打得脑浆迸裂，那个人在临死之前抽出一把刀，直直地插在陶宗旺老父亲的胸口。

人群一哄而散，因为陶宗旺打死的人是知县的弟弟，本地的恶霸，接下来必将引来知县的报复。陶宗旺唯有逃走。

让陶宗旺决心逃走而且不带上老娘的另外一个原因是，他的老娘对陶宗旺陡然出手伤人并且导致父亲被刺死非常不满。老太太说："你只是我们家的过客，迟早要离开我们，真正跟我相依为命的是老头子，不是你。现在你害得他被打死了，你走吧，我守着他的尸首和这块石头过日子了。"

说完这些,老娘把老头子的尸首用绳子捆在这块巨石上,自己从缝隙里挤回屋子,再也不打算出来了。

陶宗旺身材高大,怎么也不能像老娘一样挤过去,只有拆房子。而父亲刚刚过世,拆房子无异于送老娘归西,这是万万不能干的。

陶宗旺用被打死的人血在石头上写下"挡我者死"四个大字,离开家逃难去了。

他一直惦记着老娘,不知道她是不是饿死在黑漆漆的屋子里了。上山之后他负责监造山寨各处,大量的军卒和食物由他支配,他藏起了很多很多,似乎自己有无数个老娘正在排着漫长的队伍朝自己走来。

陶宗旺还后悔另外一件事,那就是不该写"挡我者死"这几个字,错了。应该写"搬我者亡",警示别人不要搬动石头,这样最起码可以局部地保护老娘。一想到这件事,他收藏食物的举动更猛烈了。

在忠义堂前的空地上,陶宗旺储藏起来的所有食物都被倒在地上,在烈日中发出千奇百怪的气味,在一点点变质、硬化。这片空地是一块块新鲜出炉的青砖铺就的,从台阶上来后,一眼可以看到忠义堂,但步行需要九千九百九十九步,足见空地之大,令人肃然起敬,让人浑身发颤,大腿发软。

现在陶宗旺不得不在自己修建的恢弘的场地上接受山寨

的惩罚。

李逵发现了陶宗旺的秘密之后,兴奋地告诉了宋江。宋江觉得棘手,交给柴进处理。柴进担心自己一个人不是对手,就拉上了几个人,叫做"小组"。小组里有朱武、花荣、李逵、解珍解宝。

小组给陶宗旺的处理意见是,把所有的食物全部铺在忠义堂前的场地上,然后陶宗旺本人绕着这些食物跑一百零八圈,一边跑一边喊"忠义梁山、大哥万岁、文成武德、万世千秋"这十六个字。一圈大概有十五里那么长,陶宗旺顿时觉得,不如留在老屋里守着老娘一直到死。

想到自己尚且不知道老娘的死活,陶宗旺也就忍住了,跑了起来,一边跑一边喊。天气炎热,没一会就口干舌燥,脑袋发沉,脖子酸胀。

很多人都在围观,看着看着就走了,新的人涌上来,看着说着。走了之后又有人走近,可能是已经来过的人,可能是刚刚过来的人。

只有焦挺拿着一个水袋走到近前,等陶宗旺跑到自己身边的时候,把水袋递给他喝水,自己和陶宗旺并肩跑一阵,拿过水袋,站在一边等着。再过几圈再把水袋递上去,如此反复。

"焦挺兄弟,你为什么对我这么好?"陶宗旺一边跑一边抽出一点气息问。

"我没有对你好,我只是送你一程。你如果跑死了,我就是那个在你死前让你舒服一点的人,这不是帮你,是帮我自己,做点好事,将来死得痛快一点。"

"可是你给我水喝,我就不会死啊。"

"那就是你的运气。"焦挺冷冷地说。

又跑了两圈,几十里的路,天黑了,雨落了下来,陶宗旺突然想到一个问题:"为什么活着反而是运气呢?"

雨水密不透风地落在眼睛里、嘴巴里,陶宗旺又自问一句"为什么活着反而是运气呢?"随后他停下脚步,缓缓地朝住处走去。他想好了,如果谁来阻拦自己,就一口咬死他。

他没有想过,如果远远地射来一支或者一千支利箭,他能咬到什么。好在还有雨水和雨水之间的大风。

在李逵撞破墙壁和"小组"过来彻查此事之间,有三天时间。这三天里,陶宗旺寝食不安,最后他猛然想到了一个办法,就去找时迁。

他几乎是带着哭腔对时迁说:"时迁哥哥,现在只有你能帮我了,帮我把我藏的东西都偷走吧。这个世上只有你能神不知鬼不觉地把那么多东西都偷走了。"

"我不行,偷大件还是要看段景住的,他连马都能偷走。我只能偷那些放在房梁上的小东西。"

"这些东西都是我攒下来留给老娘的啊……"陶宗旺说

着,哭了起来。

时迁不为所动地说:"兄弟,你看看我,胖了三四十斤,哪里还能再偷东西啊!等我瘦下来,我或许可以把你老娘的骨灰藏到一个不被人发现的地方,那个时候她就可以享受一下死后的安宁了。"

灭门是一件技术活

董平上山后总是被人调侃讽刺，因为身在梁山，有一个老婆就是低人一等的事情，不宜多提。而如果再有一个来路不明或者过于血腥的老婆，那几乎要遭人唾弃。

以各位兄弟的精力和口才，唾弃人的事一旦形成了习惯，那么就会像风云雷电一样事实发生，难得消停一下，和风细雨也是为了酝酿下一场风暴。

董平的苦恼在于，每一碗酒都会提到老婆。

武松敬董平一碗，口称景仰，随即就是："董将军，夫人近来可好？"不等回答，他发出哈哈哈的大笑转身离开。

李逵敬董平酒，也是大咧咧地问："董将军，夫人最近开不开心？要是她不开心，请她一起和兄弟们喝酒啊哈哈哈……"

"如果董夫人开心,也请她一起和兄弟们喝酒,这样会更开心的!"石秀抢了一句。

就连王英也带着做贼一样的细碎的笑容问董平:"将军夫人最近过得如何,有没有觉得有些寂寞,如果嫌没有人说话,我可以请三娘和她去聊聊,还有秦明大哥的夫人,哈哈。"

董平希望能适应这样的状态,每喝一杯酒都被人问一次夫人如何。他希望被这样反复提醒后自己能够对夫人好一点,留下三五个董家后人,学会双枪,再学张清的飞石,再学呼延灼的鞭法,再学各种武艺才能,将来能货卖帝王家。作为一地的武官,他常常看到一些边报,知道北方极不太平,原本对大宋虎视眈眈的辽国最近内乱不断,像一个人在死前得了七八种顽疾,而新的部落在更北的地方已经崛起,天下即将恶战连连,自己难免死无葬身之地。

问题在于,几位兄弟的讽刺挖苦实在是太狠了,被讽刺挖苦几乎成了自己存在的仅有的价值。回家之后他和夫人说了这件事,夫人安慰他说:"将军人中龙凤,被别人说几句应该是没什么,唯有建功立业才可以堵住别人的口舌。"

董平感激地点点头,转身离开。自从杀了程小姐全家后,他不敢和她说太多的话,害怕几句话之后夫人提到她的父母家人,这是自己没有办法解决的问题。

这次也不例外,董平离开后品味夫人的话,认为自己应该拼命习武,力争成为山寨第一高手,攻城拔寨,所向披靡,唯有这样,其他的人就不得不闭嘴。

董平给自己制定了一个近乎变态的习武计划,每天寅时起身,身背重甲在山上的一处斜坡上冲刺。山坡全长大约两百丈,若在平时,董平连一次都不愿意跑,鉴于巨大的尴尬和无礼,董平决心每天跑一百次。这只是其一,其二是臂力,住处后面有一片枣树林,一棵棵枣树像一支军队一样立在那里,风吹雨打都岿然不动,董平的计划是一天一棵,把树全部拔了——树干可以用作木材,树枝则可以用小刀细细砍了,一边练刀法一边准备一些枣树枝烧水喝茶。董平虽然凶悍,但酷爱喝茶。这片树林大约有一千棵枣树,董平相信,如果自己真的一棵棵拔了这片树林,自己的臂力将变得天下一流,和鲁智深相比也不在话下。

这些都是早晨的习武项目,晚上则专心练双枪,还是在枣树林里。董平对自己双枪的期待是,自己在别人喝酒的时间里苦练武艺,那么别人都因为喝酒而武力下降,自己的双枪会越来越显得神出鬼没,无往而不胜。董平加入这个集体之后迅速悟到了一个道理,那就是自己的枪法不必要天下第一,只要这里第一,那就可以了,起码,在天崩地裂时活命是没有问题的。

董平的二次习武计划,或者叫做日常练功计划,不可谓不强悍，只是他忘记了一件事，那就是身在梁山意味着天天在一起，死活在一起，无论你是负责侮辱别人的角色还是被侮辱的角色，离开各位兄弟单独行动，哪怕身在山寨也意味着一定程度上的背叛。当被认定不是背叛而是奋斗之后，会又一次引发议论和围观。

是的，董平很快被围观起来，当他在山坡上猛跑的时候，周围站着十七八个人在议论。

"董平兄弟这样奔跑如飞，当真是厉害，他是马上将，现在步下也不得了了。"

"没用的，跑得再快，能跑过箭吗？"

"他不用跑过箭，只要跑过你我就可以了。"

"是这个道理，可是我们董将军家有娇妻，又如此苦练，就不怕力不能支吗？"

"累不累他自己知道。你看他拔树，还是生龙活虎的，说明他不累，累了手上再有力，腿上会软的。"

"看来董将军是不会腿软的。"

这句话让众人一阵大笑，害得董平腿一软，以为大伙在嘲笑自己。第二天，为了让各位兄弟崇拜而不是嘲笑自己，董平除了披挂整齐，背上还背了一根牛腿。这是他去找宋清买来的，花了他文银四十两。牛腿重四十斤，一两一斤的肉，也是天下好肉了。

但是大伙还是笑，董平只得继续增加重量，他在牛腿上加了一根羊腿,在羊腿上加了十斤炊饼。这炊饼是张青夫妇为了怀念武大郎专门研制出来的"大郎饼"。武松对此表示认可,至于配方和味道是不是和大哥卖的一样,那就没有办法追究了。

到了后来,董平背着足以做十桌菜的食材在山坡上跑,终于一头栽倒在半山坡。十七八个人笑嘻嘻地过去,把董平送回家,并且看了看程小姐。程小姐确实美貌无比,只是老了,像一个生了七八个小孩的妇人,事实上她一个孩子都没有生。

董平到家后,缓缓醒来,颤抖着说:"我还要去拔枣树,才拔了十棵,离我的打算还很远呢。"

夫人连忙制止了他,送走各位兄弟,夫人坐在床边安慰董平说:"将军你不要太急躁了,你看你前几天都不能拔一棵树,后来终于能了,慢慢来总会有进展的,急了就会这样,晕倒在半坡。"

董平长叹一声说:"可是我还是觉得各位兄弟看不起我啊。"

夫人叹了一口气又深吸一口气,幽幽地说:"他们怎么会看不起你呢,你可是一个灭过人家满门的人,试问山寨上,能有几个这样的人!"

休息几天后,董平身体恢复如初,时时感觉自己健步如飞,有时候真的感觉要飞起来了。夫人的话让他极为感动,她就是那个被自己灭门的人,居然能不计前嫌,明确指出自己作为一个曾经灭人满门的人应当骄傲,这真让人感慨。

董平决定在恢复练习之前去见一见各位兄弟。

等他坐在大厅和各位兄弟一起喝酒时,他似乎又回到了此前被关注和羞辱的日子,只是兄弟们的话内容变了。率先发难的是刘唐,他喝醉了,举着酒杯过来说:"董平哥哥,听说你最近一直在山坡上跑来跑去的,还在树林里忙来忙去的,你这是打算解甲归田吗,走的时候要跟我们说一声啊,就算不跟你道别,我们也要跟嫂子道别啊哈哈哈……"

杨雄说:"董平大哥,如果你下山,你打算再娶几房夫人啊,以你的身体,再弄十个八个媳妇没有问题,然后呢,就会突然出问题,啪的一声,你完了!"

众人哄笑起来,董平气炸胸膛,仗着自己近日来的魔鬼训练,一把抓住杨雄,把他举过头顶。如果地上有一个坑,他大概会把杨雄给种进去,如果眼前有一座山,他大概会背着杨雄直奔山顶,把他抛向深渊。眼前只有高矮不一的兄弟和大小不一的嘴,都在笑。

董平朗声道:"杨雄,你太无礼了,凭你这几下你也敢笑话我,我可是一个灭过人家满门的人,你算什么东西,如果不是石秀,你死都不知道怎么死的,你个蠢货……"随着叫骂,董平把杨雄扔向石秀,扔向其他地方不合适,唯有石秀会牢牢接住。

石秀牢牢接住杨雄，冷笑着说："董将军，作为一个灭过门的人，你确实非同一般，你灭了你夫人全家满门，更是非同一般，董将军你简直不是凡人，就不要和我这个窝囊废哥哥一般见识了。"

杨雄站在那里，张大着嘴看着石秀，第一次明白自己是窝囊废，最好的兄弟早就看出来这一点，他一直在呵护着自己。想到这里，杨雄眼泪涌了出来，身体一软，抱住了石秀的两条腿，把脑袋埋在石秀的裆部狠狠地哭了起来。

董平眼看杨雄可以成为这顿饭的焦点，正要添油加醋，李逵怒吼一声："董平，灭门了不起吗，我李逵灭门无数，你跟我比比！"

武松也站出来说："董平，我也灭过门，而且杀了貌美如花的女人，来来来，我们比一比灭门这件事！"

其他几个兄弟歪歪倒倒站出来喊道："我们杀了黄文炳全家，也算是灭过一门，我们比一比！"

还有人带着几分怯懦喊道："我们攻打祝家庄，鸡犬不留，灭门很彻底，董将军是不是也要比一比呢？"

董平怒不可遏，站在凳子上说："好，我董平生平没有做过什么大事，我董平连一个像样的名号也没有，只草草叫一个双枪将了事，不像你们龙虎龟鳖的，我们比一比，再去灭一门，看谁杀得快，杀得干净，杀得响！"

李逵想都不想就问："如果你输了怎么办？"

"如果我输了,从此以后我不骑马不披甲,给各位哥哥端茶倒水斟酒赔笑……"

"这个不算,你现在不就是这样吗。"不知道谁恶狠狠地插了一句嘴。

董平脸色一变,朗声道:"如果我输了,我死给各位看。如果我赢了,我也不想取谁的性命,只要大家不要张口闭口夫人如何嫂子如何,让我们夫妇二人清净一些就可以。"

对董平的第一个回答大伙是不满意的,死不算什么,没有被凌辱致死都不算事,可董平的第二个大度而充满生活气息的要求让大家都有些茫然,原来他的要求如此低,都低到尘埃里去了。

朱武咳嗽说一声,站出来开始说话。不是因为他功勋卓著或者地位超然,只是因为他是少数没有喝醉的人。朱武带着几分笑意说:"各位,少安毋躁,不要急切。灭门分快灭和慢灭,快灭就是不分青红皂白,冲过去一个个全给杀了,当然这也是深仇大恨所致,或者就是遇到了喜爱灭门的好汉,运气太差。慢灭就是慢慢来,一鼓作气灭不了的,就只能先套近乎,喝喝酒,互赠礼物,称兄道弟,中秋端午和新春三节互相走动,穿堂过屋,言听计从,最后因祸上身,惹上一个诛灭九族的大罪,这个时候,灭门都不要自己动手啊……"

史进听着朱武的话,心里越来越不是滋味。他四下看看,目光和扈三娘相遇了。扈三娘怔怔地看着史进,史进也不断地看扈三娘,看一眼一扭头,再看再扭头。史进的眼光里充满了未婚少年对已婚少妇的向往,企图在彼此之间寻找一些关联的渴望。

扈三娘看着史进,心里想的是,为什么这些男人都不像男人,就算是刀刀见血也不像男人,没有心肝肺,算什么男人!

见史进一直看着自己,扈三娘心里也变得越来越恼火,比李逵吹嘘他是灭门高手还恼火。扈三娘心想,看老娘有什么用,看再多你也不敢上前一步,你还是多看看你自己吧。

那边,董平微微平息了一点,其他的兄弟也被朱武的话带到了另外的地方。他们其实也担心不是董平的对手,董平在诅咒发誓时脱下了上衣,身上如钢筋般的肌肉让每个识货的人都暗自心惊,不识货的人也看出问题,还有一些人,喜欢上了董平。

杨雄还在抽泣,石秀不断地低头安慰杨雄,再抬头咧着嘴看董平这边的事态。

董平决定按照把话题引到杨雄身上的计划来,他大喝一声:"杨雄哥哥,你不要再哭了,哭得像你被兄弟们灭门了一样。你不要再哭了,明天跟我一起去跑山坡拔枣树吧,这样你会感觉自己好歹还不是一个废物啊!"

石秀一听这话,连忙把杨雄揽在怀里,生怕被人抢了去。

众位兄弟哈哈大笑起来。突然,史进的声音拨开密不透风的笑声冒了出来:"董平哥哥,明天开始小弟陪你一起!我要练成绝世武功,在疆场上活下去,为我史家留一个活口,我们史家没有被灭门,没有被灭门啊……"

史进说着,大哭起来,众人都很诧异。此事自始至终和他无关,年轻人怎么会有这么多凭空而来的愁绪,而且让眼泪打湿了前胸呢?

离别之死

就要下山了,大伙除了喝酒,还得变卖家产互相做做生意。在梁山后街的集市上,人分三六九等。最有钱的头领们,让自己的哥哥弟弟之类的收购其他人的物件,然后打包装箱运回老家;其次有钱的头领们,买几个散落在喽啰手上的抢来的别人家的传家宝作为自己的护身之物带着;随后就是略微有点钱的,买一些兵器衣物之类以防不测。没有钱但是有物件的人很多,都拿出来卖,有的是不要的,不如折成钱带在身上,有的则是打算攒一笔钱回家,以一些小头目和小卒居多,他们不跟着我们去招安,他们返回原籍买几亩地,盖一处宅子,用第一个十年娶第一房老婆,用第二个十年娶第二个老婆、养一两个孩子,用第三个十年娶第三和第四房老婆、再养一两个孩子,让孩子读书考试,争取当一个七六五品的官,这样就光宗耀祖了。这样的想法确实不错,带着一笔钱下山,换来很多的人口,就算几年后在金兵入侵开始奔走逃亡,那也有一大帮人一起照应着。

最差的,是没有钱而且手上的物件也不怎么样的,也拿出来,指望被买走,或者跟其他人交换一下,互取有无。

比最差的还要差的是我们哥几个,身无长物,一文不名,只得在后街上来来回回逛,看热闹。别人都忙着生意,浑身是汗,口干舌燥,看到我们也不喊大哥头领之类的,连点头都省了。

整个后街沸反盈天,连宋大哥、卢员外也在大费口舌,面红耳赤的。宋大哥要卖一套瓷器,官家用物,几个兄弟围着他吵吵闹闹谈价格,好像谈得不愉快,我听到一个人发狠骂道,宋黑子你不能这么贪啊,一千两都不卖,非要两千两,兄弟我这条命也不值这么多钱。卢员外则打算买几个丫头跟着下山,可山上这几个被抢来的小丫头都没什么姿色,卢员外在大喊,没有姿色也就算了,看看身材也不给,我堂堂第二把交椅,摸一下你们几个算什么,你们到底诚不诚心……

我转了一会,觉得无趣,而且恶心,就去找武松喝酒。

武松不见了,有人说他也在集市,打算买一个上好的瓷瓶来装他哥哥的骨灰。我很奇怪,因为我知道武松没钱,随即我释然了,没钱可以抢,起码武松可以这么干。

我又去找林冲,也没有人,而且没有人知道他去了哪里,这让我很奇怪。其他人我就不去找了,只得一个人在梁山里到处转。

我看过很多山山水水,尤其是从五台山到东京那一路,山明水秀,心花怒放,梁山自从来了之后,还真没好好看过呢。

抱着这个想法,我专走小道,往深山处钻。梁山上岗哨众多,此刻人都去了后街,偌大一个梁山终于回到了多年前王伦上山前的安静。我四处看看,山河静好,慈悲为怀。

再往深处走,远远看到下面在背阴临水处有一个小小的空地,我迈步走过去,耳边传来一声声捶打声,一个人在打另外一个人。这让我有点好奇,我以为这里没有人,但有人,这是其一,其二是我对所有打斗都好奇。走过去一看,只见柴进正在一拳拳打在林冲身上。以柴进的小拳头小劲道,他那一拳拳打在林冲的身体上真像是一个姑娘在对着她的男人撒娇,我吓懵了,屏息凝神听他们说什么。

柴进说:"林冲啊林冲,你真是我见过的最为忘恩负义的人,王伦是我多年挚友,我资助他无数金银,打造了梁山这处安身立命之所,你倒好,就因为他怠慢了你,被学究三言两语挑拨一下,竟然杀了他。你自己说说,他有什么罪过,你尽管说。"

随后就是长时间的沉默,柴进也不再捶打林冲了,林冲没有说话,也没有还手。我等得有点不耐烦,躺在那里,看看天上的云彩，山东上空的云跟延安府上空的云也没有什么不同，但是我开始后悔当年没有在杀了郑屠之后去投奔老种经略，去边关塞外，却被羁绊在这群乌烟瘴气的鸟人周围，一晃多年。

突然下雨了，雨越下越大，砸在我身上，舒服。后来，眼前的雨像是从地上往上喷，直奔苍天，让人心慌。我听到林冲大喊道："柴大官人，我愧对王伦，他的尸骨我偷偷掩埋在这里了，每年都会来祭拜几次，我林冲确实忘恩负义，为了一条活路，杀也杀了，忍也忍了。就让我有家难回不得善终吧。"

最后几句林冲是喊出来的，即便如此，在大雨中我也是勉强听到，声音不会传得更远，除了柴进和我，应该没有人听到了。

我有点心惊，这样的毒誓实在不吉利，但有什么办法呢，林冲的话好像是融到了雨水里，流淌到四处去了。

随后柴进和林冲又小声说了几句，柴进先行离开。我凑近看看林冲，被他发现也无妨。只见林冲时而咬牙切齿，瞪着眼睛要杀人，时而唉声叹气，摇头晃脑，看样子不仅没有杀人的精气神，自己也不打算活了。我担心他有什么想不开的，走过去。

林冲吓了一颤，然后看着我。我也不知道说什么，跟这群深谋远虑的人相比我大概只是一块石头，一块石头能说什么呢。林冲也不说话，突然一把抱住我说："哥哥啊，我下不了手啊。"

再想问他几句，他已经晕厥了，没办法，我只得扛着林冲还有落在他身上我身上的大雨往回走。后街已经空无一人，只有一些油纸破布扔得满地都是，我穿过后街，回到住处，让小卒烧水热酒，把林冲扔进桶里取暖，我自己喝酒。

就要离开梁山，大伙个个心事重重，因为生死未卜。有几个兄弟打算跟宋大哥告别，但他一句"我等一百单八人，上应天星，生死一处"，就让每个人都闭嘴了。

不是因为他说得多，而是说得少，就这么一句，谁也不知道如果不生死一处后果如何。扈三娘甚至都来跟我作别，说打算带着王英一道，回家生孩子去了。我知道她其实是不好当面和其他兄弟说，就找我这个出家人说说了。三娘说："大师，我打算跟王英一起回扈家庄，那里虽然已经是一片荒地了，但是也正好让我们男耕女织，安家立业，从头再来。"

我说好好好，此外我实在无话可说。

三娘说，大师以后有空可以去看我们。三打祝家庄大师没有随军前去是吧，不过那里四通八达，应该可以找到，大师到时候前往记得来看我们，如果我们有孩子，大师千万要教他们几招，将来好看家护院。三娘说着，眼泪哗啦哗啦往下掉，因为她知道走不了，她是第一个提出来要走的，而且跟宋老太公说了，以为自己是干女儿，可以照顾一下。但宋老太公哼哼哈哈的说不出什么，宋江一听，立刻反对，毫无商量的余地。最后，大概是为了安抚扈三娘，宋江语重心长地说："妹妹，你既然是我宋江的妹妹，我怎么能让你落单；反过来，你既然是我宋江的人了，怎么能跟王英一起走开，丢下老父亲和我们一众兄弟呢。"

三娘也真是的，先跟我说了一大堆今后得去看望她的事，然后说，刚才都是说着玩的，走不了了，宋大哥不同意，如此这般如此这般。我冲过去找宋江，一边走一边问自己，该怎么说呢。突然间我想到一个理由，一见面我就对宋江说："大哥，如今招安了，各自散了吧。"

宋江沉着脸说："大师，此话怎讲。我等一百单八人，上应天星，生死一处。天命不可违啊。"

我心想，鸟天命。但是我还是哦了一声，装着想了想说："大哥，这样，几位婶婶嫂嫂，她们尽可离开，不必跟我们建功立业去了吧。"

这句话得到几个人的认可，大伙议论纷纷，宋大哥一时也不知道怎么应对。他说："集合。"

大伙全都集中到了忠义堂。忠义堂的匾上面被人加上了"大宋"两个字，连起来就是"大宋忠义堂"，但那两个字写得小而扭曲，像两个光屁股小孩混在大人大腿下面伸头伸脑的。大伙齐了后，几位婶婶嫂嫂都说不走了，生死在一起。

我特别奇怪，看看扈三娘，看看孙二娘，又找顾大嫂。她们都面无表情，她们后面的男人都一脸痛苦，大概是刚刚被人毒打过了，或者下了毒。

我很生气，不顾宋江在那里长篇大论，不顾卢俊义、吴用都端坐在那里，转身出了大宋忠义堂，一路狂奔，直奔几天前那个背阴处。我大概跑得太快了，等我到了那里，耳边还有宋大哥说话的声音，不管了。

林冲居然也在那里对着一棵弯弯绕绕的大树磕头，嘴里念念有词。我喊道："教头，干什么呢。"回头看看我说："大哥，我在给王伦磕头啊。"他一脸悲恸，一张脸绷得很紧。

我看看那棵树，大笑起来，说这个好，人死了葬在树下，树越长越大，根越扎越深，就像这个人没死一样。

"我常常过来祭拜，但是从来没有磕头。今天一别，不知是不是能再见，我还是多磕几个头吧。"

说着他又跪下，磕头。我也只得跪在他旁边，但我没磕头，我对着大树说："王头领，虽然你小气了一点，跟李忠周通那些撮鸟一样小气，但是你死得确实很冤枉，谁让你遇到了我兄弟呢，他武功盖世无双啊，而且还是个负心的混蛋。"

林冲掉脸瞪了我一眼，又颓唐了下去，低头不语。我有点不好意思了，猛然想到了一件事，问林冲："你那天说下不了手，是不是你打算死，但下不了手？"

林冲说："不是，我不打算死，我还要为国出力，加官封爵。

柴进让我去杀了宋江,立他做头领,我想,但下不了手。"

我张大了嘴巴看着他。林冲苦笑着说:"柴进说,这种事情我拿手。可是我确实下不了手啊。"

我大吼一声:"你为什么不早说,我能下手啊,我刚才就有杀了宋江的心啊。不过,现在没有了,大家兄弟一场,天地为鉴,哪能说杀就杀。"

我一边说着,一边抓住林冲的胳膊,哈哈大笑起来。林冲也笑了,我发现,他笑起来比哭还难看。

我还发现了另外一个问题,原本铁打钢铸的林教头,现在在我手里,邋遢如败絮,轻贱如朽木,我摇,他就跟着晃。

人生的梦为什么越做越浅

从王英扈三娘婚礼的酒席上回到住处,宋江倒头就睡,很快他梦见自己意犹未尽,让人拿出王伦最初上山时带来的储存多年的好酒,一个人慢慢喝。自从成年之后,宋江一个人喝酒的机会就不多,此刻他觉得还是一个人喝酒比较舒爽,兄弟全都不在眼前,只有喧闹的声音在四周徘徊。

迷迷糊糊中,宋江看到手下给自己拿来了两大壶酒,还有笔墨纸砚,说是方便宋江大哥酒后在墙上题诗。

在宋江住处,有一面白墙,高一丈多长五十丈,这是花荣等几个兄弟商量好专门造了给宋江酒后题诗的。如果没有喝酒也想题诗,还有一面墙可以用,也是一丈多高、五十丈长。总之,宋江只要想题诗,地方有得是,而且可以不用下山,不用登高也不用涉险。

不过宋江一会就喝醉了,昏昏沉沉,几次把毛笔拿在手里,但是没有力气举起来。有一两次他觉得自己用尽了全部的力气,毛笔的毫都已经沾上了白墙,但手还是无力地下去。

最后,宋江说了句:"当时只记入山深,青溪几度到云林",就歪倒在一边。

四五个手下负责鼓掌,嘴里喊着:"大哥,好华彩耶。"

"大哥写得好,比李清照好多了!"这个人情不自禁地说了一句,被人白了三四眼,他也意识到,不应该拿大哥和李清照做比较。

四五个手下负责搀扶,他们在其他四五个人尽心尽力的称颂声中搀扶起宋江,给他宽衣解带,只穿着晶莹粉嫩的亵衣,把他扔进床上。

没一会,宋江听到了一阵阵连绵不绝的山洪海啸,呼呼呼地压迫过来,随后他看见宋江朝自己走来。他激灵灵打了一个冷战,翻身就拜,问道:"你莫不是山东及时雨宋公明,杀了阎婆惜,逃出在江湖上的宋江么?"

对方嗯嗯哈哈,算是承认了。

宋江大惊,继续磕头说:"小弟在江湖上绿林中,走了十数年,闻得贤兄仗义疏财,济困扶危的大名,只恨缘分浅薄,不能拜识尊颜。今日天使相会,真乃称心满意。"

对方有些飘渺,宋江不得不再次问道:"你真的是大名鼎鼎、人称孝义黑三郎、山东及时雨的宋江宋公明,又人呼保义,江湖上如雷贯耳,无处不在的宋江?"

对方嘿嘿嘿干笑几声,身影晃动,吓得宋江连连磕头,不知所措地称颂着宋江,说啊说啊,越来越词穷。

过了好一阵子,宋江觉得应该请他指点迷津,解决人生疑难问题,就问对面的宋江:"公明哥哥,你觉得现在山寨还有什么不足之处吗?"

"一切都好,一切尽在掌握。"

宋江心想,这太好了,情不自禁地谦虚起来,问道:"那么,如果我们几个老兄弟故去,或者病重,谁可以取而代之?"

对面的宋江发出一阵呼呼啦啦的声音,不知道是呼吸还是甩手,沉吟了一会说:"新上山的李应可以,你的老兄弟朱仝可以,柴进柴大官人更可以,他为主,李应朱仝为辅。"

"他们武艺不行吧⋯⋯"

"你的武艺行吗,晁天王的武艺行吗?"对面的宋江驳斥一句,补充说,"只要同心同德,武艺又算得了什么,何况还有花荣和秦明等人,何况总有人是失败的⋯⋯"

"这么说我就放心了,那么,柴进李应之后呢,山寨又有谁能做主?"宋江诚恳地问,像一位老爷爷打量着漂浮在半空中的孙子们。

对面的宋江冷笑一声说:"你是不是想得太多了,还是把山寨给经营好吧。一切尽在掌握,也要靠你一刀一枪去搏杀，一个个去拿下，你以为你很容易吗？"

宋江心想，就是不容易，总感觉会死在乱刀之下，我才问你后面谁能代替啊。但对面的宋江已经不见了，只见眼前一阵血雨腥风，宋江一阵反胃，仰面朝天吐了起来，一张嘴就是一个喷泉，又一张嘴就是一个响雷，几次之后，宋江饿了，就一边吐一边嚼自己吐出来的肉块丸子，眼皮沉沉的，就是睁不开。

在宋江做梦的同时，李应也做了一个梦。

李应和扈三娘还有她的父亲兄弟都是熟人，看着三娘嫁人，自己理应高兴，只是初上梁山，很多人都不熟悉，自己又是投降而来，总感觉有些不自在。

很多人对着自己指指点点，耳边总是有人在叽叽喳喳说闲话。李应是一个见过世面的人，走南闯北多年，深知实力决定一切，话语是可以任意揉捏的。他深吸一口气，走到宋江面前说："宋大哥，敬你一杯，在下有幸投奔梁山，实在是三生有幸，李应武功低微，只会一点钢枪飞刀，不足以建功立业，甘愿做宋大哥的马前卒！"

这几句整个大厅的人都听到了，很多人心里发毛，不知道李应的武力到底有多高，比如宋江就不知道。宋江带着发毛的心情和李应喝了一大碗，众人齐声叫好。

李应又对晁盖说："晁盖大哥，方才我先敬宋公明哥哥，实在是因为我认识宋大哥在先,当然,也是同宋大哥为敌在先,不得不先行致歉,现在我敬晁大哥一杯,既然我李应到了山寨,那么我举家四百八十万贯钱财也都是山寨的军需,只愿能为山寨加砖添瓦,晁大哥不嫌弃我们就干了这一碗。"

晁盖突然觉得自己渺小起来,自己用尽平生勇气也不过劫了十万贯生辰纲,眼前这个李应是自己人生巅峰的四十八倍,晁盖疯狂地喝了一碗,众位兄弟一起叫好,也一个个干了碗里的酒。

随后李应又给吴用等人敬酒,但是很多人拥上前来给他敬酒,似乎他是新郎官。李应是一个见过大世面的人,知道这样不好,但是不这样也不好,只得缓缓挪动脚步,离晁盖宋江和王英扈三娘略微远了一点,坐在大厅一角,兄弟们这才发现王英还站在那里,脸上洋溢着幸福的微笑。考虑到王英夫妇才是主角,大伙就在敬完李应后去敬王英夫妇,或者反过来,敬完王英夫妇敬李应。结果,在王英醉倒之前,李应先倒了,这也是他希望发生的,把自己灌醉,免得喧宾夺主,省得言多必失。

李应被送至临时安排的住处,就是宋江的家里。

他没有看清四周,也不想看,他知道整个山寨都安全之极。李应只一直按着腰带上的钥匙,这些钥匙可以打开自己带上山的百十个箱子,那里面就是四百八十万贯,没有钥匙箱子就打不开,刀砍斧劈火烧水淹都打不开。确认钥匙还在,李应呼呼大睡。

李应睡觉时打呼声很响,犹如山洪海啸一般。很快李应就感觉飘了起来,此前强行支撑的笑脸、慷慨和酒量一瞬间都没有了,只剩下漂浮。李应看着自己飘啊飘啊,然后迎面遇到了宋江。

"贤弟,你能到山寨来,真的是山寨之福啊。"对面的宋江对李应说,只是李应对祸福没有太多的计较,杨雄石秀一出现,他就知道后面会有大变故。现在上了山,是福是祸还无从谈起。

李应对宋江的赞誉嘿嘿一笑,不置可否。

宋江接着说:"李应兄弟,山寨现在用兵之际,你带上山的钱财正好给山寨极大的方便,将来山寨要处处事事都赚钱,你打理有方,一定可以成为山寨的大头领,李应兄弟啊,感谢你上山!"

"我不上山行吗,你梁山大军还不把我李家庄全部拆了。"

"确实不行,李应兄弟这一点我最为佩服,不像祝家庄那群宵小之辈,负隅顽抗。"

"那是他们不会算账,非常逞强。本以为可以捉拿你们送往朝廷,但是如果朝廷不派兵支援,怎么可能拿下你们。他们太狂妄了,我只是可惜了好兄弟扈成啊。"

"扈成,被铁牛杀得失踪了是吧?铁牛一贯如此,杀人为乐,以后我会多加管教。"

"算了,铁牛也是老实人,他爱杀人是一种病,他以为杀人跟杀鸡杀羊一样,管教没有用,除非你治好他的病。"

"他的病不好治啊,除非死了。"

"可人人懦弱,也是病,活该死掉。"李应冒出一句。

对面的宋江嗯嗯啊啊几句,有些茫然,一般而言,以梦中的姿态对话,做梦的人总是往唯唯诺诺的,眼下这个李应倒是很强悍,不依不饶,精打细算,占不到便宜。对面的宋江一想,那我还是走吧,就走了。李应迷迷糊糊,半夜被一股恶臭熏醒,独自一个人走在山间小路,眼前是凄凉的月光,背后刀剑如林,远处的灯火扑扑扑直跳,用闪烁而不是明亮存在。兄弟们的笑声在灯火的闪烁中一浪一浪打过来,直奔嘴巴、鼻子和眼睛。

李应忍不住长叹一声:"这才是做梦啊,不知道什么时候才能醒。"

只是,李应没有纠结这个梦和那个梦的区别,心知肚明就可以,他不会逗留。觉得口渴,他转身回去找水喝了。

朱仝做了节级后,很多人给他送礼物,以期得到照顾照应。一个狱卒家里很穷,没有什么可送的,犹豫了很多天后,斗胆给朱仝送了一桶米线。他对着朱仝解释了半天,朱仝于心不忍,让他把一桶水汪汪的米线放下,跟自己去喝酒。

朱仝喝酒自有人照顾，这个狱卒惊讶地发现一起喝酒的人都是这个县的富户，他们似乎做好了作奸犯科的准备，朱仝就是他们的后援保障，确保他们在犯事之后不会遭到惩罚和折磨。朱仝自然也明白这些人的用意，只顾喝酒。狱卒被冷落在一边，这让他不得不为自己此前的一切行为羞耻起来，简直坐立不安。

很快朱仝喝醉了，狱卒扶着他回去。朱仝跌跌撞撞，不愿意回家，而是走到了县城外的长堤上，在一颗枣树下面坐了下来，对着狱卒说："你的米线呢，不是很好吃吗，给我弄一碗来。"

狱卒撒腿往城里跑去。朱仝看着他的背影，脸上露出了一丝笑容，他把自己身上不值钱的衣物全都脱了下来扔在地上，自己赤条条地往前走去，手上拿着一把短刀和一个布袋，里面是一些碎银子。没走多久，朱仝醉倒了，一头栽倒在地，顺手把布袋垫在了脑袋下面。他决定大睡一场。朱仝根本不担心有什么危险，整个郓城没有比自己更危险的了，就连猛禽野兽都不敢靠近自己。

朱仝进入了梦乡，梦见自己身在梁山，和一大群兄弟一起。奇怪的是和兄弟们在一起，唯一做的事情就是喝酒。早晨喝酒，一杯杯酒下肚之后朝阳升起，朝霞刺眼。随后还是继续喝，天色越来越亮，直奔午时而去，午时三刻山寨会杀一些人，这些人跪在地上，被一直灌酒，一直灌到口吐白沫，然后肚子像猪尿泡一样砰的一声炸开，露出细细红红的肠子和一大堆黏糊糊的脏器。也有人不肯喝酒，那就用酒坛子直接砸死。天黑之后更是大喝，每个人都泡在酒中，每迈出一步脚上腿上都带着无数的酒肉蔬菜瓜果和点心，还有一些残胳膊断腿。每个人都脸色通红，红里带白，每个人的眼睛都看不清楚，每个人的眼神都像脚下铺天盖地的酒肉一样，蔓延在脸上、身上，黏得分不开、理不清。

夜色在每个人的大喝之中越来越深沉，伸手不见五指，只有声音，怒吼、叹息、抽泣、愤怒、训斥、慷慨、激烈、狂妄……如果你仔细听，你的耳朵会被吵炸开，呼吸困难。

朱仝就感觉呼吸困难，忍不住问身边的人："大哥，我们就这么天天喝下去？"旁边的似乎是宋江，又似乎不是，或者每个人都是宋江，但也真的不是。

"要一天一天过下去，喝酒是其次。我不爱喝酒，但爱活着，既然喝酒能让大家活着，那就好好喝酒吧。"

这个声音不大，但说得非常清楚，朱仝也确认这就是宋江大哥，一般的人不会有这么好的口才。但朱仝不认可。

"大哥，不能这么喝下去啊，用不了多久大伙就全完蛋了啊。"

"唉，朱仝兄弟，你太当真了。当今世道，每一个人都完蛋了，普天之下，英气尽丧，天下英雄到底还有几人呢，有谁能说自己前程似锦呢。兄弟们都不容易，上山之前憋屈了很多年,现在身在山寨,不就相当于灵魂出窍吗,既然出窍了,喝点酒算什么呢?"

"我不应该到这里来的。"朱仝低低地说了一声。

"朱仝兄弟,你对我有救命之恩,我可以送你一句话,那就是好自为之吧,觉得不妥,那就不要喝醉。"

"多谢大哥,只是,倾巢之下岂有完卵。"朱仝焦虑地问。

"大厦将倾,你要跑,不必跑得太快,只要比你的这些兄弟们快就可以了。我也会帮你的。"宋江说完,嘿嘿嘿一阵干笑。

朱仝一惊,在河堤上醒了,远山近溪在夜色中有种老人的静默和死人的悲凉,朱仝忍不住背了一句:"当时只记入山深,青溪几度到云林。"

远处传来火光,细看,有五六个火把在跳跃闪烁,大约二十来人奔自己这边而来,有人还喊着:"节级,节级……"

朱仝轻声而爽朗地哈哈一笑,站直了等着。可突然之间,火把熄灭了,人声消失了,夜色下的郊外陡然间凝固了。周围的安静让朱仝觉得自己整个人都是多余的,他不知道该往哪个方向走,只得昂首挺立,希望太阳出来后,自己能从这个梦境中走出来,并且知道下一步的路。

梁山的婚礼和别处是不同的,因为兄弟众多,每个人都散发出鲜肉的气息和癫狂的悲哀。考虑到新郎的酒量和新娘的身体，大伙商议后决定，每一位兄弟只能敬新郎一碗酒，新郎可以喝，也可以浇在自己身上；每一位兄弟只能闹一炷香的洞房，新娘可以迎合，也可以不理不睬。扈三娘带着微笑、忍着剧痛，在整整三天的喜事上屹立不倒。

大婚那天晚上，真正做梦的是扈三娘。自从在顾大嫂的张罗下穿上婚纱开始，她就知道这是一场梦，是人生大梦中的一段噩梦。她用一根针刺进了自己的胸口，靠着一身的武艺忍住了剧痛，又靠着剧痛，才一刻一刻活了下去。当痛感消失，自己也有些疲倦的时候，她就再来一次，用一根钢针刺进自己胸口。

她反复告诉自己无论接下来发生什么，这是一场梦，不死不醒。

（全书终）

> 图书在版编目（CIP）数据
>
> 水浒群星闪耀时/李黎著.-上海：上海文艺出版社.2019.4
> ISBN 978-7-5321-6752-4
>
> Ⅰ.①水… Ⅱ.①李… Ⅲ.①短篇小说－小说集－中国－当代
>
> Ⅳ.①I247.7
>
> 中国版本图书馆CIP数据核字(2018)第272137号

发 行 人：陈　征
责任编辑：林潍克
装帧设计：钱　祯
封面插画：撒旦君

书　　名：水浒群星闪耀时
作　　者：李　黎
出　　版：上海世纪出版集团　上海文艺出版社
地　　址：上海绍兴路7号　200020
发　　行：上海文艺出版社发行中心发行
　　　　　上海市绍兴路50号　200020　www.ewen.co
印　　刷：常熟市华顺印刷有限公司
开　　本：850×1168　1/32
印　　张：10
插　　页：2
字　　数：183,000
印　　次：2019年4月第1版　2019年4月第1次印刷
ＩＳＢＮ：978-7-5321-6752-4/I·5391
定　　价：45.00元
告 读 者：如发现本书有质量问题请与印刷厂质量科联系　T：0512-52605406